Die Abbildung auf der Umschlag-Vorderseite zeigt ein Aquarell von André Heller, jene auf der Umschlag-Rückseite ein Portrait André Hellers von Peter Rigaud.

Die Deutsche Bibliothek – CIP-Einheitsaufnahme
Ein Titelsatz für diese Publikation ist bei
Der Deutschen Bibliothek erhältlich.

1. Auflage
Graphische Gestaltung: Fuhrer, Wien
Technische Betreuung: Clemens Hutter
Lektorat: Brigitte Hilzensauer
Reprographie: Pixelstorm Kostal & Schindler OG, Wien
Gedruckt in der EU

ISBN 978-3-85033-322-1

Christian Brandstätter Verlag
GmbH & Co KG
A-1080 Wien, Wickenburggasse 26
Telefon (+43-1) 512 15 43-0
Telefax (+43-1) 512 15 43-231
E-Mail: info@cbv.at
www.cbv.at

André Heller

Wienereien

oder ein absichtlicher Schicksalsnarr

Verstreutes gesammelt

Herausgegeben und
mit einem Vorwort versehen
von Christian Brandstätter

Brandstätter

INHALT

Die Rabenmutter Wien mit der Seele suchend

„Die Erinnerung ist wie ein Hund,
der sich hinlegt, wo er will"
Cees Nooteboom

Am 28. Juni 1967 gastierte im letzten Wiener Stegreif-Theater Tschauner in Ottakring „Giorgio Heller & sein Niccolotheater aus Thailand" mit einer „Sensationswelturaufführung". Das fiktive Gastspiel war von meinem Freund „Franzi" Heller und mir an einem Frühsommernachmittag in einem Heurigengarten in Salmannsdorf ausgeheckt worden. Wo wir oft, mit zwei Koffer-Schreibmaschinen für einzutippende Manifeste aller Art unterwegs, zusammen klärten.

Die Miete samt Bühnenmeister und Klavierbenützung betrug 700 Schilling. Der Tschauner-Garten war bis auf das letzte Heurigenbankerl besetzt. Der damals bekannteste Mitspieler war der Klarinetten-Aktionist Uzzi Förster, der mich, den immer auf der Bühne präsenten „Regisseur", sobald Handlungslücken drohten, packte und zum Gaudium des Publikums wie ein Baby über die Bühne trug.

Das von uns ziemlich kompliziert konzipierte Grundgespinst der Handlung war von den Laienschauspielern, lauter Freunden, schwer zu entzwirbeln, auf der kleinen Bühne entstand bald ein chaotisches Durcheinander, in dem sich die Handlungsstränge gegenseitig verhedderten und fast erwürgten. Ein Eifersuchtsdramolett zwischen Heller und seiner Freundin Elisabeth Bittencourt trug sich *hinter* der Bühne zu, so dass seine Stegreiftalente *auf* der Bühne durch längere Abwesenheiten glänzten.

Der *Plot Point Two* – ein Erzherzog und eine Erzherzogin sollten durch einen Herzstich mit einem vergifteten Salzstangerl ermordet werden – kehrte die erwartete Handlung nicht in ihr Gegenteil, sondern ging voll in die

Hosen, da die tote Hohe Frau, von einem Architekten gemimt, immer wieder auf allen Vieren auf die Bühne robbte und einfach nicht, oder gleich ein paarmal, sterben wollte.

Das gescheiterte, weil nicht wirklich für den Stegreif von jungen Egozentrikern von uns vorbereitete Sittenbild hieß übrigens „Leutnant Demeter Gurlik". Und spielte, wo sonst, in Wien.

Trotz dieses Ottakringer Schlamassels war dieses Jahr nicht gänzlich ungelungen: 1967 waren auch, euphemistisch formuliert, unsere ersten Bücher mit Kurzprosa erschienen. Mit ganzen 24 Seiten Umfang, bibliophil in einer limitierten Auflage von 200 Exemplaren mit Original-Linolschnitten ausgestattet, und ohne jeden Druckkostenzuschuss an den Verleger. Dazu hatten wir uns die Pseudonyme André Miriflor und Christian Bamlach ausgedacht, da wir uns, der Bezüge zu H. C. Artmann oder Paul Eluard halbbewusst, gegen jede Erpressbarkeit in der Zukunft einer bereits vorherzusehenden Weltberühmtheit wappnen wollten.

Bereits damals, Heller war gerade zwanzig geworden, hatte er begonnen, sich intensiv mit Erinnertem zu beschäftigen: An sein autobiographisch koloriertes Wien, das jüdisch-katholische Elternhaus, die emigrierten Verwandten, die seltsamen Erlebnisse zuhaus im Nachkriegs-Hietzing und später im Jesuitenkolleg Kalksburg – und vor allem an die Zufluchtsorte wie das Schönbrunner Palmenhaus, die ihm seine partiell traumatisierte Kindheit erträglicher machten.

Seit jenen Tagen haben wir uns zwar von Zeit zu Zeit „ein paar hundert Meter aus den Augen verloren, aber nie aus dem Kopf", wie mir Heller einmal schrieb. Es ist nicht übertrieben, wenn ich von einem, meinem essentiellen „Freund fürs Leben" spreche, der nicht nur den Stoff, aus dem die Freude ist, großzügig verschenkt, sondern auch Lebensmomente, die unter einem Unstern standen, erleichtert hat; freilich mit der uns beiden gemeinsamen „Reserve", dass man sich, wie bei Buben üblich, nie ganz ohne Ritterharnisch und Turnierhelm gegenübertritt.

Das Substrat, auf dem die in diesem Buch versammelten Texte wachsen wie die Schwammerl nach einem Juliregen in den Praterauen, ist die Wiener Wirklichkeit mit all ihren Be- und Anzüglichkeiten, mit ihrem verführerischen Charme und ihrer abgefeimten Niedertracht; freilich zugespitzt durch eine wahrhaft blühende Sprachphantasie, und ab und zu auch geschönt durch das Gedächtnis, das nicht immer wiedergibt, wie sich manches wirklich zugetragen hat, sondern nur *le beau reste* unvergesslich macht.

Hellers erinnerndes Ich – manchmal auch das Alter Ego Ferdinand – diktiert ihm nun, wie aus der Manschette eines Zauberers geschüttelt, seit 45 Jahren merkwürdige Geschichten, abgründige G'schichten, bilderreiche Gedichte, allseits bekannte Lieder, spöttische Lozelachs, außerdem Lob-, Grab-, Schmäh- und Brandreden auf Personen, die der Stadt ein ausgesprochen mannigfaltiges Gesicht gegeben haben.

Dieses Buch huldigt wieder – wie schon Hellers visuelles Erinnerungsbuch „Bilderleben", das ich im Jahr 2000 herausgegeben habe – einem sinnlichen Mischmasch-Prinzip, aus dessen bewusst ungeordnetem Auftritt aber klar ersichtlich wird, dass wohl kaum ein anderer Schrift- oder Sprechsteller über Jahrzehnte hinweg so poetisch wie profund, so nah wie distant, so liebend wie geißelnd das Wiener Wesen und Unwesen in Worte gefasst hat.

Wien, im Februar 2012
Christian Brandstätter

wean, du bist a taschenfeitel

(lied für helmut qualtinger. 1970)

wean, du bist a taschenfeitel,
unter an himmel voll schädelweh,
a zehnmal kochtes burenheutel,
auf des i net haas bin und trotzdem steh.

du bist a feuersalamander
auf aner gstettn aus marzipan.
du gibst kan halt und hast ka glander,
mechst gern an jeden obezahn.

dein stolz, den host ins pfandl trogn,
bist holt a puffmadam.
du waast ka antwurt auf mei frogn,
drahst di nur langsam ham.

Ein Ort der selbstverständlichen Täuschungen (1982)

Als ich 1960, auf Empfehlung meines Zeichenlehrers, das erste Mal das Dunkel der Hawelkawelt erblickte, war ich dreizehn Jahre und wurde augenblicklich von einer fliegenpilzähnlichen alten Dame an ihren Stammtisch gezwungen.

„Mein Name ist Tanja Tschuppik. Mein Mann war der Bruder des Chefredakteurs des Prager Tagblattes. Ich besitze Originalbriefe von Franz Kafka. Das schöne Mädchen Ihnen gegenüber ist die Tochter des Malers Hollitzer." Das „schöne Mädchen" war auch schon hoch in ihren Siebzigern und erklärte ohne weitere Vorwarnung, daß ihr Vater immer schon geweissagt habe: „Aus dem unbegabten Kokoschka kann nix werden und so is es schließlich auch gekommen. Alle kennen heute Hollitzer, aber zeigen Sie mir zehn Leute, die noch von Kokoschka wissen." Ich war einigermaßen überfordert, log, daß ich siebzehn und Dichter sei, an einem Roman

„Was das Kind wissen soll!“ arbeite und in wenigen Tagen eine Forschungsreise mit der Transsibirischen Eisenbahn anzutreten gedächte. „Wenn die Herrschaften mir liebenswürdigerweise Ihre Adressen bekanntgeben, werden Sie bald Post aus Wladiwostok erhalten.“

Alle glaubten mir. Ich war offenbar an einem Ort der selbstverständlichen Täuschungen. Später hatte ich oft das Gefühl, daß diese ersten Minuten meiner Bekanntschaft mit dem Buchtelolymp bereits alle wesentlichen Zutaten künftiger hawelkanischer Nächte enthielten: das Geschichtenerzählen, den Selbstbetrug, die Erinnerungssüchtigkeit, das Kritisieren, das Sich-Stilisieren.

Die Dorotheergasse 6 beherbergt ebenerdig hauptsächlich Leute, die nicht gehalten haben, was sie sich von sich selbst versprachen. Eine Vereinigung der Gescheiterten ist es, die sich mit mehr oder weniger großem Aufwand ihr eigenes Scheitern zu verheimlichen sucht – und Trost im Scheitern des anderen findet. Beim gütigen Ober gilt man allerdings als das, was man beinahe geworden wäre. Ihm sind Schein und Sein eins – und er kann sich seine Gäste als Bewohner der wirklichen, undunstigen Welt ebensowenig vorstellen wie jene sich ihn ohne Smoking und speckiges Mascherl.

Das Hawelka ist keine Weltanschauung, wie es der Überlieferung nach das Central, das Herrenhof, das Griensteidl gewesen sind, es ist ein Fundamt, in dem sich

die Verlorenen selbst abgeben und sehnsüchtig auf jenes
entgegen allen geometrischen Gesetzen am Rande, ja
beinahe schon in der Küche gelegene Epizentrum blik-
ken, in dem die selten auftretenden Originalkünstler
ermattet, wie in einem Seelenlazarett, ihre Kunstwun-
den lecken. Milan-Tisch heißt dieses Epizentrum in der
Haussprache (nach einem berühmten Schwarzhändler,
der dort in der Nachkriegszeit seine Devisengeschäfte
abwickelte). Ich habe für den ganzen, unvorstellbar müh-
seligen Weg vom Anfängertisch, vor der Telefonzellentür
links neben dem Eingang, zum fünf Meter Luftlinie ent-
fernten Milan-Tisch, links von der Anrichte, etwa sechs
Jahre gebraucht – mit langen, erlebnisreichen Zwi-
schenaufenthalten am Spiegeltisch, Kammerltisch, Jau-
kertisch (weil dort einmal einer saß, der den Ober immer
zur Eile antrieb), am Uhrtisch und am Schachtisch. Die
meisten verläßt auf dieser Mammutreise die Kraft und
der Mut. Meine Sekundantin auf Durststrecken war aller-
dings Josefine Hawelka persönlich. „Der Herr Canetti ist
auch nicht immer der Herr Canetti gewesen. Geduld, aus
Ihnen wird was, das spür ich, Herr Heller.“ Die hat schon
an mich geglaubt, als meine Familie noch auf meine
Matura bestand, „weil man ohne der nicht einmal bei
der Polizei etwas werden kann“.

Ich gehe, und dies sei hier ausdrücklich festgestellt,
nach dem Tod meiner unersetzlichen, geliebten Stamm-

tischfreunde Kurt Moldovan und Gerd Marquant vor allem wegen der Frau Hawelka ins Hawelka. Wenn sie nicht da ist, schmeckt mir der Apfelschalentee nicht, sitzen die Pointen schief, brennt mir der Rauch plötzlich in den Augen. Ihre „Der Dampf, der Dampf, der Dampf"-Monologe beim Abschalten der Kaffeemaschine gehören zum Wertvollsten, was die österreichische Stegreifkultur je hervorgebracht hat, und die Beobachtung ihres einsamen Ordnens der blauen und roten Bestellbons – als würde die Gesellschafterin einer schlafenden Kaiserin Patiencen legen – stimmt mich oft, lange nach der Sperrstunde, feierlich. Wenn ich verzweifelt bin, weiß sie es, nimmt stumm meine Hand oder kocht mir kommentarlos ein Kompott. Sie ist schlagfertig und klug, barmherzig und mutig. Gott schütze sie, dann sind auch wir beschützt!

Flamm (1981)

Ferdinand dachte an die Arten des Wartens und an die Schicksale bedeutender Wartender, die ihm begegnet waren. Er dachte an den alten Dichter Flamm, der im neunzehnten Bezirk dieser Stadt in einer kleinen Gemeindewohnung, die im Vergleich zu seiner inneren und äußeren Eleganz wie ein Toilettefehler wirkte, jahrzehntelang auf die Wiederkehr des Ruhmes gewartet hatte.

Denn vor dem Ersten Weltkrieg war er berühmt gewesen und nach dem Zweiten vergessen worden. Und als eine offizielle Stelle zu seinem siebenundachtzigsten Geburtstag an ihn erinnert wurde, verlieh man ihm verschämt das Silberne Ehrenzeichen der Stadt Wien, lud an einem glühenden Sommervormittag in den Roten Salon des Rathauses und reichte Mayonnaisebrote und Grapefruitjuice. Der Kulturstadtrat lobte Flamms Bücher, deren Titel er nicht richtig aussprechen konnte und denen er in den letzten Jahren die geringen Zuschüsse versagt hatte, die eine Wiederveröffentlichung bei einem Avantgardeverlag ermöglicht hätten, und nannte ihn „Wegbereiter des Expressionismus“ und „Zeuge großer Zeiten.“

Es war genauso ungenießbar wie die Mayonnaisebrote. Der alte Dichter Flamm aber trat ans Rednerpult und sagte: „Herr Bürgermeister, meine Damen und Herren Stadträte, ich danke für diese Auszeichnung. Sie sehen an mir den Triumph Adolf Hitlers; alles, was ich lieben konnte, hat man ermordet: Vater, Mutter, Geschwister, Frau und Kinder, durch die Schornsteine von Auschwitz geflogen. Bewohner der Aschenwelt. Meine Freunde erschlagen, zerbrochen, ausgelöscht. Einer, ein einziger, ein Maler, hat überlebt und seinen Verstand hinter sich gelassen. In einem Narrenhaus sitzt er in Tel Aviv und sagt: ‚Achtung‘. Seit dreißig Jahren immer nur: ‚Achtung‘. Der vollkommene Triumph Hitlers. Die beiden mächtigsten Wirtschaftsnationen heißen heute, so wie ich es begreife, Deutschland und Japan. Die siegreichen Verlierer. Österreich und Deutschland sind beinahe judenfrei. Die Begabung und Phantasie vertrieben. Allerorten Kriegsgewinnler der Literatur, der Musik, der bildenden Kunst. Niemals in der langen Zeit nach dem Zweiten Weltkrieg hat die Regierung Österreichs die Emigranten zurückgebeten. Man brauchte die Wohnungen für ausgebombte Nazis.

Ich, meine Verehrten, bin 1943 während eines Arbeitstransportes geflohen, habe mich in Sümpfen versteckt und meinen eigenen Urin getrunken. Ich, meine Verehrten, bin gekrochen, in den Nächten, bis ans Ende der Welt, bis ans Ende aller Welten und retour. Ich, meine Verehrten, habe geweint, bis meine Augen bluteten. Ich bin über Bombay, Singapur, Hongkong und Neuseeland nach Wien zurückgekehrt, weil Gott mit mir etwas Großes vorhatte. Er wollte, daß ich am Ende meiner Tage das Silberne Ehrenzeichen der Stadt Wien erhalte. Für ein Werk, das keiner mehr kennt; für Bücher, die nicht mehr gedruckt werden. Gott ist groß, und es ist schön, ein alter Mann zu werden. Ich danke Ihnen."

Und der Kulturstadtrat applaudierte von seinem Sitz aus und sagte zu seiner Nachbarin: „Es sind noch ein paar Brote übrig. Das passiert eigentlich selten."

Der alte Dichter Flamm aber fuhr mit dem Rathauslift irrtümlich einen Stock zu tief in den Keller und gelangte durch eine Garage zu einem verschlossenen Tor, von dem aus man einen Teil des Burgtheaters sehen konnte. Er trat gegen das Gitter und schrie: „Muß man sich alles gefallen lassen! Muß man?" Später saß er mit einem Bekannten in seiner Wohnung. Beide schwiegen. Es war immer noch unerträglich heiß, obwohl es schon dämmerte. Plötzlich riß dieser alte Dichter Flamm den Mund auf und begann, mit den Fingern der rechten Hand darin nach etwas zu suchen, als handelte es sich um eine Tasche. Minutenlang suchte er. Aufgeregt, mit hochrotem Kopf und fand es nicht und verzagte. Dann sagte er: „Keine Worte mehr. Keine Worte." Und lachte und fiel vom Sessel und war tot. So hatte Ferdinand es jedenfalls gehört.

„Götterliebling" (Für Christine de Grancy. 2007)

Das Wien meiner frühen Jahre, das ich ausführlich mit meinem Kindermädchen Gretel durchstreifte, war in hohem Maße kriegsbeschädigt und zeitweise von Klängen beherrscht, die mittlerweile fast alle für immer verloren sind. Zwischen den Bombenruinen, den Schutthalden, den von Granattreffern und Gewehrschüssen verletzten Häusern konnte man die Werberufe der Hadernmänner, Scherenschleifer und Kesselflicker hören, die vulgären Melodien der Werkelmänner, die wie Mantras tausendfach gemurmelten Klagen der Bettler und Hausierer, den Singsang von Lavendelweibern und die Dudler und Jodler von Straßenmusikanten. Morgens gegen fünf Uhr weckten mich die klappernden Hufe der Haflinger-Pferde, die den Molkereiwagen vorge-

spannt waren. Wenn sie vor Milchgeschäften haltmachten, schlugen bald die großen Blechkannen aneinander, die von schnurrbärtigen, mit Lederkappen und blauen Schürzen gekennzeichneten Männern ausgetragen wurden. Sowohl mit der rechten wie auch mit der linken Hand waren diese Kraftlackel imstande, je eine randvolle Zwanzig-Liter-Kanne zu stemmen, und in ihrer Muskelpracht wirkten auf mich lediglich die Eisblocklieferanten noch einschüchternder, die den Wirtshäusern und manchen Privathaushalten, die keine Kühlschränke besaßen, mittels meterlanger Greifzangen imposante Riegel gefrorenen Hochquellwassers in einen mit Metallplatten isolierten Kobel neben der sogenannten Speis legten. Ein dritter Herkules-Berufsstand waren die Möbelpacker und Klavierschlepper, deren jüngere Exemplare zumeist in ihrer Freizeit als Amateurringer in Sportvereinigungen ihre proletarischen Flammen und Gspusis zu wienerischen Kommentaren erster Güte animierten. Sätze wie: „Du scheanglate Pissoirforölln, drah eam bitschibatschi den Kragn auf a Nullaweitn!" wirken bis heute belebend im Sprachzentrum meines Gehirns.

Es gab damals nicht allzu viele Motorfahrzeuge, und daher hörte man tagsüber selbst auf der Mariahilfer Straße oder auf dem Gürtel Vogelstimmen und nachts gelegentlich ein Käuzchen, das von einer Kastanienkrone oder einem Kirchenerker aus seine Wachheit verkündete. Die Schuhe der Passanten waren noch nicht mehrheitlich durch Gummisohlen gedämpft und schufen auf den Trottoirs einen harten Rhythmus. Im Herbst und Winter war mir das Poltern von Kohlestücken über Rutschen in die Keller der Zinshäuser vertraut. Auch das Einlagern von Brennholz hatte einen unverkennbaren Ton, der an ein knöchernes Xylophon erinnerte. In den Kirchen fanden viel häufiger als heutzutage Messen und Andachten statt, so daß regelmäßig Orgelspiel, Chöre, Fürbitten und Rosenkranzgemurmel durch die offenen Portaltore auf die noch nicht von parkenden Automobilen verschandelten Vorplätze drangen. Der Katechet hatte mich gelehrt, daß Gott überall zu finden war, im Armseligsten wie im Prachtvollsten, und daß diejenigen, die es wagten, ihn zu verleugnen oder nicht ausreichend zu ehren, mit teuflischen Strafen zu rechnen hätten. Daß Gott etwas Teuflisches zu tun bereit war, stärkte nicht gerade mein Vertrauen in ihn. Und der beim wiedererstandenen Bundesheer als Korporal tätige Liebhaber meines Kindermädchens erklärte mir, daß der Unterschied zwischen einem Suppenschöpfer und dem himmlischen Schöpfer unter anderem der sei, „daß einen der Herrgott jederzeit mit dem Blitz beim Scheißen treffen könne". Aber eines Samstags fand ich in der Bibliothek meines Vaters ein Buch mit dem Titel „Liebling der Götter". Ich hatte schon viel von Gott gehört, aber wer waren die Götter? Wo hielten sie sich auf, und was waren ihre Funktionen und ihre Eigenschaften, außer daß sie offenbar Lieblinge besaßen? Dann erinnerte ich mich an die Statuen auf den Dächern von Palais, prächtigen Gründerzeithäusern und öffentlichen Bauten in vielen Wiener Bezirken und daß die Frau Lehrerin Tauscher während des Heimatkundeunterrichtes manche davon als antike Gottheiten bezeichnet hatte. Von Stunde an fühlte ich mich bei meinen Innenstadtspaziergängen stets durch diese Götter beobachtet und begutachtet und fürchtete, sie würden, falls ich nicht zu ihren Lieblingen zählte, da sie mit Sicherheit meine Gedanken und Pläne lesen konnten, deren Verwirklichung zu vereiteln trachten. So beschloß ich, sie mir gewogen zu machen, und weil ich in „Fox' Tönender Wochenschau" gesehen hatte, wie die Balinesen Opfergaben in ihre Tempel trugen, stellte ich Mokkatassen gefüllt mit Erdäpfelsalat, Risibisi und anderen Essensresten in Hauseingänge der Wiener Götterwohnsitze. Bald darauf verstieß die Klicpera Trude aus der 3b in Erfüllung meines sehnsüchtigsten Wunsches den Slama Freddie aus der Parallelklasse und wandte sich meiner aufgeregten Person zu. Seit damals wußte ich, daß auch ich bis auf Widerruf ein Liebling der Götter war.

Über einen Feind (2004)

Es gibt eine Art von Begeisterung, mit der macht man sich vor anderen nur lächerlich. Genau die hatte ich in den fünfziger und frühen sechziger Jahren für Oskar Werner. Er war alles, was auch ich sein wollte: ein gegen die Ströme der Konventionen drängender Rettungsschwimmer des Theaters. (Er rettete am Burgtheater tatsächlich jeden Abend, dem er die Ehre erwies.) Ein Mensch von jener vibrierenden Anmut, die einen nicht neidisch werden läßt, sondern augenblicklich für ihren Besitzer einnimmt. Eine Stimme, die mir die Wurzel aus gelungenem Wien erschien und heute noch erscheint. (Als ob man Schubertmelodien sprechen könnte, wirkte sie.) Ein von den in ihn verliebten Musen verwöhnter Fratz und Launenmeister. Nach all dem Mitläufertum und den hurtigen Kopfeinziehereien der Nazizeit endlich jemand, der sich nichts bieten ließ, was seine Vorstellung von Qualität verletzen wollte. Noch vor James Dean der vollendete junge Rebell, aber nicht mit Cowboyhut und Winchester, sondern mit der Krone der Shakespearekönige und dem mit Türkisen besetzten Dolch.

Wenn ich an diesen Erstgeborenen des Staunens denke, fällt mir vor allem ein, was er nicht gespielt hat. Das sind entsetzlicherweise gerade jene Rollen, die ihm auf den Leib und in die Seele geschrieben scheinen: Hofmannsthals „Schwieriger", Schnitzlers „Anatol", der „Fritz" in der Liebelei, der „Hofreiter" im Weiten Land. Kann man es, ohne wütend zu werden, erklären, daß Oskar Werner nie einem Nestroy sein Genie zur Verfügung stellte, nie einem Raimund und, was in seinem Fall noch schwerer wiegt, niemals dem „Liliom"? Der – außer Hans Moser – wirksamste Bühnen- und Filmkünstler Österreichs in der zweiten Hälfte des 20. Jahrhunderts hat sich kein einziges Mal öffentlich mit Ödön von Horváth beschäftigt und adelte zwar ständig bei Lesungen das anrüchige Mittelgewicht Josef Weinheber, gönnte

sich aber nicht das Geschenk, sein Können in den Wortolymp H. C. Artmanns zu tragen.

Oskar Werner ist neben vielem Guten auch ein Genie der vertanen Chancen und versäumten Gelegenheiten gewesen. Zwischen Selbstüberschätzung und Selbstunterforderung betrog er sich und uns um die wertvollsten Möglichkeiten seines Talents. Ein großer Schauspieler muß spielen, sonst findet er nicht statt. So einfach ist das. (Auch Marlon Brando laboriert ja an dieser unverzeihlichen Verweigerungsmanie.) Es erinnert an jene reichen Idioten, die Originale von Velázquez, Degas oder Matisse für Jahrzehnte in Schweizer Banktresoren wegsperren. Die Bilder werden so gewaltsam daran gehindert, ihrer eigentlichen Aufgabe nachzukommen: jener der Umverteilung von hohen Maßstäben und hohen Energien. Wer uns stets Bedürftigen diese Freude vorenthält, ist unser Feind. In diesem Sinne war Oskar Werner mein Feind.

Einmal, Ende der siebziger Jahre, haben wir gemeinsam eine schöne Nacht lang Wienerlieder gesungen.

Da hat er gesagt: „Ich will die Oberstimm' sein. Laß immer mich das Schwierigere tun. Mir fällt's ja so leicht." So war er. Auch. Aber wenige Jahre später hat er eigentlich nur noch gesoffen, und der Glanz ist stumpf geworden. „Bring dich bitte nicht um", habe ich im Café Hawelka gebettelt, als er es wieder besonders arg trieb. Seine Antwort ist mir unvergeßlich: „Du hast recht. Es ist ewig schad' um mich. Aber eins mußt wissen, mein lieber Freund und Zwetschkenröster, du kannst mir mit all deiner Phantasie nichts vorwerfen, das ich mir nicht schon selber hundert Mal vorgeworfen hätt'."

Der erste April (1993)

1

Die Hufe der Rösser schlugen kleine Funken aus den Pflastersteinen. Sechs Rappen waren es, deren Atem kurz ging, wie jener ihres Kutschers. Die Frau des Kutschers betrachtete von einem zu diesem Anlaß gemieteten Balkon am Wiener Graben mit einem fassungslosen Staunen die Bewegungen ihres Mannes und sah ihn, als hätte sie ihn noch nie gesehen und würde ihn fortan nie mehr sehen.

Denn ihm, von allen Menschen auf Erden, dem Gregor Quiringer, war die uralte tote Frau auf ihrer letzten Reise anvertraut. Und da saß er, in seiner schlecht geschnittenen Trauerlivrée, auf dem hochaufragenden Kutschbock und duckte sich unter der Last der Verantwortung. Und von überall her drang jener große Klang an sein Ohr, der an das Rauschen der Maisfelder im Sommer erinnerte, nur bedrohlicher und dissonanter. Und Gregor Quiringer ahnte, daß es die Anrufungen und geflüsterten Erregungen der Zehntausenden Schaulustigen waren. Denn die tote Frau war Zita, letzte Kaiserin von Österreich und Königin von Ungarn, Majestät von Jerusalem und Herzogin von Auschwitz.

An diesem 1. April des Jahres 1989 schien Wien nichts als die Residenz der Erinnerungen zu sein. Etwas allgemein für versunken Gehaltenes war unerwartet und in manchem Sinn erschreckend auferstanden, um noch einmal und diesmal ohne Ablenkung durch Not, Chaos und Kriegswirren vor aller Welt für die Ewigkeit der Ewigkeiten unterzugehen.

Die Glocken des Stephansdomes begannen zu dröhnen, dann jene von Peterskirche und Michaelerkirche. Als sich zuletzt das Geläut von Augustinerkirche und Kapuzinerkirche sowie die Detonationen von Böllern hinzumengten, flimmerte der Himmel über der Inneren Stadt im Flügelschlag fliehender Vögel. Paul drängte sich gegen den Strom der dem Kondukt entlang der Absperrungen Nacheilenden und bestieg auf der Höhe des Hotels Bristol ein Taxi. „So rasch wie möglich zum Südbahnhof", sagte er und lächelte, als der Chauffeur antwortete: „Immer soll alles g'schwind gehen, nur beim Sterben will jeder der Letzte sein."

2

Die Bahnhofsrestauration 1. Klasse am Südbahnhof sah aus wie eine desolate Aufbahrungshalle für totes Fleisch und Gemüse. Und genau das war sie im Grunde auch: ein Mekka der absolut Appetitlosen.

Paul wollte dort an der Schank stehend einen Mokka trinken und nachdenken. Er war unentschlossen, welchen Zug mit welchem Ziel er nehmen sollte. Überall schien ihn mehr Heimat zu erwarten als in Wien. Denn Wien war ihm abhanden gekommen. Seine ehemals tiefe Zuneigung hatte sich in eine Gleichgültigkeit verwandelt, von der jene Zufriedenheit ausstrahlte, die einen belohnt, wenn man sich von anstrengenden Beziehungen befreit.

Er sah die Zustände erstmals, wie sie tatsächlich waren: jenen bedeutenden Mangel an Herzensbildung, der den Großteil der Bevölkerung in Österreichs Hauptstadt prägte. Die wehleidige Selbstzufriedenheit, mit der die Wiener der Harmlosigkeit huldigten und allen großen Ideen und mutigen Unternehmungen feindselig die Gefolgschaft verweigerten. Die rätselhafte Schadenfreude, mit der sie ihr eigenes Scheitern genossen. Wie sie sich aus dem skandalösen Mittelmaß der meisten ihrer Politiker, Beamten und Kleriker eine Berechtigung für die eigene Unwürdigkeit ableiteten. Der Staat war in einem Zustand irreparabel erscheinender Verkommenheit, der bei einem Gebäude den sofortigen Abriß nahegelegt hätte.

Kein Tag verging, ohne daß die Zeitungen eine neue Schurkerei von hohen Repräsentanten des öffentlichen Lebens offenbarten. Ein widerwärtiger Schleim aus männerbündischer Kumpanei und zynischer Gesetzesverhöhnung, gepaart mit erschreckend tölpelhafter Gaunerunprofessionalität, vermittelte den Eindruck, als hätten die Österreicher nicht nur für das Höchste, sondern auch für das Primitivste jegliche Begabung verloren.

Über all dem thronte ein Bundespräsident, von dem es hieß, daß auch die Tiere ihn schon zu meiden begannen. Paul gebrauchte zwar zur Beschreibung dieser Zustände noch Worte wie armselig oder beschämend, aber in Wirklichkeit erregte er sich darüber nicht mehr. Es war, als spreche er über ein anderes Planetensystem, mit einer anderen moralischen Schwerkraft, und in manchen Augenblicken empfand er es als peinlich und zutiefst unerklärbar, wieso er jemals durch eine Art geißelnder Liebe Veränderungen in diesem Eldorado der Dummheit hatte erzwingen wollen.

3

Der Kutscher Gregor Quiringer war mittlerweile mit Karosse und Pferden in die Stallung nach Ottakring zurückgekehrt. Einen nach dem anderen striegelte er die Rappen. Manchmal lehnte er für Augenblicke den Kopf an die Flanke eines Tieres und roch am schweißigen Fell. Alles, was er denken konnte, war: „Ich hab wirklich nicht umsonst gelebt."

Seine Frau aber stand immer noch auf jenem für diesen Anlaß gemieteten Balkon des Wiener Grabens, und obwohl der Festzug sich schon lange aufgelöst hatte und nur noch da und dort kleinere Gruppen Diskutierender die Straße belebten, sah sie immer und immer wieder ihren Mann mit dem Prunksarg an ihr vorbeifahren, und die Spitzen seines Schnurrbartes schienen zu leuchten wie die nächtlichen Augen eines Jaguars, wenn der Schein einer Fackel auf sie fällt.

Über Robert Schindel und seinen Gedichtband im Insel Verlag (2003)

Ich kenne keinen schöneren Verlagsnamen als *Insel*. Er entspricht meinem flehentlichen Wunsch, daß es wenigstens einen Ort geben möge, an den sich das Feinsinnige, die Zwischentöne, die Genauigkeit, die schwierige Schönheit und das Behutsame hinretten könnten. Einen Ort, an dem Eleganz und Geist willkommen sind, aufragend aus dem Ozean der brausenden Dummheit und Grobheit. Man könnte dort in der Nachbarschaft von unverlogenen Verbündeten Atem holen und Trost finden. Die Grundstücke wären nicht von Zäunen durchschnitten, die unterschiedlichsten Gedanken dürften frei flanieren, und wenn sich zwei davon begegneten, einander liebevoll ermutigen, das Erkenntnisstiftendste zu wagen.

Der Dichter Robert Schindel verdient die Bürgerehre solch eines gelobten Landes. Er lebt schon zu lange auf gepackten Koffern, in der Ruhelosigkeit desjenigen, der auf einen völlig anderen Ton gestimmt ist als seine vorherrschende Umgebung. Ein Österreicher ist er durch und durch, aber von jener Sorte, der 1938 von den Hitlerbanditen Auftrittsverbot und bald auch Existenzverbot erteilt wurde. Versteckt und angstbandagiert überlebte er die tausendjährigen Verbrechen, während die Adresse seiner Eltern Auschwitz hieß.

Aus sehr ungewöhnlichen Augen, die praktisch nie aus dem Staunen kommen, betrachtet er die verquere Welt und Halbwelt. Oft begibt er sich unzufällig auf dünnes Eis, vielleicht auch, um aus Herzensgüte ein paar Esel zu retten, die dort tanzen. Ich mag seine abendliche Silhouette. Sie ist eine jener raren Erhebungen, in deren Innerem originelle Gedankenerstbesteigungen stattfinden. Müßte man Schindel in Musik übertragen, käme die Bearbeitung einer Schrammelmelodie durch Arnold Schönberg in Frage. Die Wörter suchen seine Nähe. Er tut ihnen gut, und stärkt ihr Selbstbewußtein. Er dreht sie ein wenig oder streckt sie und stellt sie in neue Zusammenhänge, und dann wischt er mit dem Ärmel drüber und behaucht sie zwei- oder dreimal und poliert noch einmal nach. So entstehen Schindels gelungene Strophen über die Not und über das Lachen und über das Schwierigste überhaupt: die Versuche, ein achtbarer Liebender und Geliebter zu sein. „Derweil ich warte, schreiben sich solche Gedichte" heißt es in „Lieblied 14". Andere sind weniger gesegnet und warten sehr viel fruchtloser.

Flüchtige Begegnung im ersten Bezirk (Gemeinschaftsgedicht mit Helmut Qualtinger, 1970)

Wiari ums Eck biag
Vom Grabn in die Habsburgergassn,
Kummt ma visavis am Trottoar
A eleganta Delphin entgegen.
„Wos bringt Sie nach Wean, Herr von Fisch",
Frog i.
„Beim Elmayer war i, in der Perfektion.
Dort schlagn die jungen Madln Welln,
Und i schwimm dazua,
Dass die Esther Williams blaß wird."
„Net schlecht", sog i,
„Wia Sie Ihre Aufriß machn."
„Ja", lacht er: „Ohne Fleiß ka Preis."
„Streber", sag i,
Und laß eam in an Lackerl stehn.

Der interessante Herr. Assoziationen über eine jahrzehntelange Beobachtung (2010)

Wer Alfred Gusenbauer[1] mit freundschaftlichem Blick über Jahrzehnte hinweg aus der Nähe beobachtet, bekommt einen raren Fall präsentiert. Das Spektrum dieses facettenreichen Mannes reicht von brillant bis hochmütig, von rührend einfühlsam bis kältester Gnadenlosigkeit, von intellektueller Weltklasse bis polternde Vorstadt, und all dies durchaus authentisch.

Er hat mit fünfzig Jahren bereits derart viel an Erfahrungen, Triumphen und Niederlagen hinter sich, daß man getrost annehmen kann, daß Gusenbauers öster-

reichische politische Karriere nur ein lautstarkes Präludium für die Aufgaben war, in denen der Strom seines Lebens münden will.

Ich traue ihm noch die erstaunlichsten Entwicklungen zu, und hätte es Werner Faymann[2] nicht engagiert gegen den ausdrücklichen Wunsch der europäischen Sozialdemokraten verhindert, wäre der Maurersohn aus Ybbs wohl heute schon zumindest ein exzellenter Außenminister der EU und wahrscheinlich noch zusätzlich deren Vizepräsident. Eine Biographie wie jene Gusenbauers widerfährt einem nicht aus Zufall, sondern um das Rüstzeug für schwierigste Herausforderungen zu besitzen, nachdem man seine Eitelkeit bereits grundbefriedigt hat, nachdem man die Enge seiner Heimat mit ihren Verwerfungen durchmessen hat, nachdem man mit genügend Feinden und Halbfreunderln kollidiert ist, um den Seltenheitswert verläßlicher, unverlogener Verbündeter kristallklar zu erkennen, und auch nachdem sich, against all odds, die Träume der Jugend früh verwirklicht haben und Platz machen für die substantielleren Möglichkeiten, deren Bühne die Welt außerhalb des Rot-Weiß-Roten ist.

Man kann und soll Alfred Gusenbauer für manches scharf kritisieren, aber man wäre schlecht beraten, nicht anzuerkennen, daß er seine Ziele stets gegen den passiven und aktiven Widerstand allzu vieler aus der sogenannten eigenen Gesinnungsgemeinschaft und unter dem Dauersperrfeuer mächtiger Medien unseres Landes erreicht hat. Er beschloß, falsch oder richtig, seinen Kritikern keine innere Macht über sich zu geben, und sein Sturz als Kanzler und SPÖ-Chef geschah symbolträchtig, als er sich erstmals, quasi in einem streßbedingten Anfall von Selbstverrat, bei einem Medium anzubiedern versuchte, vergessend, daß man ein viel opportunistischeres, harmloseres, ängstlicheres, vor allem lenkbareres Kaliber sein müßte, damit ein derartiges Unterwerfungsangebot vom Herausgeber der Kronenzeitung jemals ernst genommen würde.

Wer seine Verachtung gegenüber dem Halbseidenen, Denkschwachen, Primitiven, G'schaftlhuberischen, intellektuell nicht Satisfaktionsfähigen so oft und unverhohlen nicht zu tarnen weiß wie Alfred Gusenbauer, darf sich nicht wundern, daß er als Partei- und Massenliebling nicht taugt und schon gar nicht als Bannerträger eines offenbar mittlerweile zur Staatsraison gewordenen, kleinmütigen, mit dem Brachialboulevard abgestimmten Populismus, der nur mehr Anlaß und Klientelpolitik zu betreiben gewillt ist.

Gusenbauer dachte, er sei der geborene österreichische Bundeskanzler und hat immerhin die ungewöhnliche Chance erobert, sich zu beweisen, daß dies ein Irrtum war. Es hat ihn im vermeintlichen Machtzentrum des Ballhausplatzes angesichts dessen, was die Wirklichkeit des Amtes an maßlosen Rücksichten auf den Koalitionspartner bedeutet, aber auch an Mangel an Weisungsrecht, an tiefen Fallgruben, an Störmanövern von seiten der Bünde, Gewerkschaften, des Beamtenapparates sowie der Bundesländergranden und deren publizistischen Schweizer Garden nicht gerade die Red' verschlagen, aber es wird wohl kaum einen anderen Regierungschef geben oder gegeben haben, der mitunter Minister oder wichtige Auslandsdelegationen halbstundenlang im Vorzimmer warten ließ, weil er für seine Psychohygiene und zur Befriedigung seiner Tagesration an Mindestqualität noch ein Kapitel eines hochkarätigen Romans auf Spanisch, Französisch, Englisch, Italienisch oder Deutsch in Ruhe zu Ende las.

Auch den Hang zum sinnlichen Leben, der manchen nicht in die von ihnen aufgestellten Kartäuser-Regeln für Spitzenpolitiker paßte, gestand Gusenbauer sich stets gelassen zu, wohl als eine Art Schmerzensgeld für die, wie er es empfand, Zumutungen an Zeitvernichtungsdebatten und Gesuderelitaneien, die allerdings notwendigerweise auch zum Alltagsgeschäft eines solchen Berufes gehören. Letztlich nahm er seinen raschen Abschied von der Spitze des Staates nobel und ohne Bitternis zur Kenntnis. Derzeit macht Alfred Gusenbauer die spannende Erfahrung, wie es ist, auf redliche Weise wohlhabend zu werden. Er kann sich jeden Tag seine Tätigkeiten, Termine und Gesprächspartner in aller Welt selbst auswählen und wird dafür, seinen Fähigkeiten und Ergebnissen gemäß, aufs schönste entlohnt. Auch dies wird wiederum ein Übergang sein. Man hantelt sich ja von Verwandlung zu Verwandlung.

Manchmal ruft mich die bezaubernde, hochoriginelle und charakterstarke Mama Gusenbauer an und fragt: „Glauben Sie, daß es meinem Fred wirklich gut geht?", und ich antworte ohne Zögern:

„Es geht ihm bestens. Er lebt jetzt synchron mit den Bedürfnissen seiner Seele."

Rede zur Ausstellungseröffnung „Raoul Korty" in der Österreichischen Nationalbibliothek (2008)

Verehrte Frau Generaldirektorin, danke für Ihre klaren, nicht um den ziemlich heißen Brei herumredenden Worte, aber vor allem danke für Ihre klaren, unopportunistischen Taten. Ich wünschte, die Leiter und Leiterinnen anderer Museen und Sammlungen würden sich Ihrer Haltung anschließen. Man kann nicht umhin, in diesem Zusammenhang wieder einmal Rudolf Leopold zu erwähnen, der mit der derzeit laufenden Egger-Lienz-Ausstellung, die nicht weniger als vierzehn Arbeiten mit äußerst bedenklicher Provenienz präsentiert, unfreiwillig eine Spezialschau zum Thema Raubkunst veranstaltet. Leopolds nonchalante Rechtfertigungsversuche bezüglich dieser Materie sind seit langem tief irritierend, aber er ist nur ein Mosaikstein im größeren Bild.

Bei genauer Betrachtung erkennt man, daß die Folgen des Nationalsozialismus tragischerweise die Gestaltungsgrundlagen der Zweiten Republik darstellen. Die negativen Schwingungen der vielfältigen Verbrechen zwischen 1938 und 1945 reichen noch heute und mit Sicherheit auch noch in hundert Jahren in das Leben fast jedes einzelnen österreichischen Staatsbürgers.

Überlegen Sie bitte für einige Augenblicke, was in Ihrer persönlichen Biographie anders wäre, wenn Hitlers Machtergreifung nicht stattgefunden hätte. Welche Karrieren hätten Ihre Großeltern, Ihre Eltern und infolge Sie selbst gemacht oder nicht gemacht, welche Firmen, Geschäfte, Häuser oder Wohnungen wären heute in anderen Händen, wie würden bestimmte, nicht vom Krieg verletzte Städte aussehen? Um wieviel besser wäre die universitäre Ausbildung, wenn wir mehr weltläufige und inspirierende Professoren hätten, wie wäre die Streitkultur in diesem Land, welche Politiker und Journalisten gäben auf welchem Niveau den Ton an? Selbst der erste Oscar, über dessen Gewinn alle gerade so jubeln, wurde mit einer KZ-Thematik errungen[3]. Ich habe oftmals behauptet, daß es noch nie ein Österreich gab, in dem es auf vielen wesentlichen Gebieten, ja, ich möchte polemisch sagen, auf allen außer dem Skilauf, so leicht war, eine große Nummer zu sein, wie jenes Österreich, das sich nach 1945 aus den Trümmern erhob.

Das gilt für die Künste ebenso wie für die Industrie und die Wissenschaft. Durch die Ausrottung und Vertreibung eines gewaltigen Teils der Qualität war der Weg frei, daß sich eine häufig zweite oder dritte Garnitur selbstgefällig als erste aufspielen konnte. Man bat die nicht allzu vielen Emigranten, die durch die Gnade der Engel überlebt hatten, bewußt nicht ins Land zurück und versuchte ihnen mit allen Methoden selbst das vorzuenthalten, was ihnen als Minimum zugestanden wäre, geschweige denn, daß es eine Bereitschaft gab, ihnen wirklich ihr ganzes Eigentum zurückzugeben. Es ist eine nicht enden wollende Schweinerei bis zum heutigen Tag, und alle Regierungen jeder Couleur und fast alle österreichischen Medien haben in dieser Angelegenheit bitter versagt. Meine schöne Mutter wird heuer

94 Jahre, und bei meinem letzten Anruf beim Nationalfonds vor vier Monaten wurde mir sehr freundlich beschieden, daß die seit Jahren in Bearbeitung befindliche Angelegenheit „Elisabeth Heller“ etwas schwieriger sei, weil es so viele Ansprüche gebe, man aber die paar tausend Euro, die als sogenannte Gestezahlung für die enormen, meinen Eltern von den Nazis außer der Süßwarenfabrik gestohlenen Werte an Schmuck, Automobil, Bildern, Möbeln, Versicherungen und dergleichen eventuell zu erwarten wären, wahrscheinlich nächstes oder übernächstes Jahr ausbezahlen könne. Wer hat das Glück, frage ich, bei guter Gesundheit so alt wie meine Mutter zu werden, die dieses Geld Gott sei Dank nicht benötigt? Aber was ist mit den zahlreichen anderen, sehr gebrechlichen alten Herrschaften, die sehnsüchtig auf Ergebnisse warten und für die unter Umständen jeder Groschen relevant ist? Wieso hat die Politik dieser ohnehin nur etwas mehr als symbolisch kompensieren könnenden Stiftung, die, das will ich betonen, engagiert tut, was sie kann, nicht von vornherein ausreichend qualifizierte Mitarbeiter finanziert, damit sie zügiger arbeiten durfte und darf und nicht allzuoft bei Menschen mit bereits übermäßig tragischen Schicksalen falsche Hoffnungen wecken muß? Die meisten Auszahlungen kann man mittlerweile wohl direkt auf den Friedhöfen tätigen.

Allzu viele, meine Damen und Herren, und nicht nur ehemalige Nazis, waren also nach 1945 froh, die Ermordeten und auch die Vertriebenen los zu sein. Mein kostbarer, lange schon toter Freund Viktor Matejka[4], Wiens erster fulminanter Nachkriegskulturstadtrat, ein Kommunist und kluger und anständiger Mensch von raren Dimensionen, der von 1938 bis 1944 im Konzentrationslager Dachau als politischer Häftling interniert war, sagte oft: „Die Herrschenden im neuen Österreich waren froh, die Nazis los zu sein, aber daß die Juden und andere unerwünschte Personen verschwunden waren, galt den meisten von ihnen durchaus als angenehmer Nebeneffekt." Matejka hat mir auch erzählt, wie es ihm, und er war ungewöhnlich durchsetzungsstark, von seiten des Wiener Rathauses und der Bundesregierung absolut unmöglich gemacht wurde, akzeptable Lebensbedingungen, also Wohnungen und, wenn nötig, Professuren selbst für Heimkehrwillige vom Range Oskar Kokoschkas und Arnold Schönbergs zu organisieren. Die beiden blieben dann auch bis zu ihrem Tode in der Schweiz beziehungsweise in Los Angeles.

Matejka schilderte mir, daß Marc Chagall großzügig bereit war, gratis den Eisernen Vorhang für die wiederaufgebaute Staatsoper zu entwerfen, Österreichs führende Kunstpolitiker aber für ein derart tagtäglich wahrgenommenes Kunstwerk im Allerheiligsten der Musik keinen, wie sie es nannten, Talmudkünstler wollten, sondern den nazibelasteten, international völlig bedeutungslosen Herrn Eisenmenger[5]. Als die Staatsoper dann am 5. November 1955 eröffnet wurde, hieß ihr Direktor Karl Böhm, auch ein besonderer Günstling der Nazis und ab 1943 schon einmal linientreuer Leiter des Institutes, und nicht der im Zuschauerraum weilende große, 1938 als Direktor hinausgeschmissene jüdische Meisterdirigent von weitaus unbefleckterer Weltgeltung, Bruno Walter. Der Kulturminister hatte also zwei ehemalige Direktoren zur Auswahl und entschied sich symbolträchtig für denjenigen, der nationalsozialistisch belastet war. Ich könnte derlei Schandtaten leider tagelang aufzählen und rate allen zur Lektüre von Emigrantenmemoiren oder der eben erschienenen Gesamtausgabe der Schriften des katastrophal früh verstorbenen, großen österreichischen Seelenhygienikers Hubertus Czernin. Auch die zahlreichen Recherchen, die Thomas Trenkler zu dieser Thematik geleistet hat und die der Standard veröffentlichte, muß man dankbar erwähnen.

Die eingangs geschilderte, fröhliche Urständ feiernde vorwiegend zweite und dritte Garnitur tat alles in ihrer Macht Stehende, um Besitzstände von Naziopfern, die sich Privatpersonen, aber auch in großem Ausmaß die Republik selbst und ihre Institutionen unter den Nagel gerissen hatten, nicht restituieren zu müssen. Gustav Jellinek, der die Entschädigungsverhandlungen damals auf der jüdischen Seite führte, bemerkte: „Die österreichische Regierung war von Beginn an entschlossen, nichts zu geben, nicht mit uns zu arbeiten und alle unsere Bemühungen zu sabotieren, und das ganze Parlament stand hinter ihr, die Volkspartei zu hundert Prozent, die Sozialdemokraten waren lange Zeit – sagen wir – flau. Unter solchen Umständen überhaupt einen Erfolg zu erzielen ist eine anerkennungswerte Leistung." Meine Damen und Herren, diese für die Opfer der Nazis verheerende Grundeinstellung im Nachkriegsösterreich hat natürlich auch damit zu tun, daß alle politischen Kräfte immer wieder auf die Moskauer Deklaration aus dem Jahre 1943 hinweisen konnten; dort wurde bekanntlich Österreich als erstes Opfer Hitlers bezeichnet. Bruno Kreisky erwähnt im zweiten Teil seiner Memoiren, daß der deutsche Bundeskanzler Konrad Adenauer einmal in kleinem Kreis sagte: Die Österreicher seien unmögliche Leute, „was insbesondere ihre Haltung nach dem Krieg beweise, schließlich sind sie am Nationalsozialismus nicht weniger schuld als die Deutschen und hatten 1938 mit mehr Begeisterung mitgemacht, als dies damals noch in Deutschland üblich war", und weiters: „Die Österreicher sind ein unbelehrbares Volk, wie ihre Haltung in der Wiedergutmachung beweist, die man als indiskutabel bezeichnen muß." So weit Konrad Adenauer. Liebe Zuhörer, die Rechtslage wurde jedenfalls von der Regierung Figl I immer wieder zuungunsten der Raubopfer und daher zugunsten der Ariseure korrigiert, und der

damalige Minister für Vermögenssicherung und Wirtschaftsplanung, der schillernde, später von Julius Raab und seinen Freunden wegen Unfügsamkeit zu Fall gebrachte Peter Krauland, ein, wie die Akten belegen, ziemlicher Querkopf, war der meines Wissens einzige Spitzenpolitiker im Land, der dazu aufrief, bei der Restitution von geraubten Vermögen nicht alleine die Rechtslage heranzuziehen, sondern sehr wohl von moralischen Erwägungen auszugehen.

In den Künsten und bei den Wissenschaften schufen die kriegsgewinnlerischen Platzhirsche und in ihren Positionen und Pfründen belassenen Nazis allerdings Dämme, um das Rückfließen von höchster Qualität nach Österreich zu verhindern, einer Qualität, die natürlich

Maßstäbe bedeutet hätte, an denen man auch die Dämmebauer hätte messen können.

Die eindrucksvolle Ausstellung, die wir heute hier gemeinsam erleben dürfen, erzählt von der manischen Fotografiensammlerleidenschaft des ungewöhnlichen jüdischen Herrn Raoul Korty. Aber vergessen wir nicht, es sind die Leistungen zahlloser jüdischer Menschen, die das künstlerische und geistige Ansehen Österreichs bis heute nachhaltig prägen. Denken Sie sich aus unserer Kultur- und Geistesgeschichte Joseph Roth weg und Arthur Schnitzler, Gustav Mahler und Lise Meitner, Stefan Zweig und Hugo von Hofmannsthal, Julius Tandler und Hans Kelsen, Karl Kraus, Hermann Broch, Egon Friedell, Arnold Schönberg und Ludwig Wittgenstein, Jakob Wassermann, Peter Altenberg und Franz Kafka, Emmerich Kálmán, Alfred Polgar, Ralph Benatzky, Anton Kuh, Felix Salten, Edmund Eysler, Oscar Straus und auch ein ziemliches bißchen Johann Strauß Sohn, weiters Sigmund Freud, Emil Zuckerkandl[6], Alfred Adler, Karl Popper, Martin Buber, Max Reinhardt, Fritz Kortner, Richard Tauber, und ich erwähne hier ja nur den Bruchteil eines Bruchteils der Berühmten und Bedeutenden. Denken Sie sich all diese weg. Wie tragisch würde der Stellenwert der Kulturnation Österreich schrumpfen. Und jetzt vergegenwärtigen wir uns bitte, es hätte das Jahr 1938 in seiner verbrecherischen Form nicht gegeben, den 180.000 jüdischen Mitbürgern, die damals in Wien lebten, wäre ihr furchtbares Schicksal erspart geblieben, und deren Kinder und Kindeskinder gäbe es heute in unserer Mitte. Meine Damen und Herren, man braucht nicht viel Phantasie, um sich vorzustellen, wie viel reicher an Begabung und Originalität dieses Land sich zeigen würde. Wenn man aus diesem Traum erwacht, muß man zur Kenntnis nehmen, daß heute nur mehr etwa 8000 Juden in Wien leben und wahrscheinlich 15.000 in ganz Österreich, daß also sehr zurückhaltend gerechnet auf etwa fünfzig Antisemiten ein jüdischer Mitbürger kommt. Mich beschäftigen derlei Gedanken oft. Die Nazis haben ja auch das österreichische Großbürgertum tödlich dezimiert, also zum Beispiel die einen wesentlichen Kunsthandel bedingenden Kunstsammler und jene Zeitungsleser, die Qualitätsblätter einfordern, und die Mäzene und Stifter und Privattheatersubventionierer, die Bauherren und Gastgeber mit Stil und Grandezza, die eine Gesellschaft dringend benötigt, in der nicht alle Kreativen dazu verurteilt sind, stets am Tropf des Staates zu hängen und von der Gnade der Kulturpolitiker abzuhängen.

Liebe Zuhörer, die sehr wenigen, die sich, obwohl nicht eingeladen, zurückzukehren (vergessen wir nicht, erst Kanzler Franz Vranitzky hat dies im Jahre 1991, immerhin 46 Jahre nach Kriegsende, getan), diejenigen also, die nicht erwünscht waren und nicht mit offenen Armen empfangen wurden, die sich nach 1945 trotzdem wieder in Österreich einfanden, oder jene Menschen, die hier versteckt oder mit falscher Identität, in jedem Fall aber äußerst gefahrenvoll überlebt hatten und nach Ende des Terrors sich für das Hierbleiben entschieden, geben uns eine Ahnung von dem, was gewesen wäre, wenn. Der aus dem schwedischen Exil zurückgekehrte Bruno Kreisky wurde zum bisher faszinierendsten, als einziger heute noch Weltgeltung genießenden Bundeskanzler der Zweiten Republik. Oscar Bronner, der Sohn des 1948 aus Palästina zurückgekehrten bedeutenden Kabarettisten Gerhard Bronner, gründete im Alleingang Österreichs erstes und bestes Wirtschaftsmagazin trend, weiters das einzig relevante politische Wochenmagazin profil und die einzige linksliberale Tageszeitung, den Standard. Nicht schlecht, muß man sagen. Hilde Spiel, Friedrich Torberg und Hans Weigel, alle drei aus dem Exil zurückgekehrt, waren die wesentlichen Kulturpublizisten und Feuilletonisten Österreichs der fünfziger, sechziger und siebziger Jahre. Man könnte Hundertwasser erwähnen, Karl Farkas, Georg Eisler, Arik Brauer, Georg Kreisler, Elfriede Gerstl, Ilse Aichinger, Robert Schindel, und sehr vorsichtig kann man auch Elfriede Jelinek nennen, deren Vater jüdischer Herkunft war; unter den Jüngeren die Geschwister Eva und Robert Menasse sowie Doron Rabinovici. Die Liste ist enden wollend.

Es hieße aber wenig begreifen, wenn man nur von den Berühmten oder besonders Auffallenden spricht. Es waren auch die jüdischen Greißler, Schneider und Schuster, die Ärzte und Architekten, Hausfrauen, Cafetiers und Musikanten, die Fotografen, die Textilhändler, Anwälte und Beamten, die Stadttheatersoubretten und Sportler, die dereinst Österreich unverwechselbar machten. Menschen wie meine Großmutter mütterlicherseits, Helene Heller, die mir Ende der fünfziger Jahre, als sie vom Schweizer Exil hochbetagt ins Hotel Esplanade nach Baden zum Sterben gekommen war, bei jedem meiner Besuche zuflüsterte: „Franzl, schneuz dich immer nach oben, damit du eine Stupsnase kriegst." Es hat, wie Sie sehen, nichts genützt. Oder mein stets nicht allzu gute Geschäfte machender Onkel Roman, der mir auf meine Frage, warum er 1938 nach Uruguay emigriert sei und nicht in die USA, antwortete: „Bist du meschigge, ich kann doch nicht in einem Land leben, wo man zu ich I sagt, zu Ei egg und zu Eck corner." Wie unendlich schade um diese versunkene, ausgelöschte Faszination. Dies ist, wie Sie merken, keine sehr fröhliche Rede, und damit sie noch trauriger endet, will ich, was ich seit 26 Jahren in der Öffentlichkeit nicht getan habe, ein Lied singen, eines, das ich vor sieben Jahren schrieb und komponierte und das meinem im Vorjahr verstorbenen Freund Leon Zelman gewidmet ist, Leon Zelman, der stets leidenschaftlich um Aussöhnung zwischen den jüdischen Emigranten und ihrer ehemaligen Heimat Österreich bemüht war. Ich habe Leon gefragt, was die innere und äußere Konsequenz aus seinen Erfahrungen im Konzentrationslager war. Er sagte: „Die Haupterfahrung ist, die Menschen müssen lernen zu lieben, statt zu hassen, zu lieben, sich selbst und andere. Ich weiß auch, daß man die Grobheit nur durch Behutsamkeit auflösen kann, die Gefühllosigkeit nur durch gelebte Feinfühligkeit und Mitgefühl, das Schrille, Dröhnende durch ein Bekenntnis zum Zarten und daß, wer die Welt verändern möchte, zunächst und vor allem sich selbst verändern muß."

Leon Wolke (2001)

Ach, was haben meine Augen
Nicht schon Wolken ziehen sehen
In den Himmeln meiner Reisen
Von Timbuktu bis Athen.
Solche, die ein Glück verheißen,
Andere von Unheil schwer.
Manche sahen aus wie Chaplin,
Andere wie ein Jagdgewehr.
Und doch unter allen Wolken
Ist mir keine halb so lieb
Wie der alte Leon Wolke
Aus dem zweiten Wiener Hieb.

Klein und blaß und immer aufrecht
Schaut er jedem ins Gesicht.
Wer Treblinka überlebt hat,
Fürchtet sich auf Erden nicht.
Nicht vor Krankheit, nicht vorm Sterben,
Nicht vor Dummheit jeder Form.
Und will ihm wer imponieren,
Sagt er: „Sie sind sicherlich enorm.
Nur hab' ich an andern Maßstab,

Vor dem wirkt fast alles klein.
Richtig groß ist nur die Trauer,
Und das viele Kinderschreien.

Wo ich bin, sind auch die Geister
Aus der schwarzen Aschenluft.
Und sogar die Parmaveilchen
Hab'n für mich an bitt'ren Duft.
Weil doch meine schöne Mame
Veilchen liebte und auch Mohn,
Und weil sie mich immer nannte
„Du mein Parmaveilchen-Sohn".

Denn ich hab ja blaue Augen,
Aber das war wert an Dreck.
Nichts kannst du dir dafür kaufen,
Nichts zum Essen, kein Versteck.
Auch nicht Ruhe vor Banditen,
Mame ging trotzdem ins Gas,
Und seitdem ist jede Stunde
Brennessel und Scherbenglas.

Und des Nachts kommen Hyänen,
Fressen sich in meinen Traum,
Und ich träum' zumeist vom Flüchten,
Angenehmes träum' ich kaum.

Und doch gibt es Augenblicke,
Da denk' ich, die Welt ist gut.
Nur geh'n diese Augenblicke
Leicht in einen Fingerhut.

Herrschaften ich will nicht stören,
Wünsche allseits guten Tag.
Mir wär' Mazeltov zu wünschen,
Daß mich endlich trifft der Schlag."

Ja so redet Leon Wolke,
Und ich will, daß ihr es wißt.
Denn man kann nur Lehren ziehen
Aus dem, was man nicht vergißt.

Ach, was haben meine Augen
Nicht schon Wolken ziehen sehen
In den Himmeln meiner Reisen
Von Timbuktu bis Athen.
Solche, die ein Glück verheißen,
Andere von Unheil schwer.
Manche sahen aus wie Chaplin,
Andere wie ein Jagdgewehr.
Und doch unter allen Wolken
Ist mir keine halb so lieb
Wie der alte Leon Wolke
Aus dem zweiten Wiener Hieb.

Stephanskirche (1973)

Als Nichtrauchercoupés für Giraffen
Werden die gotischen Dome enden.
Über den Türmen
Die Maisfelder der Sonnenanbetung
Im März, dem Monat in Nagelschuhen,
Wo sie mit Glashäusern nach Steinen werfen.

Onkel Plumps (1996)

Als Onkel Plumps aus der Emigration in Montevideo 1954 erstmals wieder für wenige Wochen nach Wien zurückkehrte, brachte er dreizehn eindrucksvolle Dinge mit. Einen elektrischen Reisephonographen, zehn Tango-Schellack Platten mit Aufnahmen des Sängers Carlos Gardel, die Überzeugung, daß alle Fußgänger im ersten Bezirk Nazis waren, die man ohrfeigen sollte, sowie eine Gonorrhöe, an der nach seiner Abreise plötzlich mein Kindermädchen laborierte. Onkel Plumps hieß Plumps, weil er als Fünfjähriger während der Sommerfrische einmal in ein Plumpsklo gefallen war, was meinen Vater unbeirrbar glauben ließ, daß damals der Inhalt des Onkelgehirns mit jenem der Senkgrube vermengt wurde. „Plumps ist ein Scheißkerl und hat nichts als Kacke im Kopf." – „Pas devant les enfants", zischte ihm Mama entgegen und fügte auf deutsch hinzu: „Neid ist keine Tugend." Tatsächlich gab es viele Gründe, Onkel Plumps zu beneiden. Er besaß Zimtplantagen in Argentinien, die Generalvertretung für Chevrolet Automobile in Uruguay und einen verschrobenen Humor, der mir bis dahin in unserer Familie unbekannt gewesen war. Zu einem Gespräch mit dem österreichischen Handelsminister im Café Imperial erschien er im Kostüm eines Gauchos und schlug dem Oberkellner mittels einer Peitsche ein Salzstangerl aus dem Mund, das er ihn, gegen ein hohes Trinkgeld, verpflichtet hatte, mit den Zähnen wie eine Zigarre zu halten. Auch versetzte ihn Wien, ab dem zweiten Tag, in eine Art Handkußraserei, die nichts als die camouflierte Ohrfeigenlust zur Nazibestrafung war. Wohin er auch ging, zu den Gemüsehändlerinnen des Naschmarktes oder den Billeteuren der Theater, er küßte ihnen überfallsartig die Hand und sagte: „Der Schlag soll Sie treffen für die Zeit von 38 bis 45." Ich weiß das, weil ich mich als einziger aus der Familie gelegentlich bereit erklärte, ihn zu begleiten. So war ich auch dabei, als er beim Handküssen vor der Michaelerkirche an einen rüstigen Pater geriet. Der schmiß als Reaktion Onkel Plumps sein Brevierbuch mit solcher Heftigkeit an die Stirne, daß die eingelegten Heiligenbilder im Umkreis von einigen Metern auf das Trottoir flatterten. „Ich war beim Widerstand, Sie Trottel", schrie der Gottesmann und setzte weniger laut hinzu: „Mein ist die Rache, spricht der Herr." – „Ich bin ein Herr", antwortete Onkel Plumps süffisant, „aber wenn Sie wirklich beim Widerstand waren und nicht nur bei jenem, der in Radioapparaten eingebaut ist, dann wird Ihnen mein kleiner Neffe die Heiligenbilder natürlich sorgfältig einsammeln." So lernte ich in jungen Jahren den Boden vor der Michaelerkirche aus nächster Nähe kennen. Dann lud Onkel Plumps den Pater zu einem Versöhnungsessen in den Matschakerhof. Das Essen bestand aber lediglich aus Slibowitz. Der Pater erzählte, daß er vor seinem Theologiestudium Sportringer gewesen sei, und mein Onkel sagte: „Ich war auch Ringer. In der Schülermannschaft der Hakoah. Schaun wir, welcher Gott stärker ist, der jüdische oder der katholische." Dann, nachdem sie noch einen Slibowitz gekippt hatten, begannen sie zwischen den Wirtshaustischen Kräfte zu messen. Zunächst hielten sie sich noch keuchend und im Stehen umklammert, aber plötzlich riß der Pater meinen Onkel hoch und schleuderte ihn auf die Schankbudel. Das nächste, was ich sah, war, daß Plumps etwas Großes ausspuckte, das sich als sein Gebiß herausstellte. Der Pater sagte: „Der Vatikan hat gesiegt", und streifte sich den Talar zurecht. Onkel Plumps sagte ein wenig unverständlich: „Sie sind ja doch ein Nazi." Aber dann, nachdem er sich seine Zähne wieder einverleibt hatte, fügte er zu meiner Erleichterung hinzu: „Sie müssen wissen: In unserer Familie waren und sind alle schlechte Verlierer. Und ich bin aus unserer Familie."

Rede auf Christian Brandstätter zum 60. Geburtstag und dem 20. seines Verlags (2003)

Verehrter Jubelgreis, illustre Zuhörer! Christian Brandstätter ist mein ältester amtierender Freund. Wir kennen einander seit 1964, und es war turbulente, stets inspirierende Zuneigung auf den ersten Blick. Wir sind durch das, was wir voneinander wissen, allerdings auf Lebenszeit aneinandergeschmiedet. Weder er noch ich wollen sich eine Feindschaft leisten mit jemandem, der einen derartig mit peinlichen Wahrheiten erpressen könnte. Ich beziehe mich hier selbstverständlich ausschließlich auf Privates, auf Liebesgeschichten und Heiratssachen. Christian war zum Beispiel mein Trauzeuge, als Erika Pluhar während unserer Hochzeit am Standesamt bei der Verlesung der Personalien aufschreiend erfuhr, daß ich noch minderjährig war und nicht, wie ich, um sie zu erobern, gelogen hatte, zwei Jahre älter. Er war auch bei meiner bitteren Niederlage in Sachen Krummbauer Elfriede Hauptzeuge, deren Pepi ich irrtümlich mit einem Zigarillo in Brand setzte. Die Älteren werden sich erinnern, daß gesellschaftlich ehrgeizigere Frauenspersonen damals immer Pepis trugen, unsägliche Haarteile zur Auftürmung von sogenannten Farah-Diba-Frisuren.

Nobel, wie ich mich stets zu sein bemühe, oute ich hier einen Bruchteil meiner Tragödien und nicht jener von Christian. Ich lasse ihn nur ein wenig Aquaplaning im Zwickel verspüren und das Blut in seinen Kopf schießen, indem ich Namen hintupfe. Namen wie: Magda Strehlich, Sonja Kaps, Roswitha Solaria Debatista, aber auch einfachere, wie Gerti Srb aus dem 12. Hieb. Von Lambacher Episoden ganz zu schweigen. Wo mögen die Damen sein? Leben und lieben sie noch? Unlängst sprach mich auf der Kärntner Straße ein schildkrötenartiges Wesen an: „Erinnerst du dich noch? Ich bin die Trude. Weißt du nicht mehr?“

„Wie alt bist du, Trude“, stammelte ich. „81“, antwortete sie mit einem durchaus schönen Lächeln.

Christian, wir werden alle nicht jünger. Im Anfang wollten wir beide Jahrhundertdichter werden und standen mit sprachlich etwas wackeligen Beinen im Lager von H. C. Artmann, Artaud und Apollinaire. Wir schrieben täglich getrennt in unseren kargen Zimmern oder gemeinsam in einem Salettl des Heurigen Niedermayer

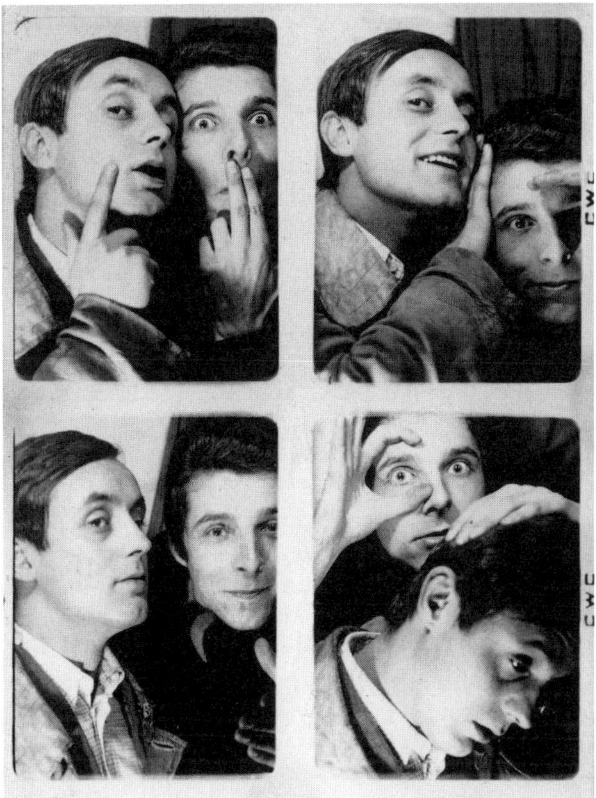

in Salmannsdorf, und gelegentlich las ich einige unserer Texte bei so avantgardistischen öffentlichen Veranstaltungen wie der Weihnachtsfeier der ÖVP-Unterorganisation „Verband der geistig Schaffenden“, den unser Freund Qualtinger zu Recht „Verband geistig Schlafender“ nannte und dessen Präsident der Schöpfer des in allen Pfarreien berühmten „Apostelspiels“, der damals auch schon neunzigjährige Oberkatholik Max Mell war, der während der nicht gerade üppig besuchten Festveranstaltungen immer tief schlief und dröhnend schnarchte und dann vom imponierenden Donner seiner eigenen entwichenen Winde jäh aufschreckte. Jessas na!

Da Christian und ich auch zu den Abgründen unserer Biographien stehen, teile ich in diesem ehrwürdigen

Adelssitz Palais Porcia heute Ihnen, geneigte Zuhörer, mit, daß der Jubilar und meine Wenigkeit Mitte der sechziger Jahre auch siebenundzwanzig Tage lang Kulturreferenten der Monarchistischen Bewegung Österreichs waren. Wir handelten damals aus Hörigkeit zu unserem Schutzheiligen und Idol Joseph Roth, der bekanntlich Otto von Habsburg hemmungslos verehrt hatte. Mit zwölf anderen jungen Pilgern, unter Führung von Ottos Wiener Statthalter Adolf Lacy Milkovics, ratterten wir im Autobus ins bayerische Pöcking, zum Wohnsitz des Thronfolgers, zu einer mit Gewißheit von Herzmanovsky-Orlando oder eventuell von den Zeremonienmeistern der Monty-Python-Truppe entworfenen Audienz im Exil bei Hofe. Die verhinderte Majestät roch nach Pitralon-Rasierwasser, erklärte uns die eklatanten Nachteile des Sozialismus und der Liberalität und sagte bei dieser Gelegenheit zu Christian die unvergeßlichen Sätze, und ich erfinde dies nicht: „Sie erinnern mich stark an, an, an, jemand, na, na, der mir jetzt nicht einfällt." Am folgenden Tag traten wir aus der Monarchistischen Bewegung wegen deren erwiesener monströser Glanzlosigkeit aus und waren fortan engagierte Linksliberale, die allerdings nie mehr irgendwo eine Mitgliedschaft anstrebten oder annahmen. Etwa um 1967 wurde mir bewußt, daß Christian derjenige in meiner Umgebung war, der den besten und unprovinziellsten Geschmack besaß. Außerdem bemerkte man bei ihm gute Manieren, eine rare Fähigkeit zur Selbstironie, eine Hinwendung zu englischen Maßanzügen und einen Wirklichkeitssinn, der mit Büchern gepölzt war. Er las Bücher, träumte Bücher, dachte Bücher, roch an Büchern, sammelte Neuerscheinungen und antiquarische Druckraritäten und war insgesamt ein erfreulicher Gegenentwurf zur Grobheit und dem brachialen Desinteresse an außerösterreichischer Welt, dem so viele Wiener Kunstheroen damals, und leider auch noch heute, frönten und frönen.

Lassen Sie mich etwas sehr Ernstes erwähnen, das mir von zentraler Bedeutung für den inneren und äußeren Weg des mit Abstand wesentlichsten heimischen Kunstbuchverlegers erscheint. Als Zehnjähriger verlor Christian die Sehkraft seines linken Auges. Es war das, was die Amerikaner einen freak accident nennen. Er befand sich gerade im Lambacher Freiluftbad mit einer Taucherbrille unter Wasser, als ein Schwimmer über ihm heftig mit seinem Fuß das Taucherglas traf. Es zerbrach und zerschnitt dem Kind die Pupille. Ein Alptraum. Von da an muß etwas Magisches geschehen sein. Christians Seele entwickelte die Ambition, mit dem einen verbliebenen Auge besser und begnadeter zu sehen als die allermeisten Menschen mit zwei Augen. Er wurde ein vielbeneideter Meister der genauen Wahrnehmung, ein Chronist und Bewahrer von kultureller Schönheit, ein Schutzherr der Eleganz, des gelungenen Designs, des gekonntesten Layouts, ein Jäger der verlorenen Schätze der Fotografie, ein Hauptkustos solitärer Prachtstücke der Wunderkammer Österreich, soweit man sie in international preisgekrönten Büchern verewigen konnte. Die Arbeitsergebnisse meines Freundes sind zumeist Qualitätsinfusionen, an die wir häufig milde und gelegentlich mutlos Gewordenen uns anschließen können und wovon wir immer getröstet, aufgerichtet und beflügelt werden.

Christian, du bist ein Glück, eine Auszeichnung, eine Hetz, ein Maßstab, eine Freude für diejenigen, denen du ein ganz unwienerisch loyaler Freund bist. Für alle anderen aber, die bei Geschmack und Verstand sind, bist du der souveräne Kapitän des Flaggschiffes österreichischer Buchkultur nach 1970, der Champion aller Klassen, vom Gedichtband zum Folianten, von der Postkarte zum Lexikon. Mögest du uns lange, lange, erhalten bleiben, und möge der Brandstätter Verlag rasch Eigentümer finden, denen die Gunst des Schicksals bewußt ist, daß sie mit deinem Können verbündet sein dürfen. Rechtzeitig zum

Jubiläum ist das Unternehmen auch noch ungelogen in den schwarzen Zahlen. Allerdings, so versichern mir meine himmlischen Agenten, nützt es einem beim Jüngsten Gericht auf jeden Fall mehr, mit dem Brandstätter Verlag ein wenig Geld verloren als etwa mit der Kronenzeitung Milliarden verdient zu haben.

Unser aller Glückwünsche zum zwanzigjährigen Verlagsjubiläum und Gesundheit, Masel tov, ein frohes Herz, dir, du gelungener Mensch, zum 60. Geburtstag.

wienlied (1968)

es ist ein unheiliges wunder um dieses wien.
überall tragen die menschen einen zirkus
unter dem herzen, mit richtigen seiltänzern,
einem königstiger und reifenspringern.
über allem ein zelt und tausende fahnen.

im frühjahr lehren sie ihre kinder das abc
und sprechen von türkischem honig.
sie machen geschäfte mit der sonne
und tragen die pelze ins dorotheum.
es stirbt einer, den sie hinausbegleiten
und alle beneiden:

eine papierrose für ferdinand raimund.
eine jungfrau für konrad bayer.
eine postkarte für peter altenberg.
ein feuerzeug für johann nestroy.
einen spaziergang für arthur schnitzler.
ein megaphon für karl kraus.
einen junimorgen für joseph roth.
eine zigarettendose für gustav klimt.
einen stadtteil für josef mathias hauer.
eine taschenlampe für ludwig wittgenstein.
ein motorrad für abraham-a-santa-clara.
einen viewmaster für sigmund freud.

einen ohrring für josef kainz.
einen regenbogen für egon friedell.
eine nähmaschine für adolf loos.
ein kartenhaus für meinen vater.

Die Ernte der Schlaflosigkeit in Wien (1971)

Zwischen Allerheiligen und Allerseelen liegt Wien. Aus der Schwalbenperspektive könnte man es für ein Hutgeschäft halten. Kappen, Mützen, Bowler, Zylinder, Panamas und manchmal ein Helm ergeben Häuserblöcke, Stadtviertel und Hiebe. Rundum ist Wald, Wienerwald und sogenannte Umgebung.

Die vorherrschende Witterung heißt Einsamkeit. Gruppen, ja ganze Aufmärsche werden von ihr befallen.

Wien hat eine der höchsten Selbstmordquoten der Welt. Hier stirbt man schon am kleinsten Tod.

Der Morgen tritt ohne anzuklopfen in das Zimmer der wehleidigen Selbstzufriedenheit, er riecht nach Mikadokaffee und raubt dem Tag seine Leichtigkeit.

Die Hiesigen erledigen nichts en passant, das meiste erledigt wohl sie en passant. Der typische Wiener liest keinen Essay, weiß daher nicht, daß es gar keinen typischen Wiener gibt, und benimmt sich folgerichtig wie ein typischer Wiener.

Ein geborener Zuschauer ist er, voll des ungesunden Mißtrauens gegenüber der Kontinuität des Außergewöhnlichen. Unter den Menschendarstellern die Schauspielerdarsteller liebend, unter den Tonsetzern die gesetztesten Töner und unter den Mördern die Dikken.

Er ist schnell zu rühren, aber nicht von der Stelle. Sein Anerkennen gipfelt in Rehabilitieren. Seine Idole sind Konzessionäre der Feigheit. Wenige Zeitungen haben noch das Niveau ihrer Redaktionen, die meisten bereits jenes ihrer Leser. Wiens Selbstvertrauen erinnert häufig an das eines größenwahnsinnigen Dorfes.

Alte haben hier das Sagen. Du findest sie überall. Auf den Pritschen im Freibad, bei den Pfadfindern und Kameradschaftsbünden, als Agioteure und deren Opfer bei der freundschaftlichen Fußballbegegnung Österreich – Ungarn, als Mannequins der Kinomodeschauen und Empfänger der Nachwuchs-Kunstförderungspreise. Die Jungen sind alt und die Alten gefordertenfalls noch die Jüngsten.

Aber im Dezember, wenn es auf den Josefsplatz schneit, werde ich aufgeregt wie bei der Erstkommunion, will weinen und manchmal gelingt es. Der Schnee in Wien verhüllt nichts. Er legt frei, entkleidet die Stimmung ihrer Verwahrlosung, restauriert die verwundete Architektur. Der Schnee ist ein Glück, vielleicht sogar:

das Glück. Und die Kinder nennen ihn Sternenmilch. Sommer wiederum ist ein Wort, das diese mit Haarnadeln in Parkverbotstafeln ritzen. Das Schönste am Sommer sind die Gewitter über den Weingärten. Da scheinen die Wolken vor Begeisterung mit den Füßen zu trampeln und Blitze fallen wie unglaubliche Krampfadern bodenwärts.

Das Zweit- und Drittschönste sind die Augenblicke gegen vier Uhr früh, wenn Kühle und Nacht abbrechen wie ein Schokoladenriegel. Aus den Straßen wächst noch der Bart der Finsternis. Aber das Sonnenmesser beginnt schon zu scheren, bis die Haut der Erde weiß ist. Dann schwemmt manchmal eine kleine Windflut über die Bezirke, daß die Portalfahnen der italienischen Eissalons knattern wie Spielzeuggewehre.

Maronibrater verdingen sich jetzt als Bademeister. Auf den Leibern werden die Stempel der Pockenimpfungen sichtbar, und wer jetzt in einem öffentlichen Verkehrsmittel nicht schwitzt, gilt als Schwein.

Das übrige Jahr ist Herbst. Auch der Frühling ist ein Herbst – für Anfänger.

Denn die Demontage der Frostschutzbretter von Brunnen und Denkmälern ist ebenso einleitende Geste des Abschieds wie das mitunter über Generationen vererbte Datum, zu dem ein Herr das erste Mal im Jahr auf offener Straße den Radetzky-Marsch pfeifen darf, ohne seine Atemwege zu gefährden.

Die kostbarste Straße Wiens ist die Simmeringer Hauptstraße. Sie führt direkt in die Erlösung: zum Zentralfriedhof und zum Flughafen Schwechat. Eine Prachtstraße ist sie, die man vergessen hat anzulegen. Hier sollten die Etappenziele des Irdischen ihre Stechuhren postieren: die Spitäler, Magistrate, Theater, Bureaus, das Parlament und der Strich, die Restaurants, Kirchen, Moscheen und Synagogen. Aber es hat nicht sollen sein. Begnügen wir uns mit der verschenkten Möglichkeit.

Nehmen wir das Nichts für das Ganze, wie so oft in der Geschichte Österreichs. Dieser Geschichte der großen Unterlassungen.

Die seltenen Arbeitsergebnisse entstehen hier trotz und nicht wegen des Ortes. Arbeitsergebnisse, die allerdings den ausländischen Beobachter den Kopf ziehen lassen. Wien ist ein Fluch, der sich seine Adressaten sehr sorgfältig aufspürt, ein Nobelpreis der Wehmut.

Strauß-Walzer zum Beispiel sind eine als Fasching verkleidete Melancholie. Soviel Zärtlichkeit ist in ihnen und Großzügigkeit, als würde die Musik für sich selbst eine Musik zur Aufführung bringen. Die Wienerinnen und Wiener sind dabei eigentlich nur als Statisterie des Staunens zugelassen oder beweisen rechts und links drehend, daß auch sie nicht besser tanzen können als das zumeist enttäuschende Staatsopernballett. Enttäuschend wie die Original Wiener Sachertorte, der Original Wiener Schmäh oder der Original Wiener Heurige, bei dem Original Wiener Gestrige durch ein Prosit auf die Gemütlichkeit diese ad absurdum führen.

Und doch: wer jenseits der Selbsterhaltungssentimentalität Wien zu definieren versucht, muß seine Sprache beim Wort nehmen können. Er darf sich nicht auf den Schein gehen, denn Wien scheint so viel, ist voll der Erscheinungen und sein Sein ist so detektivisch getarnt. Die Wirklichkeit brodelt (in des Begriffes zweifacher Bedeutung) so abseits vom Erwartungs-Corso. Die Wirklichkeit weiß Wien versunken und tot, es getraut sich der Verschiedenen lediglich keiner mitzuteilen. Sie würde darüber so erschrecken, daß sie tatsächlich stirbt. Wien ist eine Niederlage, die sich bis zum deswegen lieben Gott hinauf keiner eingestehen will, ich in der Stunde der Wahrheit schon gar nicht.

Über Clowns (2005)

1

Das alles beherrschende Gefühl, auf das ich in meiner Erinnerung stoße, wenn ich mir die Kindheit vergegenwärtige, ist jenes einer völligen Fremdheit, als ob ein machtvolles Wesen mich aus der Geborgenheit einer anderen Sphäre herausgerissen und in die herbbittere Wirklichkeit meiner sogenannten Familie, der Gebäude und Landschaften Wiens und der Melodie der deutschen Sprache geworfen hätte. Ich bin, empfand ich damals, zutiefst nicht der, für den ich gehalten werde. Nicht dieser Bub mit dem merkwürdigen Namen Francis Charles André Heller-Huart. Ich bin auch nicht vier oder fünf oder sechs Jahre, und meine hohe, zarte Stimme und die Worte, die sie formt, erzählen gänzlich anderes als das, was ich in meinem Inneren höre. Die Verwandtschaft, die Dienstboten, die anderen Kinder, die Verkäuferin im Milchgeschäft, der Fleischhauer, der Kaplan, die Kindergärtnerin, der Straßenbahnschaffner, sie alle sind, wenn ich ihnen begegne, Bausteine dieser pochenden Heimatlosigkeit. Immerzu warte ich auf jemanden, der mich abholen und zurückbringen wird. Wohin zurückbringen? In meinen gesegneten Ursprung.

Dann, eines Sonntagnachmittags 1952 oder 53, sagt das Kindermädchen: „Wir gehen in den Zirkus Rebernigg." Auf der Äußeren Mariahilfer Straße nahe dem Technischen Museum hat man ein vom großen Krieg noch verbliebenes Bombengrundstück provisorisch geräumt, und zwischen einschüchternd grauen oder mit grüner Tarnfarbe bestrichenen Vorstadtzinshäusern ragt ein großes, blau-weiß gestreiftes Zelt auf, behangen mit Glühbirnengirlanden. Aus dem Inneren strömt scheppernde Orchestermusik. Als ich die Arena mit den Holzbänken und Logen betrete, riecht es nach Pferden. Dann tragen zwei Liliputaner einen Königspudel in die Manege und setzen ihm einen Steirerhut auf. Eine Ballerina tanzt auf dem Schlappseil Polka, ein hinkender Zauberkünstler verwandelt Taschentücher in Tauben, und ein Indianerhäuptling wirft mit verbundenen Augen Messer auf eine Dame in Admiralsuniform, die an einer großen roten Holzscheibe lehnt. Die Messer verfehlen ihren Körper nur um einen oder zwei Zentimeter. Ich finde die Darbietungen allesamt trostlos. Dann stolpern zwei groteske Wesen in das mit Sägespänen gefüllte Rund, ganz gegen die Regeln des bei uns zu Hause geltenden guten Geschmacks und guten Benehmens gekleidet und agierend. Sie scheinen die Unmöglichkeit von neugeborenen Erwachsenen zu sein, die von Augenblick zu Augenblick, immer maßlos erstaunt, die Welt entdecken und sie ungläubig für eine Verrücktheit und Zumutung halten: die Herren Clowns. Sie probieren Leben. Was kann man mit seinen

Beinen, seinen Händen, seinen Augen alles anstellen? Wie laut oder leise kann man modulieren, wie wirkt die Schwerkraft und ist es möglich, sie zu überlisten? Wie nachhaltig kann man sich selbst und andere erschrecken? Wie betörend lächerlich kann das Lachhafte sein? Ich dachte: „Das sind Abgesandte von genau dem Ort, nach dem ich Heimweh habe." Ein dritter Mann tritt auf, weiß geschminkt mit roten Flecken an den Ohren. Er trägt ein goldenes, breitschultriges Schneiderkunstwerk mit Halskrause, das paillettenübersät ist. Saxophon, Geige, Gitarre, Trompete, Knopfharmonika beherrscht er virtuos und als Höhepunkt entlockt er einer Baumsäge mit dem Geigenbogen das „Ave Maria" von Franz Schubert. Ich begreife: Die zwei Ersten wissen noch kaum etwas vom irdischen Dasein, der Dritte aber weiß wahrscheinlich

alles darüber. Also springe ich, zum noch Jahre später nicht verrauchten Entsetzen des Kindermädchens, aus der Loge in die Manege und frage den Alleswisser: „Kannst du mir bitte den Weg ins Dort, wo es nicht Hier ist, zeigen? Den Ort, wo meine wirkliche Familie lebt?“ Er schaut das blasse, magere Kind im Sonntagsanzug einige Sekunden ernst an und antwortet: „Kein Problem. Ich werde dem geneigten Publikum noch auf der Querflöte das Lied vom Glühwürmchen zu Gehör bringen und dann fliegen wir vier, meine Freunde Grippo und Bohumil, du und ich, auf den Mond und schmausen ein siebzehn Meter langes Salamibrot.“ Das nächste, was ich bemerke, sind die groben Hände des Kindermädchens, die mich wie ein entlaufenes Tier einfangen und aus der Manege und aus dem Zelt zerren, während ich panisch schreie: „Hilfe, ihr Clowns rettet mich!“ Den Heimweg legen wir zu Fuß zurück, und heute noch höre ich die Stimme meiner Aufpasserin, die Dutzende Male wiederholt: „Du Rotzbua, so eine Schand! Marandjosef! So eine Schand!“

Zu Hause erhielt ich Zimmerarrest und am folgenden Tag legte mir Vater in seiner kleinen adretten Schrift eine Nachricht auf den Frühstücksteller: „Du kannst dich darauf verlassen, daß ich dir all deine Flausen austreiben werde.“ Es ist ihm nachhaltig nicht gelungen und noch heute glaube ich, daß mir viel an Melancholien und Stimmungswirrwarr erspart geblieben wäre, wenn ich mich damals mit Grippo, Bohumil und dem Alleswisser auf den Mond begeben und die Erde aus der Vogelperspektive betrachtet hätte.

2

Im Herbst 1970 unternahm ich mit meiner damaligen Ehefrau, der Schauspielerin Erika Pluhar, eine unchristliche Wahlfahrt zu Henry Miller nach Pacific Palisades. In seinem Haus Ocampo Street 444 unter dem kalifornischen Kobaltblau-Himmel verbrachten wir mit dem an einen sehr geschmeidigen alten Chinesen erinnernden Meister zwei liebevolle Nachmittage. Wir lieferten uns Tischtennisduelle, sangen Lieder von Charles Trenet und diskutierten unter anderem über die sogenannte lustige Figur am Theater. Miller sagte, daß es ein Buch von Wallace Fowlie mit dem Titel „Clowns and Angels" gebe und daß diese beiden einem Archetypus entstammten. Dann las er uns den Epilog seiner wunderbaren Dichtung „Das Lächeln am Fuße der Leiter" vor. Darin heißt es:

„Der Zirkus öffnet eine winzige Lücke in der Arena der Vergessenheit. Für eine kurze Spanne dürfen wir uns verlieren, uns auflösen in Wunder und Seligkeit, vom Geheimnis verwandelt. Wir tauchen wieder empor zur Verwirrung, betrübt und entsetzt vom Alltagsanblick der Welt. Aber diese alltägliche Welt, die wir allzugut zu kennen meinen, es ist dieselbe, die einzige Welt, eine Welt voll Magie, voll unausschöpflichen Zaubers. Wie der Clown führen wir unsere Bewegungen aus, täuschen wir vor, bemühen wir uns, das große Ereignis hinauszuschieben. Wir sterben in den Wehen unserer Geburt. Wir sind niemals gewesen, wir sind auch jetzt nicht. Wir sind immerzu im Werden, immerzu einsam und losgelöst. Für immer außen."

Der glücklichste Mensch von Wien (1991)

Quasniak hatte eine seltsame Krankheit, die man die „Heimkehrerverzögerung" nennen konnte. Er benötigte nämlich stets einige Stunden, um die wenigen Meter zwischen Haustor und seiner Mezzaninwohnung zu bewältigen. Wie die Choreographie einer archaischen Beschwörung sah es aus, wenn er zunächst zwei oder drei langsam wiegende Schrittfolgen vorwärts unternahm, dann aber in gegrätschten Sprüngen weit zurück strebte, um für Minuten schwer atmend innezuhalten. Es war, als wüßte er um die Existenz eines tödlichen Feindes, der ihm zu Hause einen Untergang bereithielt.

Wenn ihm bei seinen Anstrengungen jemand begegnete, schlug er die Hände vor die Augen und flüsterte: „Ich, meine Herrschaften, keinesfalls.“ Dieses Benehmen stand im Kontrast zu seiner englisch anmutenden Erscheinung, so daß manche ihn für einen ausländischen Diplomaten hielten, den das Wiener Klima den Verstand gekostet hatte. Er ging aber anscheinend überhaupt keiner Beschäftigung nach als dem hastigen Verlassen des Gebäudes um die Mittagszeit und später nach ausdauerndem Herumirren in den Gassen des ersten Bezirkes jener krebsartigen Wiederannäherung an sein Junggesellendomizil.

Die anderen Hausbewohner nahmen an Quasniak keinen Anstoß. Er war nämlich der alleinige Besitzer des Gebäudes und hielt die Mieten im Verhältnis zu Größe und Ausstattung der Wohnungen unfaßbar gering. Ihnen allen schien eine günstige Wohnung bedeutend angenehmer als ein unauffälliger Hausherr. Ja, sie hatten es sich zur Gewohnheit gemacht, bei Gesprächen Quasniak nicht zu erwähnen, weil sie einen Zusammenhang zwischen dessen Heimkehrverzögerung und der Miettiefe vermuteten, den sie nicht durch Beachtung verschreien wollten.

Mit den Jahren entwickelte sich Quasniaks ungehindertes Tun zu immer radikaleren Formen. Eine Art Veitstanz in Zeitlupe im Stiegenhaus wurde es, angereichert mit tierischen Schreien und Gotteslästerungen. Wenn er einem seiner Mieter begegnete, spuckte er ihm ins Gesicht und drosch mit dem Regenschirm auf ihn ein. Die Opfer aber stellten sich blind, gefühllos und taub und versuchten zu lächeln, als hätte er ihnen lediglich einen guten Tag gewünscht.

Eines Tages würgte Quasniak eine hausfremde Pensionistin, die vom Besuch ihrer im zweiten Stock ansässigen Schwägerin zurückkehrte, derart, daß sie eine Kehlkopfquetschung erlitt. Die Frau alarmierte die Polizei, und Quasniak wurde auf das Unsanfteste arretiert und vom Amtsarzt in die Psychiatrie eingewiesen. Dort, nahe der orientalischen Kuppelkirche Otto Wagners im Pavillon Nummer 7, stellte sich alsbald beim Primarius eine hochrangige, aus einem Ministerialrat und einer Staatsanwaltswitwe zusammengesetzte Delegation von Quasniakschen Billigmietern ein, die die völlige Harmlosigkeit und vorbildliche Gesundheit ihres Hausherrn zu bezeugen suchte.

Die Staatsanwaltswitwe beschwor sogar, dem nach einer Kopfwehtablette heischenden Quasniak irrtümlich mit einer Halluzinationen hervorrufenden Arznei aus dem Nachlaß ihres in seinen elenden Sterbenstagen auf derlei zur Schmerzabwehr angewiesenen Gatten versorgt zu haben. Wenn einer auf die Psychiatrie gehöre, so sei sie es; wegen ihrer für andere lebensgefährlichen Zerstreutheit, und nicht Quasniak, dieser Inbegriff des soliden Mitbürgers und fürsorglichen Nachbarn.

Der von diesem Wortschwall durchaus beeindruckte Primarius übergab Quasniak den Mietern auf Revers. Schon vom Rücksitz des ministerialrätlichen Opel Kapitän erbrach sich der Undankbare auf die Nackenpartie seiner verwitweten Retterin. Im Wagen entstand ein hysterischer Tumult, an dessen Ende der chauffierende Ministerialrat das Bremspedal mit dem Gaspedal verwechselte und erst wieder in der mit Südseefetischen dekorierten Auslage eines Sonnenstudios zum Halten brachte.

Kurz darauf standen, wie man früher sagte, Pferd und Reiter in Flammen. Der Motor hatte sich entzündet, und der dabei entweichende theatralische Rauch ermöglichte es Quasniak, unbemerkt zwischen den nachmittäglichen Passanten das Weite zu suchen. Der Ministerialrat und seine dank Quasniaks Erbrochenem nicht eben begehrenswert aussehende Beifahrerin hatten zunächst ausführlich, was man in Österreich Scherereien nennt.

Der Besitzer des Sonnenstudios drohte ihnen mit seinen tiefgebräunten Fäusten. Schaulustige riefen ebenso originelle wie unhöfliche Bemerkungen über die fahrerischen Fähigkeiten des Unglückslenkers. Dieser verschlimmerte die Lage aufs meisterlichste, indem er in panischer Verwirrung an die Umstehenden Visitenkarten verteilte, die seinem Rang als Respektsperson des Ministeriums für Handel und Gewerbe Nachdruck verleihen sollten.

Die herbeischlendernde Polizei leistete gleichmütig das Ihre, um die Dinge zu verrätseln. Es ist keine Übertreibung, daß schließlich niemand wußte, ob der Opel in das erbärmliche Schaufenster eingedrungen war oder dieses sich in einer jener märchenhaften Anwandlungen, da die starren Dinge ein Eigenleben entwickeln, gefräßig des Automobils und seiner Insassen bemächtigt hatte.

Quasniak aber lag mittlerweile auf einer Bank des Auer-von-Welsbach-Parkes gegenüber dem Haupteingang des Technischen Museums und starrte seinen Atemwölkchen nach. Dann streckte er beide Arme himmelwärts und war für einige Minuten der glücklichste Mensch von Wien.

Festrede gehalten im Konzentrationslager Mauthausen anlässlich der Befreiungsfeiern (2003)

Meine Damen und Herren, was ist zu sagen an diesem Ort, der dem Redner jede Ungenauigkeit, jede geschliffene Pointe verbietet? Aber auch jede Schwärmerei, jede Gefühlsseligkeit, jedes Zuviel und jedes Zuwenig. Was ist zu sagen in Österreich im Jahr 2003, an einem Maitag auf diesem Appellplatz des Todes und der äußersten Not, vor den letzten überlebenden Juden, den Roma und Sinti, den wegen ihrer Religion Verfolgten, den ehemaligen Trägern des roten Winkels, den sogenannten politischen Gefangenen, und jenen des rosa Winkels, den Homosexuellen, denen übrigens jüngst noch die gegenwärtige Regierung den Rechtsanspruch nach dem Opferfürsorgegesetz verweigert hat?

Was ist zu sagen in Mauthausen? Mauthausen! Was für ein Name! Hier wurde tatsächlich Maut bezahlt und gehaust. Die Maut, die von den unübertrefflich grausamsten aller Verbrecher dafür verlangt wurde, daß man ihren Wahnvorstellungen von achtenswert und lebenswert nicht entsprach, und jene Art von hausen, das den scheinbar aus jeder Gnade Gefallenen, Schutzlosen, in die Finsternis der Angstrasereien Gestoßenen von ihren Peinigern zugemutet wurde. Mauthausen: ewig schwärende Wunde inmitten Österreichs, dieses Landes der äußersten, unerträglichen Widersprüche zwischen Mozart und Eichmann, Joseph Roth und Kaltenbrunner, Wittgenstein und Hitler. Österreich: süchtig nach Vergessen und den Paradiesen der Amnesie, worin die giftigen Blumen jener fahrlässigen Unbeschwertheit und Geschichtsverachtung gedeihen, die das Unverzeihliche

so forsch in Patriotismus verwandeln und den äußersten Zynismus in Staatsraison.

Lassen Sie es mich gleich am Beginn aussprechen: Die an Deutlichkeit nicht zu überbietende Wahrheit von Mauthausen ist von Millionen Jugendlichen und Erwachsenen bis heute nicht einmal ansatzweise verstanden worden. Die größte aller Unmenschlichkeiten hat keine zufriedenstellende Gegenreaktion an Verfeinerung hervorgerufen. Das Paktieren mit den antidemokratischen, menschenverachtenden, den Faschismus und Nationalsozialismus verherrlichenden Kräften schadet einem Parteiführer zumindest hierzulande oder in Italien nicht, sondern beschert ihm Wahlsiege, die seine Hofschranzen in der Stunde des Triumphes noch zu der Aussage aufputschen, daß man zuallererst dem lieben Gott zu danken habe. Gott als behaupteter Verbündeter und Beförderer der belohnten Lernunfähigkeit. Das ist der Stoff, aus dem schon die Wut von Karl Kraus und die Alpträume von Hilde Spiel gemacht waren.

Lassen Sie mich klarstellen, denn darüber ist ja eine absurde Diskussion entbrannt: In der Verfassung eines demokratischen Staates ist meiner Meinung nach kein Raum für Gottesanrufungen. Und wenn ich schon von Gott spreche: Darf man, so frage ich, das Wort Gott in einem Konzentrationslager überhaupt verwenden, ohne von den Geistern der Ermordeten und den wenigen Überlebenden gelyncht oder verjagt zu werden? Ich glaube ja. Unsere Erde ist meiner Überzeugung zufolge eine Welt der Polarität, und wenn es Gott gibt, ist seine selbstgestellte Aufgabe offenbar nicht, im Bedarfsfall persönlich den Bluthunden ins Messer zu fallen, sondern unserem freien Willen Raum zur Verfügung zu stellen.

Die Mehrheit der freien Willensträger hat in der Zeit nach dem Ersten Weltkrieg tragischerweise die Voraussetzungen für Mauthausen und seine 49 Nebenlager geschaffen. Ebenso für Auschwitz, Treblinka, Sobibor und die anderen Vernichtungslager. Der freie Wille weiter Teile der deutschen Großindustrie und ihrer Ruhrbarone. Der freie Wille von zahllosen sogenannten hohen und weniger hohen Frauen, die in dem Brüllaffen Hitler ein erotisches und geistiges Ideal feierten. Der freie Wille weiter Teile der deutschen und deutschsprachigen Intelligenz, der Wissenschafter und Künstler, die den von den Nazis nie verheimlichten Orgien an Primitivität zumindest so lange Sympathien abgewinnen konnten, als ihnen Goebbels und Göring und andere jene Ehren und einflußreichen Positionen zuschanzten, die aus dem Weg geräumte jüdische Konkurrenten vorher innegehabt hatten. Die Grundlagen für Mauthausen waren: die Duckmäuserei, der Opportunismus, die Gewinnsucht, der Mangel an Zivilcourage, die Bigotterie, die Verlogenheit, die Mißgunst und was es sonst an negativen menschlichen Eigenschaften gibt. Kurz gesagt: der Mangel an Anstand und Mitgefühl oder noch präziser – der völlige Mangel an menschlicher Qualität einer Mehrheit. Diese moralische und geistige Katastrophe war die Stabilitätsgrundlage der infernalischen Regentschaft des Nationalsozialismus. Deshalb, verehrte Zuhörer, muß man sich immer und überall um den geistigen Generalzustand kümmern, in dem die Bevölkerung, in dem die Wahlberechtigten und künftigen Wahlberechtigten sind. Es hat uns zu interessieren, welche Zeitungen sie lesen, welche Fernsehprogramme man ihnen zumutet, welchen Manipulationen von Werbeagenturen, welchen Gehirnwäschekampagnen durch skrupellose Geschäftemacher, Haßprediger, Nebelwerfer und Amoralapostel sie ausgeliefert sind. Wenn die Kreativen und lösungsbegabten Wesen jene Menschen, die an Verstörungen und Ohnmachtsgefühlen leiden, in ihrer existentiellen und geistigen Not im Stich lassen, riskieren sie, daß diese im Stich Gelassenen sich hinter der glitzernden Fahne der leeren Versprechungen versammeln, die immer wieder, für relativ kurze Zeit, so virtuos von den Haiders und Bossis und Le Pens und Pim Fortuyns geschwungen wird. Nur bedeutet diese kurze Zeit eine Ewigkeit für ihre Opfer. Eine Ewigkeit für die ermordeten Roma in Oberwart, eine Ewigkeit für die von Skinheads blutig geprügelten Homosexuellen in Marseille, eine Ewigkeit für die lebendig angezündeten Asylsuchenden von Mölln.

Am Tag vor der Machtergreifung der braunen Drecksbande in Österreich sagte mein jüdischer Vater zu meiner Mama: „Warte ruhig ab, es wird mit Sicherheit nicht so heiß gegessen, wie es gekocht wurde." 36 Stunden später mußte er, begleitet vom Johlen des Wiener Hamurs, mit einer Zahnbürste den Gehsteig auf der Mariahilfer Straße putzen, und dies war noch einer der harmlosesten, am wenigsten existentiellen Momente der entgleisten Zeiten, die für ihn und Millionen seiner Leidensgenossen bereitstanden. „Warte nur ruhig ab", das ist in bestimmten Situationen einer der grauenhaftesten Irrtümer. Ich rate jedem Menschenkind innig zum Vorausdenken, und ich verrate hoffentlich nichts Neues, wenn ich darauf hinweise, daß uns die Phantasie unter anderem gegeben wurde, um rechtzeitig zwei und zwei zusammenzuzählen und aus dem Ergebnis Konsequenzen zu ziehen. „So heiß wie gekocht wird schon nicht gegessen werden", dachte mein armer Vater.

Lassen wir den Dichter Carl Zuckmayer erinnern, wie sich die Wienerinnen und Wiener, an deren freundliches, humanistisches Wesen der Mann, dem ich mein Leben verdanke, so sehr glaubte, in der Stunde der bitteren Wahrheit tatsachlich gebärdeten. Zuckmayer schreibt: „An diesem Abend brach die Hölle los. Die Unterwelt hatte ihre Pforten aufgetan und ihre niedrigsten, scheußlichsten, unreinsten Geister losgelassen. Die Stadt verwandelte sich in ein Alptraumgemälde des Hieronymus Bosch: Lemuren und Halbdämonen schienen

aus Schmutzeiern gekrochen und aus versumpften Erdlöchern gestiegen. Die Luft war von einem unablässig gellenden, wüsten, hysterischen Gekreische erfüllt, aus Männer- und Weiberkehlen, das tage- und nächtelang weiterschrillte. Und alle Menschen verloren ihr Gesicht, glichen verzerrten Fratzen: die einen in Angst, die anderen in Lüge, die anderen in wildem, haßerfüllten Triumph. Ich hatte in meinem Leben einiges an menschlicher Entfesselung, Entsetzen oder Panik gesehen. [...] Nichts davon war mit den Tagen in Wien zu vergleichen. Was hier entfesselt wurde, hatte mit der ‚Machtergreifung' in Deutschland, die nach außen hin scheinbar legal vor sich ging und von einem Teil der Bevölkerung mit Befremden, mit Skepsis oder mit einem ahnungslosen, nationalen Idealismus aufgenommen wurde, nichts mehr zu tun. Was hier entfesselt wurde, war der Aufstand des Neids, der Mißgunst, der Verbitterung, der blinden, böswilligen Rachsucht – und alle anderen Stimmen waren zum Schweigen verurteilt. Revolution wird wohl immer grauenvoll sein, doch mag das Grauen ertragen, verstanden, überwunden werden, wenn es aus einer echten Not geboren wurde, wenn es Überzeugung und Geist war, vom Geiste kam, was die Materie zum Aufruhr trieb. Hier war nichts losgelassen als die dumpfe Masse, die blinde Zerstörungswut, und ihr Haß richtete sich gegen alles durch die Natur oder Geist Veredelte. Es war ein Hexensabbat des Pöbels und ein Begräbnis aller menschlicher Würde."

So beschreibt es der Augen- und Ohrenzeuge Carl Zuckmayer. Ihr Zuhörer aus Nord und Süd, aus Ost und West, von den Bergen, den Tälern und von den Ufern der Meere: Dies ist die Wahrheit über uns Menschen. Eine der Wahrheiten will ich höflich und optimistisch hinzufügen, und diese Wahrheit kann jeden Tag wieder bestätigt werden, wenn wir in Ruhe abwarten und hoffen, daß die Suppe nicht so heiß gegessen wird, wie sie in unserer wachen Anwesenheit gekocht wurde. Keine Epoche ist gefeit gegen die Offensiven der eifrigen und von keinem Selbstzweifel getrübten Barbaren. Die Frage lautet: Wie gut arbeitet unser geistiges und moralisches Immunsystem? Weist eine Mehrheit die Zumutungen der chauvinistischen Hetzer, Vereinfacher und Wiedergänger der Diktaturen entschieden zurück, arbeiten wir mit den Mitteln des Lichtes und der wehrhaften Liebe, oder agieren wir wie die berühmten drei Affen: nichts sehen, nichts hören, nichts sprechen?

Ich bin kein Pazifist. Mein Hausverstand und meine Lebenserfahrung in 56 Jahren verbieten mir diesen schönen Traum. Bei der nach wie vor alles bestimmenden Hybris der Gier und des exzessiven Rassismus ist es gelegentlich notwendig, sich auch bewaffnet zu wehren. Allerdings muß die Frage nach der Verhältnismäßigkeit der Mittel gestellt werden. Man soll, meine ich, in einem Konflikt nur soviel an Kraft einsetzen, als man zu seiner klugen Bewältigung benötigt. Die USA haben uns im

Irak-Krieg gerade vor Augen geführt, wie das Maß aller Dinge die Maßlosigkeit ist und ihre gültigste Moral die Doppelmoral.

Verehrte Zuhörer: Man muß sich von bestimmten Gelassenheitsfanatikern stets belächeln lassen, wenn man erwähnt, daß die Menschenrechte unteilbar sind und etwa eine Million vergewaltigter, zerfetzter und zerstückelter Frauen, Kinder und Männer im Ruanda-Irrsinn durchaus keine Lappalie sind. Auch nicht gemessen an der Tragödie des 11. September 2001 in New York. Solange es uns etwa de facto akzeptabel erscheint, daß 3000 Kinder pro Tag an Malaria sterben, Tag für Tag, Jahr für Jahr, die allesamt für ein Tausendstel der Kosten des Krieges gegen den jahrelang von Amerika und anderen Staaten gesponserten Verbrecher Saddam Hussein mit Medikamenten zu retten wären, solange unter dem Pseudonym Gerechtigkeit ein politisches Kilo einmal aus dreißig Deka und im nächsten Fall aus 4000 Deka besteht, haben wir wenig Grund, uns für Vorbilder an Gelungenem zu halten.

Meine Damen und Herren: Es ist wahr, die Regierung Roosevelt hat sich nach dem Schock von Pearl Harbor entschieden, wesentlich dabei mitzuwirken, dem Ungeheuer des Nationalsozialismus und Faschismus die Köpfe abzuschlagen. Es waren Amerikaner, die dieses Lager vor 58 Jahren befreit haben. Wir schulden *auch* Amerika unsere Freiheit, aber Freiheit bedeutet doch, daß man stets aufs neue frei entscheiden kann, was man für richtig oder falsch hält, und Dankbarkeit gegenüber den Leistungen der USA unter den Regierungen von Roosevelt und Truman schließt nicht zwingend unreflektierte Gefolgschaft gegenüber George W. Bush und Donald Rumsfeld ein. Die Amerikaner, Engländer, Franzosen und Russen haben durch ihren Sieg gegen Hitler und seine Verbündeten 1945 die Grundlagen unserer Demokratisierung geschaffen. Das heißt unter anderem das Primat des „principle of law", und dies wiederum schließt Präventivkriege aus. Diesen Standpunkt schulden wir den Lehren, die uns die Befreier 1945 erteilten. So verstehe ich angewandte Dankbarkeit unter freien Nationen.

Im übrigen ist es eine Tatsache, daß gerade das amerikanische Programm der Reeducation den Deutschen alle Kriegsbegeisterung und Mordlust austreiben sollte. Daß dies so vollständig gelang, ist für Europa ein gewaltiger Gewinn und hatte in den vergangenen Wochen zur Folge, daß sich ein demokratisches Deutschland auf die Seite Frankreichs und Rußlands gegen diesen amerikanischen Angriffskrieg gestellt hat. Es ist wahrlich eine Ironie der Geschichte, daß die Regierung der USA nun über den eigenen Umerziehungserfolg so bitter gekränkt ist.

In den Vorgängen der jüngsten Zeit wird, hoffe ich, ein künftiges friedliches, geeintes Europa sichtbar, das selbstbewußt, mit großen gestalterischen Möglichkeiten ausgestattet und mit einem Gefühl für Nuancen ein freundschaftliches Gegengewicht zu den jenseits des Atlantik Vereinigten Staaten bedeuten könnte. Den jahrhundertelang üblichen Gewaltoffensiven und dem Massenmorden auf unserem Kontinent, dem unseligen Nationalismus, könnten der gegenseitige Respekt und die wirtschaftliche Vernetzung und Solidarität der europäischen Länder jedenfalls langsam, aber sicher einen wirksamen Riegel vorschieben. Solche Entwicklungen unterstützen, daß sich das Grauen von Mauthausen nicht wiederholt. Lassen Sie uns am Ende innehalten und bemühen wir unsere Vorstellungskraft.

Der Boden unter unseren Füßen ist blutgetränkt und bis in die tiefste Tiefe durchdrungen von Leid. Die Luft ist geladen mit Schreien und Gebeten Verzweifelter. Dort wurden beseelte Wesen von SS-Schergen erschlagen. Dort wurden sie erhängt. Dort verhungerten Hunderte oder erfroren. Dort erschoß man sie oder ermordete sie durch Herzinjektionen oder Giftgas.

Mauthausen war ein Lager der Stufe drei. Das heißt: Die Inhaftierten sollten von Amts wegen nicht mehr ins Leben zurückkehren.

Nie wieder ist eine Phrase, die bei solchen Anlässen häufig zu hören ist. Um ein *Nie wieder* zu erreichen, muß uns bewußt sein, daß es sich im Grunde um ein Selbstachtungsproblem handelt. Wer in der Lage ist, sich selbst achtungsvoll zu lieben, besitzt die Voraussetzung, auch andere mit dem Respekt der Liebe zu behandeln und ihnen den Schutz der Liebe angedeihen zu lassen. Dieses und nichts anderes, werte Zuhörer, heißt Mensch sein. In diesem Sinn müssen wir unsere Kinder erziehen. Wir müssen selbst eindrucksvoll leben, was wir von anderen fordern, und Mauthausen fordert diese Haltung von uns. Diese unumstößliche Einsicht ist das mindeste, das wir den Opfern schulden.

Das Lied des unbekannten Wieners (1979)

Vareck, vakumm, i drah mi net um,
I fahr voll Hamur zur Höll – tour retour
I bin wia i war und so wer i a bleibn,
A Rücksicht, a Nochsicht, da müassat i speibn.

Bei mir sads alle im Oarsch daham.
Im Oarsch – durt is eicha Adreß,
Bei mir sads alle im Oarsch daham,
Und i bin den Oarsch sei Abszeß.

Zerscht kumm i, dann kumm i,
Und was dann kummt, kummt nie.
Wehleidiger Bsuff: so heißt mein Beruf.
Mir paßt nix, was paßt,
I setz auf Ruin,
Gegen mei Ignoranz,
Gibts ka Medizin!

Bei mir sads alle im Oarsch daham.
In Oarsch – durt is eicha Adreß,
Bei mir sads alle im Oarsch daham,
Und i bin dem Oarsch sei Abszeß.

Hietzing (1985)

Ferdinand hatte seine Kindheit in Hietzing verlebt, dem dreizehnten Wiener Gemeindebezirk; dessen Bewohner galten damals als reich, die meisten Häuser hatten Gärten, und die Polizisten hatten eher Angst vor den Bürgern als diese vor der Macht der Polizei. Die Volksschule neben dem Kirchenplatz hatte er vier Jahre besucht. Der Schönbrunner Schloßpark war sein Indianer-Territorium. Von allen Straßen war ihm die Auhofstraße am liebsten, von allen Gassen die Gloriettegasse, von allen Bergen der Küniglberg, von allen Plätzen der Montecuccoliplatz, von allen Flüssen der Wienfluß, von allen Brücken die Hietzinger Brücke.

Einige Mitschüler hatten ihre geheimen Phantasien um den Kaiser Franz Joseph und seine schöne Elisabeth. Aber Ferdinands Kaiser war Maximilian von Mexiko, der Bruder Franz Josephs. Nach Maximilian war die Maxingstraße benannt, in der das Wohnhaus von Johann Strauß Sohn stand, und gegenüber der Volksschule befand sich ein kleiner Park, in dem eine Statue Maximilians mit schöner Innigkeit die vorbeirollenden Waggons der Straßenbahnlinien 60 und 58 betrachtete.

Ferdinand sah sich nicht als zukünftiger Olympiasieger oder Tierarzt wie die meisten seiner Freunde, er wollte den unseligen Maximilian, den die Truppen Juarez' erschossen hatten, rächen. Eine Armada kostbar verzierter Schiffe mit rot-weiß-roten Segeln würde er als Admiral befehligen, vom Landungssteg des Triestiner Schlosses Miramare aus ein Strafgericht gegen das mexikanische Volk beginnen, um auf dem Dache des Chapultepec-Palastes noch einmal und endgültig die österreichische Fahne zu hissen.

Ferdinand unternahm häufig Erinnerungsexpeditionen in diese Kindheit. Er fuhr dann mit der Straßenbahnlinie achtundfünfzig zur Hietzinger Brücke, die jetzt Kennedybrücke hieß, und spazierte von dort aus durch Parks, Friedhöfe, Gassen und Straßen. Er führte Dialoge mit den Stimmen seiner Schulfreunde und Erzieher, die er absolut täuschend zu imitieren imstande war. Falls ihn jemand aus Sorge, einen Verrückten vor sich zu haben, ansprach, gab sich Ferdinand als Rollen studierender Schauspieler zu erkennen. Stets besuchte er das Haus in der Trauttmansdorffgasse, in dem Alban Berg gelebt hatte. Es war etwa zweihundert Meter Luftlinie von jenem in der Maxingstraße entfernt, wo die „Fledermaus" entstanden war. Wenn man ihn nach den Komponisten fragte, die ihn am meisten beeindruckten, nannte er Mozart und Berg. Das waren aber nur zwei Drittel der Wahrheit. Er schämte sich nämlich, den Namen Johann Strauß Sohn in diesem Zusammenhang laut auszusprechen, und doch liebte er die Musik zur „Fledermaus" oder den Kaiserwalzer mindestens ebenso wie jene der „Zauberflöte" oder des „Wozzeck". Ja, aus manchen Passagen Straußscher Melodien erklang sogar etwas, das Ferdinand als das Allerheiligste empfand und das ihn zu erschüttern vermochte wie bestimmte verbannt Gewesene die lang erhoffte Rückkehr in die Stadt der Kindheit und der Freunde.

Daß die beiden leuchtendsten Sterne an Ferdinands Himmel der Wiener Musik in ein und derselben näheren Umgebung ihre wesentlichsten Inspirationen erhalten hatten, schien ihm ein zusätzliches Argument für seine Hietzinger Stunden.

Meist verharrte er auch einige Minuten vor dem Haus Lainzer Straße 135, auf dessen Fassade noch immer Spuren eines ehemaligen Papiergeschäftes zu erkennen waren. „Knoll" stand zu lesen und „Schreibgeräte". Die Papierhändlerin Knoll hatte eine Tochter in Ferdinands Alter gehabt, an deren Freundschaft ihm in den fünfziger Jahren sehr gelegen war, da er durch ihre Fürsprache manchmal beim Verkauf von Ausschneidebögen, Buntstiften, Gummi Arabicum, Kreuzworträtseln, Ölkreiden und anderen Herrlichkeiten helfen durfte. Das Mädchen hieß Gertrud und war eine Riesin. Als Siebenjährige wurde sie erstmals für die Zeitung fotografiert, und die ganze Klasse beneidete sie. Als Achtjährige wurde sie von Geschäftsleuten bereits mit Sie angesprochen und ging anstandslos in jugendverbotene Filme. Als Neunjährige erkrankte sie an Kinderlähmung, und der Kaplan sagte in der Religionsstunde: „Der Herrgott muß mit der Gertrud etwas Besonderes vorhaben, sonst tät' er sie nicht so auf die Probe stellen." Sechs Tage später starb sie in der eisernen Lunge.

„Hat sie die Probe jetzt bestanden oder nicht?", wollte Ferdinand wissen, aber der Kaplan schrie nur: „Versündige dich nicht!"

So beschloß Ferdinand, die Riesen zu lieben. Ihre Hände, aus denen sie Höhlen für Mäuse und Rotkehlchen bilden konnten, ihre Fußspuren, die es für jedermann leicht machten, ihre Wege von denen aller anderen zu unterscheiden, ihre Lungen, deren Luftinhalt die

Kerzen von Adventkränzen zum Erlöschen brachte, als hätte man sie in Wasser getaucht.

Ferdinand wußte damals, daß Riesen nahezu ausschließlich in Papierhandlungen entstehen konnten, da einem das häufige geheime Ablecken der süßlichen Kleberänder gewisser teurer Kuverts unbegrenztes Wachstum verlieh. Aber es fehlte ihm an Mut, Gertrud nachzueifern, obwohl die Neugier, ob die unzähligen Briefmarkengummierungen in Vaters Geschäft identisch mit jenen der Knollschen Kuverts waren, seine Nächte lange schlaflos hielt.

Es gab in Hietzing in jener Zeit auch noch einen anderen Riesen, der die verworrenen Pläne der Dreifaltigkeit (Ferdinand stellte sich bis zu seinem vierzehnten Lebensjahr das höchste Wesen als eine Auftürmung ähnlich den Bremer Stadtmusikanten vor) bisher überlebt hatte. Vor der Wallace-Drogerie auf der Hietzinger Hauptstraße stand regelmäßig ein mit unzähligen Fläschchen, Holzkästchen und Buketts behangener Gewürzverkäufer, der die Ausmaße eines schmalen, aber hohen Verkaufslokales hatte. Einen viele Meter dicken Ring aus wunderbaren Gerüchen trug er um sich. Die Passanten verlangsamten ihre Schritte, wenn die Verlockungen der Apfelschalen, Zimtnelken und Lavendelkräuter sie berührten. Manche hielten inne, schlossen für Momente verschämt die Augen und erinnerten sich an vergangene Geborgenheiten. Die Nähe des Riesen entsprach einer immerwährenden Weihnacht. Festliche Lieder waren darin, Tabakrauch geschichtenerzählender alter Herren, das Klingeln gläserner Glocken und freudige Erwartung von Belohnungen, die alles übertreffen sollten, was einem gerechterweise zustand.

Als Trost bleibt Peymann das Menagereindl
Gedanken zum Ende einer Ära (1999)

Am Schluß sind immer alle beleidigt. In Festschriften wird freundlichst oder untertänigst gelogen, das ist ihr Wesen. Oder der gewünschte Beitrag ist plötzlich (laut Sekretärin des Herausgebers) um dreizehn Sätze zu lang, und natürlich um genau jene, die erzählen, daß der zu Ehrende nach außen hin zwar immer politisch korrekt auftrat, aber insgeheim am schändlichen Zwergenwerfen in Schottland teilnahm oder einmal einer sprachfremden, auskunftheischenden Rentnerin aus Borneo im Billa-Markt bewußt eine Packung Mannerschnitten empfahl, deren Aufbrauchfrist um 947 Tage überschritten war. Es ist schon so: Am Schluß sind immer alle beleidigt. Und das Wesentliche kommt selbstverständlich unter die Räder.

In unserem Fall werden dreizehn Jahre Direktion Peymann gefeiert. Und ich verweigere nachdrücklich alle Textkürzungswünsche der Sekretärin von Hermann Beil. Wieso unter den Freunden der dramatischen Kunst allerdings überhaupt irgend jemand in Feierlaune ist, bleibt den etwas besser Informierten ein dunkles Rätsel.

Das Theater, zumindest jenes der sogenannten Hochkultur, hat ja in den vergangenen Jahren seine Reputation und seinen Stellenwert im globalen Kulturbetrieb ziemlich eifrig verspielt. Wenige außer einigen Herrschaften, deren Existenzgrundlage es als Bühnenschaffende oder Kritiker bedeutet, würden diese Entwicklung guten Gewissens bestreiten können. Über sechzig Aufführungsstätten mußten in jüngster Zeit allein in Deutschland zusperren, und die verbliebenen leiden an teilweise katastrophaler Zuschauerauslastung. Dies ist aber, wie ich vermute, erst der Beginn der Auflösung. In wenigen Jahrzehnten wird es pro Sprachraum wahrscheinlich lediglich zwei bis drei traditionelle Institute geben, worin die besten Darsteller mit den begabtesten Regisseuren und Ausstattern exemplarische Aufführ-

rungen von Shakespeare bis Beckett und Horváth bis Tschechow erarbeiten. Das gebildetere Publikum wird einige Male im Leben zu solchen Ereignissen anreisen und zur hehren Bühnenkunst eine Beziehung entwikkeln wie die Japaner zum Kabuki- oder Nō-Theater.

Ursachen für diese Entwicklung gibt es viele: zum Beispiel das beinahe völlige Fehlen zeitgenössischer bedeutender Dramatiker, die ihre Begabung für Komödien und Tragödien nicht lieber dem Film anvertrauen. Dann die völlige Veränderung der Seh- und Hörgewohnheiten sowie der ästhetischen Ansprüche bei allen Konsumenten von Popkultur. Generationen, die mit den Videolabyrinthen von MTV und dem Kinoperfektionismus Spielbergs oder Tarantinos (um zwei Extreme zu nennen) großgeworden sind, lieben einerseits das Kaleidoskopische häufig mehr als das Lineare und besitzen andererseits ehedem nie allgemein gültig gewesene Maßstäbe für optische Welten und darstellerische Höhen. Gert Voss und Kirsten Dene müssen sich für die New Kids und New Grown Ups endgültig nicht mehr an Oskar Werner oder Alma Seidler messen lassen, sondern an Robert De Niro, Meryl Streep und in nicht zu unterschätzender Weise auch an Cartoonheroen wie den Simpsons. Karl Ernst Hermann tritt nicht mehr gegen Caspar Neher an, sondern gegen die verschachtelten Bildräusche der Virtual-Reality-Meister.

Zu all dem gesellt sich eine galoppierende Ungeduld. Was in einem Stil länger dauert als neunzig Minuten, gilt für die meisten praktisch als inakzeptabel. Dieses Szenario begeistert mich nicht, aber es wurde von den letztlich Hauptbetroffenen unentschuldbar und aufs manischste herbeigearbeitet. Das Theater braucht, wie alles auf Erden, um in schöner Würde überleben und gedeihen zu können, Liebe, Sorgfalt und Leidenschaft.

In diesem Zusammenhang nur zwei Kuriosa aus Dutzenden, die mir einfallen, und bewußt solche, die dem Burgtheater zugehörig sind: Eine der wesentlichen Herstellerinnen von derzeit umworbenen Spielvorlagen ist die hochbegabte und hochgeehrte Schriftstellerin Elfriede Jelinek. In einem Interview mit der Zeitschrift Falter im Sommer 1998 antwortete sie auf die Frage: „Mögen Sie eigentlich Theater?“:

„Ich habe es immer gehaßt. Es ist eine vollkommen paradoxe Situation, daß ich plötzlich eine Dramatikerin bin.“ Dann fügt sie hinzu, daß sie wegen dieser Antipathie auch in ihren Stücken keine Rollen mehr schreibe, „weil es eh keinen Sinn hat“. Das Branchenblatt Theater heute hat Jelinek daraufhin sicherheitshalber zur Dramatikerin des Jahres gewählt.

Eine weitere Auffälligkeit: In der gesamten dreizehnjährigen Ära Peymann fand keine einzige von einem wesentlichen Bühnenmagier mit den charismatischsten Darstellern verwirklichte sinnliche Produktion für Kinder statt. Das heißt unmißverständlich, daß man dreizehn Jahre lang darauf verzichtet hat, ein mögliches künftiges Publikum für das Theater zu begeistern.

Dabei war Claus Peymann insgesamt ein rarer Glücksfall für das Haus am Ring. Der ideale Vertuscher und Camouflierer der Theaterendzeit und des Katzenjammers, der anderswo bereits zum Normalfall wurde. Er verstand es, dem Burgtheater eine Aufmerksamkeit, gelegentlich eine Umtobtheit und gesellschaftspolitische und tagespolitische Bedeutung zu erkämpfen, die verhinderte, daß der Anachronismus der Heiligkeit dieses wienerischen Monsters der Lächerlichkeit preisgegeben wurde. Peymanns wohlkalkulierter Charme, sein schlafwandlerisches Provokationstalent, seine Wollust für den Beruf des Theaterleiters, seine Süchtigkeit nach großen Schauspielern und seine in unregelmäßigen Abständen ausbrechende Regiekönnerschaft machen ihn zu einem letzten Mohikaner eines vermeintlich goldenen Zeitalters des Staatstheatertums, das nach Peymanns Abgang zu seiner wahren Bedeutung schrumpfen wird und muß. (Man kann Peymann in dieser Hinsicht mit Bruno Kreisky vergleichen, der die österreichische Wirklichkeit durch seine Persönlichkeit für eine Weile verklärt hat und eine, auch internationale, rotweiß-rote Wichtigkeit suggerierte, die sofort nach seinem Rückzug aus der Politik wieder als ziemlich kraftloses Grau-in-Grau erkennbar wurde.) Peymanns Nachfolger werden sicherlich auch gute oder spektakuläre Inszenierungen in den Spielplan heben, auch mit den ersten Kräften ihrer Epoche um unvergeßliche Abende bemüht sein, aber es steht ihnen mit Sicherheit nicht das Gottesgeschenk eines Potentials zur Verfügung, das Leidenschaftsankurbelungen bei Rechtspolitikern und Stammtischbewohnern, Zeitungsherausgebern und Hunderttausenden völlig Theaterfremden vermag, die nie im Leben freiwillig Burg oder Akademie besuchen würden, aber Peymann aus tiefstem Herzen den Untergang wünschten oder den sechzigjährigen Rabauken aus dem Norden sogar veritabel haßten.

Wer Claus Peymann näher kennt, weiß, daß er eine Art Wohngemeinschaft ist. In ihm sind ein eleganter Herr gemeldet, weiters ein trotziger und wunderbar verspielter Kindskopf, dann ein Grantscherben mit Tobsuchtsneigungen sowie ein brillanter politischer Analytiker mit völliger Unfähigkeit zum Opportunismus. Daneben ein harmoniesüchtiger Zauderer von Graden, der von jedem und jeder angehimmelt werden möchte, außerdem noch ein ziemlich harscher Kolonialist und an dessen Seite ein behutsamer Entwicklungshelfer. Man könnte ihn auch einen ungerechten Gerechtigkeitsfanatiker und vieles mehr nennen. Peymann wurde von seiner zentralen Lebensliebe Thomas Bernhard mit oszillierendem Aberwitz infiziert, daran wird er bis zum sicherlich späten Tod laborieren.

Es scheint, als fände jeden Morgen, kurz vor dem Aufwachen, eine Ziehung statt, welche der Peymann-Möglichkeiten heute Ausgang erhält. Deshalb gibt es bei denen, die ihm begegnen, so unterschiedliche Meinungen über den Charakter dieses interessanten Mannes. Ich jedenfalls mag ihn sehr. Er ist viele, aber glücklicherweise fast nie jemand Banaler. Wir haben ihm und seinen Förderern eine turbulente, wache Ära zu verdanken, und er war so rührend verliebt in dieses sadistische Wien und nicht weniger rührend so stolz darauf, hierorts als Ikone zu gelten. Er ist ja auch tatsächlich der mit Abstand berühmteste Burgtheaterdirektor der Zweiten Republik, und wenn es die Aufgabe des Burgtheaterdirektors sein sollte, seinem Institut hohe Aufmerksamkeit und spannende Umstrittenheit zu organisieren, so war er auch der beste.

In Berlin wird er sich, fürchte ich, kultiviert langweilen und ein relativ trostloses Dasein in der Normalität leben. Manchmal werden Turrini oder Rudolf Scholten oder meine Wenigkeit ihm ein Menagereindl mit Tafelspitz, Erdäpfeln, Spinat, Schnittlauchsoße und Apfelkren aus dem „Schwarzen Kameel“ vorbeibringen. Das genießen wir dann langsam kauend im Besprechungszimmer von Bert Brecht im Berliner Ensemble wie Konterrevolutionäre. An solchen Tagen wird vielleicht manches für kurze Zeit ein wenig leichter für ihn sein, den Herrn Direktor.

abschied (lied. 1973)
waun i in dera stodt mein abschied nimm
amol in da fruah, waun da mond grod über d'
kling'n springt.
dann schenk i die erinnerungen an an hodanmaun
und loch ma wia a strichbua neiche aun.
die frauen und die freind, die straßen und die heisa,
die wern auf amol leisa,
bis i's nimmamehr heer.
und i schweer, ja, i schweer's,
i waan eich nix noch,
nur manchmol, waun i loch,
vielleicht, waun i loch,
daun – waan i eich noch.

mi hot mei ehrgeiz wia an hosn gjogt,
vüü z'vüü hob i gredt und vüü zu wenig gfrogt.
oba i waan ma nix noch, naa, i waan ma nix noch,
nur manchmol, waun i loch,
kaunn sein, waun i loch,
daun – waan i ma noch.

loßts meine geign für mi redn,
die hinichn wiener geign,
die dem strauß schani aus der haund gwochsn san
wia da krebs,
spüüts meine geign, wauns wollts, in moll,
oba loßts mi net allaa,
jetzt wo i eich amol brauch.

Ein armer Jud und wahrscheinlich der größte Dichter unter den anständigen Menschen. Über Joseph Roth (1994)

An einem Samstag im Februar des Jahres 1937 trafen sich etwa fünfzig aufgeregte Menschen im Hotel Foyot in der Pariser Rue Tournon. Sie suchten alle sofort die Toilette auf. Dort entnahmen sie kleinen mitgebrachten Gepäckstücken Uniformen und Uniformteile, Orden und Rangabzeichen, mit deren Hilfe sie sich in etwas desolate Offiziere der ehemaligen k. u. k. Armee verwandelten. Dann marschierte die Truppe geordnet in den abgewohnten Speisesaal, um einem blassen, ziemlich parfümierten und wohlerzogenen jungen Herrn militärische Reverenz zu erweisen.

Die handelnden Personen waren unter anderen emigrierte Bankiers, ein abgelöster Wiener Vizepolizeipräsident, ruinbedrohte Landadelige, ein opiumsüchtiger Schokoladenfabrikant, ein berühmter alkoholkranker Dichter sowie hohe zwangspensionierte Beamte aus Salzburg und Graz. Der Dichter hieß Joseph Roth, der Schokoladenfabrikant Stefan Heller und der wohlerzogene junge Herr Otto von Habsburg. Es muß eine gespenstische Szene gewesen sein, denn Roth fragte den erstgeborenen Sohn Karls, des letzten Kaisers und Königs von Österreich und Ungarn sowie Königs von Jerusalem und Herzogs von Auschwitz, ob er bereit sei, in einem Sarg, als Leiche getarnt, nach Wien zurückzukehren, um sich dort als Herrscher proklamieren zu lassen.

Zur Absicherung der Unternehmung sollte eine schlagkräftige Loyalistenlegion gegründet werden, deren Ausrüstung mit Waffen und Munition Stefan Heller, mein künftiger Vater, sicherstellen wollte. David Bronsen berichtet darüber in seiner exzellenten Joseph-Roth-Biographie, und mein Vater erzählte es in den fünfziger Jahren häufig seiner Dienstagsstammtischrunde, den „Dreizehnern", im Café Rebhuhn, nahe dem Wiener

Stephansplatz. Ich erinnere mich an diese „Dreizehner“ als exzentrische Vereinigung älterer, etwas anzüglicher, durcheinanderredender, mehlspeisenverliebter Republikfeinde, die von vergangenen Leutnantstaten bei irgendeinem 13. Österreichischen Regiment an der russischen und später italienischen Front des Ersten Weltkriegs träumten. Sie nahmen mich mit auf Wallfahrten zum weißen Marmordenkmal der Kaiserin Elisabeth in den Volksgarten, denn sie verehrten die Ermordete als ranghöchste Kunstreiterin unter den himmlischen Schönheiten und wußten, daß ihre Fürbitte speziell bei Zahnweh und Prostatabeschwerden von großer Wirkung war.

Unter den männlichen Lichtgestalten interessierte sie der heilige Hugo von Hofmannsthal, der ihnen kurioserweise als Schutzpatron von Zwetschkenröster und Erdäpfelschmarrn mit Dillsauce galt, sowie der heilige Alban Berg, der für erträgliche Badetemperaturen in den Seen der Sommerfrischen des Salzkammergutes zuständig war. Ich wurde von Vater angehalten, zu jedem der

siebzehn „Dreizehner“ Onkel zu sagen, und zwar: Onkel Herr Rossmus oder Onkel Herr Professor Cavallar oder Onkel Herr Apotheker Brettschneider.

Auch ihre Rituale waren so verschroben, daß vom Onkel Herrn Schriftführer Sefnik penibel notiert wurde, wann zum Beispiel wer und wie lange am bestickten Schnupftuch des verblichenen Erzherzogs Eugen riechen oder einen Onyx-Spazierstock Kronprinz Rudolfs ausführen durfte: Beide Gegenstände gehörten zum Inventar der kuriosen „Dreizehner“-Schatzsammlung, die der Oberkellner Simmerl in einer abgesperrten Bestecklade des „Rebhuhn“ verwahrte. Die sentimentalen Veteranen sangen auch zweistimmig Lieder in den Sprachen der Monarchie: deutsche, jiddische, slowenische, tschechische, zigeunerische, ungarische, italienische und viele mehr. Aber manchmal schwiegen sie bis auf einen, und der eine war mein Vater. Dann schepperte auch keiner mit Tassen und Gläsern. Das waren die „Stecknadelfallstunden“, und sie handelten von Joseph Roth.

„Er hat traurig sein können wie kein anderer und gleich darauf ein Meister der Tobsucht, und sieben Fernet Branca später ist ihm mitten im Gesicht die Fröhlichkeit aufgegangen wie die Sonne über Capri“: So etwa hat der Kommerzialrat Stefan Heller gesprochen. „Einmal, an einem Gluttag, wollte ich mit Roth schwimmen gehen in den französischen Atlantik, da fauchte er: ‚Wenn Gott hätte wollen, daß ich schwimme, hätt' er aus mir gemacht eine Forelle.‘ An Gott hat er sehr geglaubt, und er glaubte auch, daß Gott an ihn glaubt. Er war der katholischste Jude, dem ich je begegnet bin, und der jüdischste Katholik. Der Zusammenschluß von Juden und Katholiken schien ihm übrigens die einzig wirksame Notwehr gegen die Hitlerei. In den Stulpen seiner Hose lagen vierblättrige Kleeblätter als Glücksbringer und zur magischen Abwehr von Hundebissen.“

Einmal fragte ich Vater, welchen Beruf der Herr Roth eigentlich habe, und er antwortete: „Jetzt ist er schon fünfzehn Jahre im Trinkerhimmel als Märchenschammes und Wolkenkalif, aber vorher war er auf Erden ein armer Jud und wahrscheinlich der größte Dichter unter den anständigen Menschen."

„Was ist ein anständiger Mensch, Vater?"

„Einer, der am Totenbett nicht Grund hat, über sich zu seufzen."

„Wie ist der Herr Roth gestorben?"

„Im Delirium tremens, mit prachtvollen Bildern im Kopf. Der Feldmarschall Radetzky persönlich hat ihm den Schnurrbart gebürstet, und die Stadt Venedig ließ ihm durch zwei Turbanmohren Juwelen aus Wasser überreichen."

„War der Herr Roth dein Freund?"

„Er war mein Großvater, und du bist sein Urenkel."

Das verstand ich nicht, denn ich hatte schon die mögliche Höchstzahl von vier Urgroßvätern. Da nahm mich Vater an der Hand, und wir gingen in die verschattete Bibliothek unseres Hietzinger Loos-Hauses, das immer nach Nüssen roch. Hinter dem Buch „Geschichte der Päpste" von Leopold Ranke befand sich ein Knopf, der auf Druck ein Geheimfach öffnete. Daraus entnahm er zwei lederne Schatullen. „Vergiß, was ich dir sage, aber ich sag's dir, damit du es nie vergißt!" war seine verwirrende Forderung. „In der grünen Schachtel sind die Frauenzimmer von Rang. In der roten Mannsbilder. Lauter rare Exemplare, die den Nazis ins Gesicht geschlagen haben."

„Wer sind die Nazis?" fragte ich, berauscht von dem Umstand, daß ich Vater minutenlang für mich allein besaß.

„Die Nazis sind Teufel aus Dreck, die den Sohn von Miriam Pollak bei lebendigem Leib ins Feuer geworfen haben. Die Nazis haben uns für tausend Jahre das Lachen gestohlen." Dann weinte er ein wenig und wie aus Wut, und zuletzt zeigte er mir Briefe und aus Notizbüchern herausgerissene Zettel mit Ratschlägen, kurzen Verwünschungen, Jammereien oder Bitten, die ihm Joseph Roth geschrieben hatte.

„Wenn Du mich im Stich läßt, wie soll ich mit Dir noch auskommen?“ stand da. Oder: „Zieh Dich gefälligst wärmer an. Der Hitler hat sich unseren Tod nicht verdient.“ Oder: „Bist Du auf mich böse, so sags bitte, und nicht verschweigen. Ich kann, ich will auch nicht verstehen, daß man auf einen Freund nicht wartet. Dein Großvater.“ Also tatsächlich Großvater. Wohl im Sinne von Wahlgroßvater.

„Gib mir Bücher von ihm“, bat ich.

„Du kannst doch kaum lesen“, sagte Vater.

„Ich will sie nur anschauen.“

„Ich hab einen meschuggenen Sohn“, lobte er mich und ließ mir am nächsten Morgen durch seinen Leibraseur und Krawattenbügler Hubalek einen schweren Stapel Gedrucktes bringen. Einige Volksschuljahre betrachtete ich die Bände, die auf einem Wandbrett meines Kinderzimmers standen, vor dem Einschlafen immer lange, als wenn sie ein Spiegel wären. Dann, nach meinem zwölften Geburtstag, kurz ehe Vater an einem Blutgerinnsel erstickte, begann ich sie zu lesen.

Das hat mir in gewissem Sinne das Leben gerettet. In der jesuitischen Internatshölle des Gymnasiums von Kalksburg, wo ich mit achtzig ungewaschenen Buben einen Schlafsaal teilte, zwischen den Prügelorgien der Präfekten und all den Rosenkranz- und Marienkinderverlogenheiten entstand mir in der Literatur Joseph Roths ein Land, das Schutz und Ermutigung gewährte. Ich konnte mich ins Exil der Geschichten retten und lernte dort Mendel Singer kennen und den Bezirkshauptmann Trotta, den Stationschef Fallmerayer und das Hotel Savoy. Ich beobachtete die Agenten des Schahs von Persien bei dessen Wiener Verstrickungen und saß neben Korallenhändlern, Puffmüttern und Eichmeistern.

Vier mal vierhundertvierundvierzig Arten Begegnungen und ebenso viele Arten Abschiede las ich atemlos. Ein Kaleidoskop des Himmelhochjauchzend-zu-Tode-Betrübten, das mich bis heute bannt.

Worin aber besteht die unvergleichliche Wirkung des Mythomanen Roth, der am 2. September vor einem Jahrhundert in der galizischen Ortschaft Brody geboren

wurde? War er ein als Gentleman verkleideter Wunderrabbi, der mit dem Alphabet heilen konnte, oder die vor Emotionen vibrierende Gegenposition zur vergleichsweise vollendeten Kälte Thomas Manns? In jedem Fall Vorstand des Instituts für pathologische und psychologische Untersuchungen an dem verstorbenen habsburgischen Reich, von dem er in einem Brief schrieb: „Mein stärkstes Erlebnis war der Krieg und der Untergang meines Vaterlandes, des einzigen, das ich je besaß: der Österreichisch-ungarischen Monarchie. Auch heute bin ich durchaus noch patriotischer Österreicher und liebe den Rest meiner Heimat wie eine Art Reliquie." Aber der sogenannte Rest, die Republik war ihm nie mehr als die Boje, woran das bizarre geistige Floß, das sich die schiffbrüchigen Monarchisten geschaffen hatten, kurzfristig befestigt werden konnte. Dort, inmitten brechender Wellen, erwarteten sie die Rettung, die für sie nichts anderes als die Restauration der Habsburger sein konnte. Am 25. April 1933 schrieb Roth diesbezüglich an seinen Hauptgönner und Hauptbewunderer Stefan Zweig: „Es ist ganz finster in der Welt und auch für uns Individuen ... Ich will die Monarchie haben und ich will es sagen. Mehrere geistige Menschen sind mit mir: Ich hoffe, daß es mir gelingt."

Es war allerdings weniger die politische Wirklichkeit des Vielvölkerstaates, die er vermißte, denn deren Gebrechen und Unterhöhlungen hatte er genauer als die meisten anderen analysiert, sondern es waren die Toleranz und Ritterlichkeit, die er mit jenem im Krieg zerschlagenen Reich verband. Auch den Umstand, daß man mit chronisch verspäteten Eisenbahnen von Triest bis zu den transsilvanischen Alpen und von Czernowitz bis zum Böhmerwald unschikaniert und ohne Grenzkontrollen reisen konnte, stets im Bereich derselben Judikatur und unter dem Schutz einer ornithologischen Rarität namens Doppeladler. So betrieb er in seiner Literatur ein

Archiv, das für den Augenblick, da sie gebraucht würden, die Wiederaufbaupläne einer versunkenen Welt bereithielt. Roth konnte Stimmungen und Erfahrungen, die gewöhnlich nur in Musiken auszudrücken sind, in Sprache übersetzen. Etwas Ähnliches wie ein Schubert der Prosa ist er auf diese Art geworden.

Ich glaube nämlich, daß jedes Wesen, jedes Ding, jede Landschaft genauso wie Feuer, Wasser und Luft auf einen Ton gestimmt ist, und manchmal in seligen Augenblikken begegnen wir Figuren oder Orten, die unserer Stimmung vollkommen entsprechen und uns zum Klingen bringen. Ein Glück der Harmonie kann dann entstehen: Zwei schauen sich gegenseitig auf den Grund der Seele. Einer davon kann Koloratursopran an der Mailänder Scala sein und der andere durchaus Regenwolken über den Donauauen. Der eine Eislieferant in Olmütz und der andere der Handschuh einer betrogenen Frau, einer Zigarettenschmuggler und der andere das Geräusch einer zuschlagenden Autotür. Jede Kombination ist denkbar. Die zwei erkennen einander, wissen, daß sie zum selben Stamm gehören und daß der Engel der guten Fügungen sie zu Recht anspucken würde, wenn sie einander leugneten.

So ging es Joseph Roth mit allem, was er beschrieb: der Stimme Kaiser Franz Josephs bei der Audienz in Schönbrunn und den Farben des Mondes über Odessa, den „wie kaum erwachsene Tschinellen klingenden Sporen" eines Postdirektors und dem Labyrinth der Gerüche in Basaren. Roths Arbeiten geben Zeugnis für die sinnlichste Wahrnehmung, die ein deutschsprachiger Dichter jemals hatte.

Mit der raren poetischen Genauigkeit, die beispielsweise Adalbert Stifter der Sonnenfinsternis des Jahres 1842 oder Marcel Proust den beruhigenden Küssen seiner Mutter angedeihen ließ, zeichnete Joseph Roth ununterbrochen und von keiner äußeren Not und kaum einer inneren ablenkbar das Gesicht seiner Zeit in all ihren berührenden und erschreckenden Facetten. Schlafwandlerisch sicher im Erbarmen, wo Erbarmen überhaupt zulässig war, und unbestechlich als Moralist und Kritiker sowohl des „geistig weit mehr noch als geographisch restringierten Österreich", des Österreich „der Braunauer, der Linzer und Alpenkröpfe", als auch des im alltäglichen Gewand des Kleinbürgers erschienenen Antichristen, der „im Osten die Arbeiter zu befreien verheißt und im Westen die falschen Fahnen der Humanität über den Dächern der Gefängnisse hißt".

Roth ist wahrlich nicht einer jener vom eigenen Geschwätz ermatteten intellektuellen Monumentalopportunisten und Gleichgültigkeitsrastellis gewesen, deren Armseligkeit sich auch jüngst wieder im dröhnenden Schweigen angesichts der Greuel im ehemaligen Jugoslawien oder in Ruanda offenbarte.

Im Geheimfach meines Vaters, dessen Inhalt mein wesentlichstes Erbteil ist, fand ich auch ein Exemplar der Emigrantenzeitung Pariser Tagblatt vom 12. Dezember 1934. Darin stellten sich Größen wie Bertolt Brecht und Alfred Döblin der Frage nach der „Mission des Dichters". Roth schrieb unter anderem: „Es ist zu antworten: Daß der Dichter so wenig wie jeder andere ein Recht hat, keine Stellung zu nehmen zu der Unmenschlichkeit der Welt von heute; daß der Dichter niemals – und auch heute nicht – das Recht hat, sich auf seine *Berufung* zu berufen und auf seine angebliche Pflicht, sich um *zeitlose* Dinge zu kümmern. Talent und Genie befreien keineswegs von der selbstverständlichen Pflicht, das Böse zu bekämpfen. Ein Dichter, der z. B. heute gegen Hitler und gegen das Dritte Reich nicht kämpft, ist gewiß ein kleiner schwacher Mensch und wahrscheinlich auch ein wertloser Dichter. Es gibt kein wahrhaft wertvolles Talent ohne die folgenden Eigenschaften: 1. Mitgefühl für die unterdrückten Menschen; 2. Liebe zum Guten;

3. Haß gegen das Böse; 4. Mut, das Mitgefühl für die Menschen, die Liebe zum Guten, den Haß gegen das Böse auch laut und unzweideutig, also deutlich, zu verkünden. Wer diese Eigenschaften nicht besitzt und nicht offenbart, ist gewiß ein mittelmäßiges Talent oder ein Dilettant."

Adlitzbeere (1997)

Ich sehe die Berge gerne aus der Ferne, aber nichts zieht mich hinauf zu ihnen. Meine erstrebenswerten Gipfel sind das Erleben von Schubert-Klaviersonaten oder das Lachen meines Sohnes. Von dort habe ich jene Aussichten und Einsichten, jenes Gefühl der besonderen Gottesnähe, von dem Alpinisten so überzeugend berichten können.

Trotzdem beginnt diese Geschichte in den Alpen. Dort, am Rande der Baumgrenze, wächst nämlich eine Frucht namens Adlitzbeere. Aus ihr wird ein klarer Schnaps gebrannt, der mir unbekannt war bis zu jenem Abend, als mir der Wirt des Restaurants Pannitzer eine Flasche davon auf den Tisch stellte. „Es wirkt anders als Zirbengeist oder Wodka", sagte er kryptisch. Dann fügte er hinzu: „Adlitzbeere ist gut für Situationen, die eines besonderen Antriebes bedürfen. Sie schafft beschwingtes Glück."

So trank ich dankbar einige Gläser davon, denn ich befand mich beim Pannitzer, um mit einer klugen und schönen Dame zu speisen, bezüglich derer mir Körper, Seele und Geist dringend rieten, eine zwischen ihr und mir seit Monaten schwelende Verstimmung in makellose Versöhnung zu wandeln. Als die Dame und ich den Kaiserschmarrn mit Zwetschgenröster erreicht hatten, war ich bereits derart illuminiert, daß ich gegen jede Gewohnheit laut zu singen begann. Und zwar das berühmte Lied vom Prinzen Eugen, der eine Brücke schlagen ließ, um in Belgrad ein wenig Verwüstung und Brandschatzung veranstalten zu können. Ich wußte zwar, daß ich mich idiotisch benahm, aber das Idiotische war mir in diesem Zustand äußerst angenehm.

Nach zwei weiteren Portionen Adlitzbeere verspürte ich das Bedürfnis, den Gästen des Lokals eine patriotische Rede in der Sprache der Rhesus zu halten, die ja bekanntlich Affen sind. Dies war kein schlechter Erfolg, denn ein Russe mit prächtiger Gaunervisage klebte mir, mich wohl für einen Sektenprediger haltend, eine Spende von 5.000 Schilling auf die etwas verschwitzte Stirn. Mit diesem Vermögen beschlossen die kluge und schöne Dame und ich, das Stundenhotel „Orient" am Tiefen Graben aufzusuchen.

Dort begegneten wir vor der Rezeption dem verschämt seine Rechnung bezahlenden Generaldirektor eines sogenannten heimischen Weltunternehmens, der, als er mich sah, sein breitflächiges Gesicht unter einem kleinen Papiertaschentuch zu verbergen suchte. Ich fragte ihn, einen ironischen Rettungsring in den Ozean seines Unbehagens werfend: „Was treibt denn Sie um Mitternacht hierher in die Minoritenkirche?" Er antwortete, meinen Rettungsring beiseite stoßend: „Mir, Verehrtester, ist das alles noch sehr viel peinlicher, als Sie ahnen können." Und weil das Schicksal, wie es heißt, auch Launen hat, kam gerade in diesem Augenblick die Ursache seines Orient-Aufenthaltes, sich die Frisur zurechtrückend, die Stiege herabgeschlendert. Es war immerhin die Kammerschauspielerin Ostertag, Gattin eines dem Opus Dei nahestehenden Rechtsanwaltes und Immobilienhändlers. Sie hieß unter Eingeweihten Kammerschauspielerin, weil sie mit Vorliebe in der strengen Kammer spielte und damit ausgelastet schien, all jene Sünden zu begehen, die ihr hostiensüchtiger Gemahl, wenn er denn von ihnen gewußt hätte, als die „wilden Ferkeleien Beelzebubs" bezeichnet hätte.

Die Kammerschauspielerin lachte laut auf, als sie meine Begleiterin und mich bemerkte. Dann sagte sie mit ihrer Salzburger Stimmfärbung: „Nicht wahr, meine Lieben, es gibt ein Leben vor dem Tode." Dieser für meinen Geschmack sympathische Ausspruch versetzte der Laune des Herrn Generaldirektors den Gnadenstoß, und ich hatte direkt das Gefühl, diese Laune, Gestalt geworden, neben dem Schirmständer beim Rezeptionspult entseelt hinsinken zu sehen. Ausdruckslos und ohne sich zu verabschieden, trat der einflußreiche Mann auf die Straße, und die Kammerschauspielerin folgte ihm, als bilde sie die Spitze einer Triumphprozession zur Feier der Vernichtung aller Prokuristen, Direktoren und Generaldirektoren.

Zehn Minuten später bewegten sich der Körper der klugen und schönen Dame und mein weniger begeisternder in dem Spiegelhimmel des breiten Bettes auf Zimmer 34. Ich will hier nur erzählen, daß wir unsere Versöhnung nicht bereuten, aber die Adlitzbeeren zumindest mich mit einer etwas hysterischen Art von Wahrnehmung ausgestattet hatten. Ständig fürchtete ich, die Geliebte könnte ähnlich einem Puzzle in Teile

zerfallen, so daß ich von einer gewissen Erleichterung berichten muß, als ich sie gegen halb zwei Uhr morgens beim Platz vor der Mariensäule Am Hof zu einem Taxi begleitete, mit dem sie ganz und gar unzerbröselt heimwärts fuhr. Mir blieb der Wunsch, mich zu erfrischen und klar im Kopf zu werden. Daher beschloß ich, auf dem Graben zu spazieren.

Die Nacht war kühl, und die Wolkenschiebereien über Wien spiegelten eine unerklärliche Unruhe wider, als wären sie der ins Gigantische vergrößerte gläserne Plafond von Zimmer 34. Heftige rote, ockerfarbene und lila Bewegungen waren dort oben und nahmen dem anämischen Mond dazwischen jede Bedeutung. Als ich in den Kohlmarkt bog, geschah das Ungewöhnlichste, das mir im ersten Wiener Bezirk begegnet ist. Mitten durch das, was man in Rom oder Paris wohl ein Provinzgäßchen, aber in Österreich eine Nobelstraße nennt, galoppierte in wildem, schnaubendem Durcheinander eine Herde prachtvoller weißer Pferde. Ihre Hufeisen verwandelten gerade den Boden vor der Konditorei Demel in einen Funkenteppich. Ich war überzeugt, vollends das geistige und seelische Gleichgewicht verloren zu haben, und sprang mit einer Behendigkeit, die ich noch niemals zuvor an mir beobachtet hatte, in die Hauseinfahrt neben der Buchhandlung Berger, wo mich vor Angst eine Art glühender Schüttelfrost traktierte. „Es ist ein Skandal, daß man LSD verbietet und Adlitzbeere erlaubt“, dachte ich. „Morgen, wenn ich ausgenüchtert bin, watsche ich den fahrlässigen Wirt Pannitzer, wie es Rauschgifthändlern gebührt, in Grund und Boden.“

Jetzt stoben die Pferde mit wehenden Mähnen und Gewieher an mir vorbei Richtung Tuchlauben. Sirenen und Alarmhupen von Einsatzkommandos verwandelten die Umgebung in etwas geradezu Kriegerisches. Fenster wurden hastig geöffnet, aus denen schlaftrunkene Bürger mit Anzeichen von Panik schauten. Aus dem hinter

meinem Rücken gelegenen Haustor erschien gespenstergleich eine Greisin im viel zu kurzen blauen Schlafrock und murmelte Stoßgebete. Polizisten liefen brüllend herum, und viele von ihnen lärmten auf ihren Trillerpfeifen, als wollten sie sich selbst Mut machen.

Ich begriff langsam, daß ich nicht halluzinierte. Etwas ganz und gar Reales, Katastrophales mußte dieses Chaos ausgelöst haben. Meine Furcht trat zugunsten einer Neugier zurück, die mich hoffen ließ, Zeuge von etwas Wesentlichem zu sein. Ich wurde nicht enttäuscht, denn tatsächlich war in nächster Nähe ein Ereignis im Gange, das auf lange Zeit das ganze Land beschäftigen sollte. Die Hofburg brannte. Genauer, der Trakt der Redoutensäle am Josefsplatz. Beim Versuch, die unmittelbar daneben befindlichen Stallungen der Spanischen Hofreitschule zu evakuieren, waren die nervösen Lipizzaner den wachhabenden Stallknechten und freiwilligen Helfern entkommen und über den Michaelerplatz, teils in die Herrengasse und den Volksgarten und teils an mir vorbei auf den Graben geflohen. Die Wolken, die mir aufgefallen waren, zeigten den Widerschein des Flammengetümmels der tief unten liegenden kaiserlichen Dächer, und für einige bange Stunden lief Wien Gefahr, sein Gedächtnis, die barocke Bücherkathedrale der Nationalbibliothek, gegen Glut, Schlacke und Rauch zu tauschen oder, nicht weniger schlimm, durch die Wasserflut der Löscharbeit schwer zu beschädigen. Was diese Löscharbeit betraf, so versammelten sich um die Brandregion immer mehr und mehr Feuerwehrautos, deren rote Lackierung im Flackern der Blaulichter und Suchscheinwerfer wie eine etwas kühle, bodennahe Erweiterung der Flammen wirkte. Aus den meisten Fahrzeugen ragten dicke, pralle Schläuche und auch von den Hydranten wanden sich Schläuche um und in das von Magirusleitern umstandene Gebäude, das dadurch inzwischen dem riesenhaften Patienten einer gewaltigen Intensivstation mehr ähnelte als der Stadtresidenz der Habsburger. Ich reihte mich unter die Schaulustigen, deren größerer Teil ihren reinen Genuß am Geschehen mit Bedauern oder Empörung tarnten. Nur ab und zu entdeckte ich ältere, weinende Menschen, die fassungslos in den Tumult starrten, als handelte es sich dabei auch um ein Krematorium, das ihre eigenen Vergangenheiten und Lebensentwürfe zu Asche verwandelte.

Von einer Telefonzelle aus rief ich die kluge und schöne Dame an, um ihr von meinen Erlebnissen nach unserer Verabschiedung zu erzählen. Aber sie schnitt mir das Wort ab und sagte: „Ich habe für heute nacht wirklich von deinen Exaltiertheiten genug.“ Dann legte sie auf, und ich verharrte für Augenblicke mit dem Hörer am Ohr, um dem trostlosen Signal der unterbrochenen Leitung zu lauschen.

Alaan sei is ärger als Ratzn fressen (Lied, 1970)
Des laute Vogelgschraa macht si an Gschpaß mit mir
Und sticht wie Silbernadln in mein späten Schlaf,
Dann lieg i wieda wach, denk übers Wachliegn nach,
Wern meine Polster z'haß, dann steh i traurig auf,
Wenn i an Menschen wüßt, der ma mein Pulsschlag mißt,
Merkat i, ob i tot bin oder ob i leb.

Alaan sei is ärger als Ratzn fressen,
Meine Damen, meine Herren, i sags, wias is.
Alaan sei, jetzt hätt i schon bald selber ganz auf mi vergessen,
Meine Damen, meine Herrn, i sags, wias is!

Zerscht hab i di verlorn, dann hab i mir verlorn,
Und aufn Fundamt hat si niemand grührt,
Dann is der Winter kumman, hat ma de Sunn weggnumma,
Hat aufn letzten Regenbogn an Kuckuck pickt,
Jetzt kann i Pfitschigogerln mit der Erinnerung
Und mitn Partezettl von meiner Seligkeit.

Alaan sei is ärger als Ratzn fressn,
Meine Damen, meine Herren, i sags, wias is.
Alaan sei, jetzt hätt i schon bald selber ganz auf mi vergessen,
Meine Damen, meine Herrn, i sags, wias is.

Laudatio auf Ryszard Kapuściński anlässlich der Verleihung des Kreisky-Preises als Würdigung für sein Lebenswerk (2004)

Zunächst eine groteske, aber ganz und gar wahre Geschichte. Der 22. März 1995 war ein für mich merkwürdiger Tag. Ich erwartete gegen sechzehn Uhr Besuch von Salman Rushdie. Das Teilstück der Elßlergasse im 13. Wiener Bezirk, in dem sich mein damaliges Haus befand, war seit zwanzig Minuten völlig von Polizeieinheiten abgeriegelt, die zum Schutz des berühmten Schriftstellers vor den Ermordungsplänen islamischer Fundamentalisten Wache hielten. Dann kam ein kleiner Fahrzeugkonvoi mit Männern der Spezialgruppe Cobra, die Salman auf Schritt und Tritt bei seinen Österreichbesuchen, die er in den neunziger Jahren regelmäßig auf Einladung des Kulturministers Rudolf Scholten und unter dem Schutzschild von Kanzler Vranitzky unternahm, begleiteten. Die Autos hielten vor meiner Gartentüre. Salman stieg lachend aus dem mittleren. Ich lief dem Freund entgegen, und einen Meter vor ihm flammte in meinem Rücken ein derart heftiger Schmerz auf, dem eine augenblickliche Bewegungsunfähigkeit folgte, daß ich wie ein gefällter Baum auf den gepflasterten Weg stürzte. Die Cobra-Leute dachten wohl sofort an einen lautlosen Schuß, der mich getroffen habe, und es entstand ein Tumult, der zum Unvergeßlicheren in meinem Leben gehört. Ein Nahkampfspezialist riß Salman zu Boden. Andere hielten grimmig nach etwaigen Attentätern Ausschau. Ich rang um Worte und nach etwa dreißig Sekunden gelang es mir zu artikulieren, daß es sich ausschließlich um eine Art Tobsuchtsanfall einer meiner Bandscheiben handelte. Salman trug mich gemeinsam mit freundlichen Exekutivbeamten auf eine Couch in den Salon meines Hauses, wo ich meiner Männlichkeit freien Lauf ließ und ein wenig vor Wut und Verzweiflung weinte. Salman sagte: „Langweilig ist es mit dir nie."

Ich stammelte als Antwort: „Du mußt wissen, ich trainiere für den Nobelpreis für vollendete Lächerlichkeit."

Dann brachte mir meine Haushälterin zwei Tabletten Sirdalud, ein muskelrelaxierendes Mittel, und Salman sagte: „Was gibt es sonst noch Neues?" Ich stammelte: „Ich habe heute Geburtstag. Vor achtundvierzig Jahren wurde ich in der Klinik Goldenes Kreuz geboren." Er schwieg mit betroffenem Gesicht, sehr lange, etwa zwei Minuten, in denen ich mich ernsthaft fragte, ob ihn der Umstand ärgerte, daß es außer ihm noch einen zweiten künstlerisch tätigen Menschen des Jahrgangs 47 gebe. Aber dann entspannten sich seine Züge, und er verkündete: „Ich werde dir zum Geburtstag ein herrliches Geschenk machen: etwas von unvergänglichem Wert und großer Nachhaltigkeit, das möglicherweise dein Denken verändern wird."

„Ich bitte höflichst darum", sagte ich, mich immer noch unter Schmerzen windend.

„Hör zu, das Geschenk besteht nur aus zwei Worten. Das erste lautet Ryszard und das zweite Kapuściński. Lies seine Bücher."

Genauso war das. Und dieser 22. 3. 1995 bleibt mir trotz aller Rückenproblematik als segensreiches Datum in Erinnerung. Ich bestellte mir am folgenden Tag alle verfügbaren Niederschriften Kapuścińskis, allesamt in der exzellenten Übersetzung von Martin Pollack auf deutsch im Verlag Eichhorn und teilweise in der von Hans Magnus Enzensberger herausgegebenen Großtat, der „Anderen Bibliothek", erschienen, und wurde innerhalb kürzester Zeit nicht bloß zu einem Bewunderer, sondern zu einem Süchtigen nach den Erlebnissen, Analysen und Quergedanken dieses polnischen Wunderkopfes.

Kapuściński einen Reiseautor oder Auslandsreporter zu nennen ist so idiotisch und banausenhaft, wie eine Stradivari als Fiedel zu bezeichnen oder Charlie Chaplin als Spaßmacher. Unser Ehrengast berichtet zwar tatsächlich zumeist von turbulenten Aufenthalten in fernen und näheren Ländern, aber Cézanne hat auch den Mont Sainte-Victoire gemalt oder Matisse eine marokkanische Szene, und trotzdem würde niemand auf die Idee kommen, sie Reisemaler zu nennen. Es macht mich zornig, seit Jahrzehnten feststellen zu müssen, daß die meisten Führer des Feuilleton-Kameradschaftsbundes etwa die Lieder des großen, von mir ebenso wie Schubert geliebten Bob Dylan – die im übrigen zumeist um Lichtjahre bessere Texte als jene von Schubert anzubieten haben – als U-Musik abqualifizieren. Das Œuvre von Meisterinnen und Meistern wie Virginia Woolf oder Samuel Beckett schätzen sie als literarisch gewichtiger ein als jenes von Meisterinnen und Meistern wie Annemarie Schwarzenbach[7], Nicolas Bouvier[8] oder eben Ryszard Kapuściński. Die Expeditionsberichte der gesegneten Dichter und Dichterinnen über die inneren Erdteile und die Expeditionsberichte von sprachvirtuosen Wahrnehmungsgenies vom Range Kapuściński über die äußeren Erdteile halten sich in jedem Falle, was ihre Fähigkeit angeht, uns positiv zu erschüttern, geistig anzuregen und mit den Abgründen und Gipfeln der Conditio humana vertraut zu machen, die Waage.

Wir haben hier nicht die Zeit für eine grundlegende Analyse des Werkes unseres Preisträgers, aber lassen Sie mich wenigstens erwähnen, daß Kapuścińskis Schilderung des Umsturzes 1978/79 im Iran mit dem Titel „Schah in schah" mit solch virtuoser Präzision das Räderwerk einer Revolution vor unseren Augen ausbreitet, daß man spätestens nach fünfzig Seiten Lektüre, emotional haltlos aufgewühlt, Notproviant einkaufen will und Verbandszeug zu horten beabsichtigt. Die Beschreibung des Sturzes von Haile Selassie und der Monarchie in Äthiopien wiederum ist Kapuściński „König Lear": die ultimative Darstellung jenes immer wiederkehrenden bizarren Augenblicks der Geschichte, wo sich äußerste Macht in äußerste Ohnmacht verkehrt und die Realität von gestern in die äußerste Surrealität von heute. Wenn Goya ein Kriegsberichterstatter gewesen wäre, hätte ihm vielleicht ein schriftliches Werk wie dieses seit langem im Range eines Klassikers stehende „König der Könige" gelingen können. Von Afrika, seinen Abgründen, Verwerfungen, Paradiesfacetten und Widersprüchlichkeiten, seiner funkelnden oder schäbigen Pracht weiß Kapuściński wahrscheinlich mehr als jeder andere europäische Intellektuelle. Er kann politische Abläufe oft vom ersten Denkfehler bis zur daraus schlußendlich resultierenden lokalen Apokalypse mit seiner Methode, die man Faktenrausch nennen könnte, aufs wirksamste an den Leser überliefern.

Vieles an unserem Preisträger ist mir, ich gestehe es, fremd und zieht mich gerade deswegen ein wenig schaudernd an. Er schont sich offenbar nicht im geringsten, ist der Prototyp des selbstausbeuterischen Abenteurers. Seit Jahrzehnten von Malaria geschüttelt, beinahe süchtig nach einer aggressiven Komfortlosigkeit. Gefährlich oft flieht er die tiefe und auch todgeladene Gefahr nicht, sondern eilt ihr entgegen mit offenem Sinn, als wäre sie ein ihm besonders nahestehendes Wesen. Den Brandherden Afrikas, den Notstandsgebieten in Südamerika und Asien gilt seine ruhelose Neugier, jenen Opfern der galoppierenden Dummheit und der menschenverachtenden Machthybris einer bestimmten, besonders grausamen Deformation des Kapitalismus, einer, ich möchte sagen, „Kirche der Gier". Der jahrzehntelange Anblick oder, besser, die Vorortwahrnehmung der Gewaltorgien, der Hungerexzesse, der Leichenhalden, der seelisch und körperlich vergewaltigten Menschenkinder und des Ozeans an Geschwätz und leeren Versprechungen, den Politiker allzu häufig über ihre Schutzbefohlenen ergießen, hat Kapuściński erstaunlicherweise nicht stumpf, weinerlich, zynisch oder hart werden lassen, sondern, zumindest kommt es mir so vor, immer nur seine Wahrnehmung aufs neue geschärft, ihn zu einem unvergleichlichen Erkenner und Weitervermittler von Zusammenhängen werden lassen.

Das Motiv dieser manischen Neugier kann ich nur vermuten, und ich habe mich entschlossen, es Liebe zu nennen. Liebe und Mitgefühl. Denn Kapuściński ist auch ein Liebesgoldsucher. Aus all dem Dreck und der Niedertracht und dem Elend zieht er häufig die Augenblicke des Glücks und der Schönheit und des Friedens, kurz das Gelungene heraus, das darin mitunter aufblitzt, und reicht auch dieses als Trost und Ermutigung an uns, seine Leser, weiter. Kapuściński ist der Geschichtslehrer, den ich uns und unseren Kindern wünsche, damit wir den Weltgeschehnissen nicht naiv oder blasiert oder vorurteilsgeladen oder unter dem Zeichen der großen Vereinfachung begegnen. Es ist ein Jammer, daß sich sein mikroskopischer Blick nicht ausführlich des 11. September 2001 angenommen hat. Auch die genaueren Umstände, wie George W. Bush in die Macht geschwindelt wurde, wären sein Thema. Von Saddam Husseins später Niederringung und den damit verbundenen Weltöffentlichkeits-Täuschungsoffensiven gar nicht zu reden. Ich glaube, Kapuściński würde uns zum Beispiel bestätigen, daß Krieg einfach immer auch Folter bedeutet. Es ist interessant und gehört zu diesem Themenkreis, daß eine Untersuchung der Wirtschaftsfirma NOP World jüngst ergeben hat, daß führende amerikanische Marken wie McDonald's, Nike, Microsoft und Coca-Cola im vergangenen Jahr aufgrund des Imageschadens durch das amerikanische Handling der Irak-Invasion und der Bush-Cheney-Rumsfeld-Version eines Antiterrorkrieges schmerzhafte Umsatzeinbußen auf dem Weltmarkt hinnehmen mußten. Die Zahl der Verbraucher, die US-Waren kaufen, sei weltweit um drei Prozent gesunken, von 30 auf 27 Prozent. Das bedeutet, wie die Süddeutsche Zeitung zu diesem Thema richtig folgert, daß das pure moralische Urteil der Weltöffentlichkeit zu einem in Milliarden Dollar meßbaren wirtschaftlichen Faktor geworden ist. Das wird schon einigen Vorstandsvorsitzenden imponieren und wahrscheinlich über diesen Umweg Ausdruck in der westlichen Politik und im Stimmungsklima in den westlichen Medien finden.

An dieser Stelle sollte man sich in Erinnerung rufen, daß Kapuściński ursprünglich und jahrzehntelang Auslandsjournalist für Medien im kommunistischen Polen war, aber mit jenem Qualitätsanspruch und jener brillanten Qualitätsverwirklichung, die sich systemimmanent jeder groben Vereinnahmung und jedem Mißbrauch erfolgreich widersetzen. Kapuściński wird schlafwandlerisch und sehr gelassen einem Niveau gerecht, das etwa auch Karl Kraus als Journalist besaß, der aber im Gegensatz zu Kapuściński nicht uneitel genug war, um den Leser nicht dauernd mit seinem Sprachmuskelspiel und seiner Eloquenz einschüchtern zu wollen.

Übrigens werden wir nicht darüber streiten müssen, daß zumindest in Österreich der Tagesjournalismus zu 97 Prozent geradezu eine Verhöhnung dieser Maßstäbe ist. Hierzulande bedeutet die Möglichkeit, Artikel zu schreiben, fast nie, Wege aufzuzeigen, sondern vielmehr Irreführung auf niedrigem Niveau. Nicht zum Licht, sondern hinters Licht wird der Leser geführt. Dementsprechend verfinstert ist auch die als klare Gedanken ausgegebene Hirngärung allzu vieler unserer Landsleute, die sich verständlicherweise von der derzeitigen Regierung, die Ungeist von ihrem Ungeist ist, gut repräsentiert fühlen. Der österreichische Gegenwartsjournalismus hat an dieser Denk- und Wahrnehmungsgrobheit weiter rot-weiß-roter Gesellschaftsschichten einen imponierenden Anteil.

Meine Damen und Herren, Ryszard Kapuściński erhält heute den Bruno-Kreisky-Preis für sein Lebenswerk. Die beiden Herren hätten aneinander Freude gehabt. Zwei welterprobte Geschichten- und Geschichtsmeister. Einmal saß ich mit Kreisky in der Bar des Hotels Carlyle, er hatte wenige Stunden davor im Plenum des internationalen PEN-Kongresses in New York gesprochen, wenn ich mich recht erinnere, auf Einladung von Pablo Neruda. (Es kann nicht schaden, einen Augenblick durchzuatmen und sich zu fragen, welch internationales intellektuelles Forum von Bedeutung den derzeitigen Bundeskanzler einer solchen Ehre für würdig erachten könnte. Es wird einem auch nach langem Nachdenken nichts einfallen, es sei denn, man hält den „Musikantenstadel“ für eine Dépendence der Harvarduniversität.) Also: Ich saß mit Kreisky in der Bar des Hotels Carlyle, und wir sprachen wie so oft über seine Begegnungen mit wesentlichen Figuren, mit großen Schriftstellern, auch über unsere Zuneigung zu Marlene Dietrich, und von Churchill war die Rede, dessen Politik und Mut wir beide entscheidend unser Leben beziehungsweise Überleben verdankten. Und dann sagte Kreisky gewissermaßen zusammenfassend: „Spannende Menschen sind das Wunderbarste auf der Welt. Leider begegnet man fast immer nur Deppen."

Sie, verehrter Ryszard Kapuściński, hätte Bruno Kreisky mit Gewißheit als äußerst spannenden Menschen empfunden. Was Ihnen dieser Preis, den Sie im ehemaligen Wohnhaus Kreiskys heute überreicht bekommen, bedeutet, werden wir vielleicht aus Ihrer Antwortrede erfahren. Ich meine, er könnte Ihnen die Versicherung bedeuten, daß es in diesem merkwürdigen Land Österreich einige wache Menschen gibt, die Ihren Rang, die Einzigartigkeit Ihres Werkes begriffen haben und Ihnen mit Dankbarkeit, Zuneigung und großer Achtung begegnen. Ryszard Kapuściński, wir wünschen Ihnen Gutes. Und obwohl Sie die Erde zu Recht für ein gewalttätiges Paradies halten, wünschen wir Ihnen ein frohes Herz. Gratulation!

Tschauner (1983)

Drei- oder viermal im Jahr, an Abenden im Juli und August, wenn eine trockene, warme, leicht bewegte Luft unter wolkenlosem Himmel die Stadt umgab, war für Ferdinand „Tschauner-Wetter" – eine dringliche meteorologische Aufforderung, sich gegen neunzehn Uhr in der Maroltingergasse in Ottakring einzufinden. Dort, in einer Schere von Gemeindebauten, die aussahen wie elephantiasiskranke Schreberhäuschen, und tatsächlichen Schreberhäuschen, die ihrerseits an auf ein Hundertstel ihrer ursprünglichen Größe gedörrte Gemeindebauten erinnerten, befand sich „Das letzte Wiener Stegreiftheater unter der Direktion von Karoline Tschauner-Janusek".

Eigentlich war es ein Wirtshausgarten ohne Wirtshaus, wo statt Wein, Bier und Essigwurst Worte serviert wurden. Auf rohen Bretterbänken, in denen die umstehenden Apfelbäume melancholisch ihr künftiges

Schicksal ahnten, fanden enggedrängt vierhundert Besucher Platz. Sie blickten in Richtung eines etwa acht Meter breiten, vier Meter hohen und fünfzehn Meter tiefen Holzverschlages, dessen Vorderseite ein mit Bauernmöbeln aller Art dekoriertes, unverglastes, großes Schaufenster bildete. Dieses Schaufenster war die Bühne und was sich darauf abspielte, ein glücklicherweise unversehrt gebliebener Restposten Stranitzkyscher Hanswurstiaden, als hätte die Zeit nicht nur nicht viel, sondern rein gar nichts geändert.

Jedes Stück wurde nur einmal gegeben. Textautor war die Eingebung des Augenblicks. Vor der Aufführung einigte man sich auf einen Handlungsfaden, der während der drei Akte oft genug verlorenging. Kleinstbürgerliche Liebesgeschichten waren es meistens oder tragischstenfalls Wilderer-Romanzen, die allesamt hingebungsvoll nur eine Funktion hatten: einen dummen Kerl durch sich geistern zu lassen. Walter Mittler hieß der und war in seinen besten Minuten eine Mischung aus Kugelblitz, Dialektdadaist und Originaltrottel erster Klasse. Wo immer sich dramaturgisch ein Fünkchen Sinn zeigte, zerstörte es Mittler wollüstig, bestrafte die Unschuldigen, aß mit dem Sessel, saß auf der Gabel und lebte eine verkehrte Welt. Oft beriet er sich mit den Zuschauern, erschreckte allzu inbrünstige Mitspieler mit der Frage, ob sie denn nicht wüßten, daß dies alles nur Theater sei, zog manchmal sogar mitten im Geschehen den großen, verschossenen Portalvorhang zu, um sich darin absichtlich minutenlang zu verwickeln, und vermochte es, Ferdinand zum Lachen zu bringen wie wenige und weniges in Wien.

Wonnen des Boulevards (Gemeinschaftsgedicht mit Helmut Qualtinger. 1970)

Die Polizei sucht überall
Den Kasperl ausn Prata.
Zerscht hat er's Krokodü daschlagn
Und dann den Himmelvata.
Jetzt is er nimma populär,
Jetzt jagn's eam wia an Hasn.
Am Steckbrief liest ma's schwarz auf weiß:
Er hat a große Nasn.
Die Hawranek vom Zwölferhaus,
Die waaß es ganz genau:
Da Kasperl is ka unsriger,
Der is a Judensau.

OBEN und UNTEN (Über die Michaelergruft. 2002)

„Man kann sich im Leben leicht zurechtfinden: OBEN ist Himmel und UNTEN ist Hölle“, hat die Schwester Clarissa gesagt, von der man sich erzählte, daß sie unter ihrer Schwanenhaube kleine Lavendelsträuße verborgen hielt. „OBEN sind die Mächtigen und UNTEN die Ohnmächtigen!“, schrie der Chauffeur Herr Dvorak, als er von Vater gekündigt wurde, weil er sich nicht länger ohne „Bitte“ und „Danke“ herumkommandieren lassen wollte. „Aber im Schlafwagen bei der Fahrt nach Venedig zum Redentore-Fest sind die guten Betten UNTEN und die unangenehmen, schwankenden OBEN.“ Könnte man antworten. Und im Burgtheater, wenn man dem Oskar Werner nahe sein wollte, sind die Parkettplätze auch nicht gerade am Juchhe gewesen. „Das macht alles gar keinen Sinn“, sagt der berühmte Kunstflieger, „denn wenn ich will, ist OBEN unten und UNTEN oben.“

Meiner Meinung nach ist das schönste OBEN von Wien der Blick, den ein Fünfjähriger vom Rücken der Schimmel im Pferdekarussell im Prater hat. Und das schönste UNTEN von Wien ist die Michaelergruft. Ich finde sie wirklich schön. Den zerschlissen eleganten Mumien in den halb offenen Holzsärgen des Kellerlabyrinths steht zwar häufig der Schrecken über das endgültige Adieu ins Gesicht geschrieben, aber gleichzeitig geben sie Zeugnis für die gelungene Bewältigung des Sterbens. Es gehört ja zum Wundersamsten, daß gerade das Sicherste im Leben uns derart in Schrecken versetzt. Etwas, das jeder Dummkopf und jeder Feigling letztendlich vollbringt: dieses Den-Körper-hinter-sich-Lassen. Die Michaelergruft mit ihrer Sammlung von alten, lufttgetrockneten Adels- und Priesterhüllen mahnt den Betrachter zur Gelassenheit.

Ich habe 1979 Andy Warhol an diesen Ort geführt, der eine äußerste Gegenposition zum mondänen Amusement der flirrenden Oberflächlichkeit, dem Glamour des Smalltalks und der Flucht vor dem Sich-selbst-auf-den-Grund-Gehen bedeutet. Er hat ihn offenbar zunächst mit einer Kunstinstallation der Barockzeit verwechselt

und sich mit den einzelnen Särgen, Sarkophagen, Schädelstätten und Knochenaufbauten immer wieder fotografieren lassen, als ob es sich um grinsende Vernissagengäste handeln würde. Später schrieb er in sein Tagebuch, daß ihn die Begegnung schockiert und abgestoßen habe. Der Meister des „Alles ist lovely" vis-à-vis der letzten und tiefsten Unverlogenheit. Ein anschaulicheres Beispiel für die Polarität, die als Hauptattraktion unseres Sterns gelten muß, ist kaum denkbar.

Manchmal steige ich zum Phantasieren in die den römischen Ausgrabungen vor der Hofburg benachbarten Räume und stelle mir ein Unwetter voll der elektrischen Entladungen vor, die sich an den Mauern, den Särgen, den brüchigen Damastgewändern des 18. Jahrhunderts, pergamentenen Händen und Gesichthäuten brechen. Der Sturm wirbelt dann die Hoffnungen, Begierden, Triumphe und Niederlagen der hier Versammelten auf und läßt sie inmitten des Tumults auf zauberische Art sichtbar werden. So treten meine Gedanken in jene der Toten ein, und wenn ich mich dann eine halbe Stunde später wieder löse und in die Helligkeit des Tages zurückkehre, glaube ich viel von ihnen zu wissen und erinnere sie fortan als Vertraute.

Rettet die Michaelergruft!

Über Franz Hubmann (1999)

Vor einem Vierteljahrhundert bot sich mir die schöne Gelegenheit, mehrere Gespräche mit dem damals noch nicht allzu berühmten Man Ray zu führen. Beim ersten Mal besuchte ich ihn mit einer Freundin in seinem Pariser Atelier. Wir schenkten ihm einen Strauß weißer Lilien, und er rief einigermaßen erschrocken: „Um Gottes willen, man schenkt einem alten Mann doch keine Blumen. Das macht nur Arbeit!" Anschließend war er dann über zehn Minuten damit beschäftigt, eine passende Vase zu finden. „Betrachten Sie einstweilen gut das

Atelier", empfahl er. „Es wird Ihr Auge schulen. Die Menschen haben immer mehr zu schauen und sehen immer weniger." Ich fand es ausgesprochen höflich von ihm, daß er unsere Begegnung gleich mit solch zitierbaren Aussprüchen adelte. Hier ist nun wahrscheinlich die beste Gelegenheit, diese Bemerkung aus den frühen siebziger Jahren wieder aufleben zu lassen: „Die Menschen haben immer mehr zu schauen und sehen immer weniger."

Mein ganzes Leben lang wollte ich lernen. Am richtigsten erscheint es mir, durch Freude zu lernen, und meine größte Freude ist es, einem klugen und glücklichen Menschen zu begegnen. Nur glückliche Menschen sind letztlich gelungene, aber mir ist klar, wie wenig Ansehen diese Überzeugung in unserer Gesellschaft genießt, die einen verbitterten Generaldirektor allemal hoch über einen seligen Installateurgehilfen stellt.

Unter den sogenannten bedeutenden Künstlern kommen zum Beispiel auf hundert verzweifelte Pessimisten nur ein bis zwei Ermutiger mit einem per saldo frohen Herzen. Kurzum und damit wir endlich beim Thema sind: Franz Hubmann ist einer der eben beschriebenen raren Fälle. Als Fotograf ein Meister aus der Riege des Doisneau oder der Gisèle Freund, mit einer unstillbaren Neugier gegenüber den traurigen und komischen Vorkommnissen der Welt, deren Verursachern und ihrer Umgebung. Gleichzeitig ist Hubmann ein Herr mit Manieren (in meiner Jugend hätte dies übrigens noch niemand für erwähnenswert gehalten), ein Charmeur und Fabulierartist, ein selbstloser Förderer der Jugend oder zu wenig Wahrgenommener und der aufmerksamste, lächelnde Flaneur der Zweiten österreichischen Republik. Wenn künftige Generationen etwa wissen wollen, wie es während der vergangenen fünfzig Jahre in Wien oder Salzburg in den Palästen oder Hinterhöfen tatsächlich ausgesehen hat, werden sie bei Hubmann nachschlagen müssen. Sein unbezahlbares Archiv umfaßt die Bordsteine von Bludenz ebenso penibel wie die wechselnden Auslagen der Konditorei Demel am Kohlmarkt, die Kleiderhöllen am Opernball und die Arbeitsutensilien der Maler und Bildhauer. Er hat die Dachböden fotografiert und die Keller, die Revolutionäre und die Polizei, die Nacht und den Tag. Ein und dasselbe aus derselben Position hat ihn im Winter interessiert und dann sicherheitshalber noch einmal im August. Er ist der unbestechliche Chronist des Wesentlichen und vermeintlich Unwesentlichen, das sich im nachhinein oft als das überhaupt Wesentlichste herausstellt. Picasso und Giacometti festzuhalten, war ihm jede Mühe wert. Aber der Schemel einer Klofrau in einem Herrenpissoir in Budapest oder das Loch im Socken eines alkoholisierten Schläfers im Inundationsgebiet der Donau nicht weniger.

Franz Hubmann ist eine beseelte Kamera, die sich selbst die exzellentesten Anweisungen geben kann. Immer ist er etwas auf der Spur. Man trifft den 85jährigen, mit allerlei optischer Gerätschaft behangen, im strömenden Regen an einem Oktobertag. „Servus, Franzi, was tust du?" Und er antwortet: „Ja, weißt du es denn nicht? An der Gabelung Hietzinger Hauptstraße/Lainzer Straße haben sie eine neue Ampel montiert. Wenn man die vom Wartehäuschen der Straßenbahn aus fotografiert, schaut das Café Dommayer im Hintergrund direkt mailändisch aus." In solchen Augenblicken muß man ihn umarmen, und er sagt vielleicht so etwas Ähnliches wie: „Es gibt noch vieles, das mich interessiert. Solang die Füß' und Händ' halten, halt' ich die Leica. Solang ich die Leica halt', halten die Augen. Solang die Augen halten, sehe ich den Tod rechtzeitig, um ihm auszuweichen. Wenn er mich aber trotzdem einmal stellt, werde ich ihn vorher noch fotografieren. Mein letztes Bild wird der Tod sein. Entwickeln muß es dann halt ein anderer."

Verratene Verräter und belogene Lügner (1983)

Ferdinand nahm etwas abseits, nahe der Anrichte, Platz. In diesem hinteren Teil des Lokals, zwischen Küche und Toiletten, entstand die unverwechselbare Geruchszusammenballung aus Kaffee, Buchteln, Urin, Eierspeis und Desinfektionsmitteln.

Die Bernsteinfarbe der ehemals weißen Tapeten rührte von Tabakrauch, die speckigen Armlehnen der Sitzbänke von dem Umstand, daß in Kaffeehäusern nur auf wiederholte Mahnung Servietten gereicht werden. Das Kaffeehaus ist keine Zwischenstation, sondern eine Heimat, für die viele in aller Ruhe ihre Gesundheit opfern: gefallen auf dem Feld der Habe-die-Ehre.

Ferdinand bestellte ein Himbeersoda und österreichische Tageszeitungen, die er in selten in ihm aufwallenden masochistischen Stimmungen zu lesen pflegte. Der Glückliche Verlierer sagte oft, daß das Niveau der hiesigen Presse einen Teil der kollektiven Strafe für den „Anschluß" 1938 darstellte. Ein Land, das seine besten Köpfe vertreiben oder ermorden ließ, habe in Wirklichkeit bis auf rare Ausnahmen weder qualifizierte Journalisten noch qualifizierte Leser. Auch als Leser brauche man nämlich eine Berufung oder müsse zumindest von einem Berufenen mitgerissen werden. Unbegabt gehe auf alle Fälle gar nichts.

Ferdinand hatte also vor sich die Kronen-Zeitung, die Presse, den Kurier, die Volksstimme, die Wiener Zeitung, die Salzburger Nachrichten, die Kleine Zeitung und die Arbeiter-Zeitung. Er beobachtete die Fröhlichkeit der Umsitzenden, ihre Gesichter und Handbewegungen, wie sie hastig Zigarettenpackungen aufrissen, Wein und Schnaps in sich hineinschütteten, mit den Knien wippten, am Sessel herumrutschten, im Lachen gähnten und derlei mehr. Es war im Grunde eine hysterische Stimmung, als zwänge sie jemand mit entsicherter Pistole, so zu handeln. Man hörte einander nicht zu, sondern hielt nur das Ohr ins Gerede, bis man nicht einmal mehr ahnte, welcher oder welche jetzt und worüber berichtete und ob man es am Ende nicht selbst war.

Verratene Verräter und belogene Lügner waren sie allesamt. Es gab unter ihnen ein Zusammengehörigkeitsgefühl, dessen Kitt die unausgesprochene Empörung über die Spielverderber war, Personen nämlich, die ihren Vorsätzen gefolgt waren, die sich im Augenblick der Versuchung nicht für das Überlaufen in die vermeintlich gesicherte Existenz entschieden hatten.

Ferdinand dachte, welche Nerven dazu gehörten, sich treu zu bleiben. Die Leidenschaft bedeutender Spieler, immer und immer wieder auf sich selbst zu setzen, angesichts schwindenden Kapitals, niederschmetternder Wahrscheinlichkeitstheorien und irritierender Kommentare von seiten der Kiebitze. Zumindest den Nerven solcher Spieler gegenüber, also der Geschichte des Gewinns, wenn schon nicht dem Gewinn selbst, fand er Respekt angebracht, und er wußte nicht genau, ob er bereits aus der Position des einsichtigen Kiebitzes oder noch aus jener des Spielers sprach, und ob das, was er für sein Gleichgewicht hielt, nicht eine Halluzination während des Stürzens war.

wean, du bist a oide frau (lied. 1968)

des wean, des is a oide frau,
sie kann schon nimmer kreuln.
und in der goschn tuan di zähnd
unhamlich schiach verfäuln.
sie liegt den ganzen tag im bett
und heart dem radio zua,
und waun amal der heinzi kummt,
sogt's: „des is holt mei bua!"

si loßt des wasser unter sich
und wischt si mit der hand
den gonzn dreck aus ihrem leben
ins gsicht und übers gwand.
sie is wehleidig, aber selbstzufriedn,
lebt vom oidn ruhm seit fuffzig johren.
brennt si teppat für a jede schmockerei,
wauns a geld braucht, muaß's dann sporen.

in ihr'm herzen führts an pudel äußerln,
loßt si von der zeitung sogn, was denkt.
neger, gammler, juden und die andern scheißerln
san zwor liab, no liaba waun mas henkt.
si waas, wos si ghört, wer anders denkt, stört.
is a noar, is's a gfohr, soll si brausn.

denn wean, des is a oide frau, de wos mas stieren tuat.
das beste war's, ma gabat ihr an gnodenschuß in huat.
doch bin ich leider selbst aus wean,
a kind von dera frau.
drum wort i bis zum muttertag,
daß i's derschlog, die sau!

hallo!

Über Gugging (1999)

Gugging. Ein Schreckenswort. „Wenn du so weiter machst, kommst du nach Gugging“, haben die Jesuiten im Internat mir gedroht.

Gugging. Ein Kinderwort: „Gugugg da da.“

Oder ein Wort, aus einem Gedicht von Hugo Ball.

Später wurde aus dem Wort ein Ort.

Mein Freund Walter Navratil ist ein bedeutender Maler und der Sohn eines ebenso bedeutenden Arztes und Forschers: Leo Navratil.

1970 besuchte ich mit Walter das erste Mal den Arbeitsplatz seines Vaters. So begannen für mich die Gugginger Erfahrungen.

Manche der Patienten im Niederösterreichischen Landeskrankenhaus für Psychiatrie und Neurologie malten, zeichneten oder dichteten. Leo Navratil hatte sie liebevoll dazu angeregt. Sie malten, zeichneten oder dichteten S I C H. Abseits jeder Kunsterfahrung. Abseits aller Vorbilder.

Es hatte etwas Vulkanisches. Das Magma ihrer Nöte und Hoffnungen wurde sichtbar. Ich konnte und kann mich vor vielen in Gugging geschaffenen Ergebnissen, vor deren Radikalität und Ferne zum Spekulativen nur verneigen.

Walla, Hauser, Tschirtner, Fischer oder Herbeck[9] und Mach sind keine Künstlerkollegen. (Ich habe diese Anbiederung von seiten der professionellen Künstler stets abgelehnt.) Sie sind Bewohner eines eigenen, funkelnden Landes, deren unheimliche Bestimmung es zu sein scheint, Geisterkleider aus Angst und Rätseln herzustellen.

Daß die Herren aus Leo Navratils ehemaliger Station mittlerweile weltweit geachtet, bewundert und gehandelt werden, entläßt uns nicht aus der Pflicht, immer wieder ihre Exterritorialität zu betonen.

Weder die Kritiker, noch die Galeristen, dürfen sich anmaßen, die Gugginger als Documenta- oder Biennalefutter mißzuverstehen. Man ehrt sie damit nicht, sondern beleidigt sie.

Wahrhaft blühende Phantasie (1995)

Als Achtjähriger schrie ich meiner über alles geliebten Großmutter, Karoline Scholdan, das böse Wort „Verräterin“ entgegen, weil sie sich weigerte, ihre vielfältigen Beziehungen dafür einzusetzen, daß ich fortan im Tropensaal des Schönbrunner Palmenhauses übernachten dürfte. Zwischen Australischen Baumfarnen, an Fächerpalmen montierten Orchideen und den bizarren Blättern der Elefantenohrenpflanze des Amazonas wollte ich mein Bett und den kleinen Bücherkasten aufstellen, um in der Würde des Dschungels eine unösterreichische Heimat zu finden. Reisender von Abenteuer zu Abenteuer, von Entdeckung zu Entdeckung schien mir damals wie heute die einzig sinnvolle Art, Zeit zu verbringen, und die botanische Raritätenschau der Habsburger in dem wie eine gewaltige barocke Prachtperücke aus Glas wirkenden Gebäude hielt, zehn Gehminuten von meinem Wiener Elternhaus entfernt, nicht weniger als eine Art Mustersammlung von Weltgegenden bereit. In Augenblicken konnte man dort von Japan nach Kolumbien oder von Marokko nach Island gelangen. Ein Kaleidoskop an Gerüchen, Farben, Formen und klimatischen Nuancen war es. Ein Neben- und Durcheinander von Jahreszeiten, von Laub und Knospe, Ankunft und Abschied.

Aber Großmutter, zumeist euphorische Förderin meiner Unangepaßtheiten, hielt diesen Wunsch für zu exaltiert, und ich zog mich zwei Monate lang beleidigt in die Lektüre von Erzählungen Daniel Defoes und Jules Vernes sowie Alfred Brehms Beschreibungen des Tierlebens zurück.

Noch heute empfinde ich das Universum der Pflanzen in vieler Hinsicht als die Versammlung meiner (außer meinem Sohn und fünf oder sechs anderen geliebten Menschen) nächsten Familienangehörigen. Selbst der Anblick eines sich auf feuchtem Gemäuer einer New Yorker Himmelsstürmerarchitektur ankrallenden Moosflaumes hält in Wahrheit ja noch mehr Anregung, Trost und Ermutigung bereit als fast alles in den Katalogen von documenta oder Biennale.

In meinen hermetischen Untergrundjahren, in denen ich vor allem als Kaffeehausdiskutant, Chansonnier, Schauspieler und Bürgerschreck agierte, erschienen mir im Schlaf relativ häufig leidenschaftlich agierende und sprechende Landschaften. Nach Art der Surrealisten schrieb ich bald ein Vokabelheft mit jenen Wörtern voll, die ich nach dem Erwachen erinnerte. Wörter, die mir Bäume, Wasserfälle, Felsen oder Schatten übermittelt hatten. „Piro Lehg" beispielsweise lese ich dort als das Idiom der Brennesseln für Herbst. Diese ökologischen Traumtheatervorstellungen wollte ich bald so gut wie irgend möglich in die wache Realität übertragen, um sie mit Freund und vor allem auch mit Feind zu teilen. Bedauerlicherweise ließ die Verwirklichung dieses Wunsches fast fünfzehn Jahre auf sich warten, weil ich allzulange ein Gehirnakrobat war, der immer und überall nur Streit mit den vorherrschenden Meinungen und Kunstkonventionen suchte. Spaziergänge erschienen mir damals nur nachts sinnvoll, und jede Stunde in stikkigen Katakomben strahlte mehr Reiz aus als die klarste Aussicht von einem Berggipfel. Ich gehörte in bedrohlicher Art dem Künstlichen und Finsteren, und es hätte mich nicht beunruhigt, wenn beispielsweise der Rasen im Wiener Stadtpark durch eine Decke aus Petit-Point-Stickereien oder polierten Aluminiumplatten ersetzt worden wäre.

Erst Besuche im Naturhistorischen Museum, im speziellen längere Aufenthalte in der Mineralien- und Käfersammlung, führten mich wieder an die Geheimnisse, Vergnüglichkeiten und vor allem an die überwältigende Schönheit und positive Energie, die Fauna und Flora für unsere Wahrnehmungsfähigkeit bereithalten. Es war, als löste ich mich aus einer bedrückenden Hypnose. Erstmals seit meiner Kindheit begann ich mich für den Tag zu interessieren. Ich begrüßte die ruhelosen Wolkenskulpturen, die Gerüche von Gegenständen, die mit Sonne aufgeladen sind, die Geräuschvariationen von Wäldern und Sträuchern im Wechsel der Winde, die Rißornamente des Erdbodens bei unterschiedlichen Temperaturen und tausenderlei mehr. Von all meinen Künstlerfreunden schien sich damals lediglich der Maler Hundertwasser ernstere Gedanken über das Verhältnis zwischen Kunst und Natur

zu machen, und Joseph Beuys, immerhin, hatte die Bäume als Brüder erkannt und propagiert. Aber was ich sonst außerhalb des normalen Ausstellungsbetriebes bemerkte, war im besten Fall ein Nützen von Grünflächen als Bühne für Objekte, Land Art oder Happenings. Keiner und keine wollte direkt mit Pflanzen gestalten: blühende Gedichte oder groteske Labyrinthe, Efeuarchitekturen, Glyziniensäle, Alleen aus Heckenfiguren oder anderswie inszenierte Landschaften schaffen.

Auch Wasserspiele, manieristische Grotten und all die Behauptungen der Phantasie, die uns in manchen Renaissance- und Barockgärten Bomarzo- und Hellbrunnseligkeiten lehren, fanden nirgendwo Fortsetzung.

Die Gartenkunst insgesamt hat ja in unserem Jahrhundert einen verheerenden Tiefpunkt erreicht, obwohl sie mit Sicherheit die von allen Künsten am dringendsten benötigte ist, weil sie in unvergleichlicher Weise

Ängste zähmen kann und für alle Alters- und Bewußtseinsgrade Zauber und Ermutigung bereithält.

Liebende verabreden sich ja nicht zufällig von jeher in Gärten. Greise fliehen vor ihren Todesahnungen in die Parks ihrer Kindheit, um sich dort mit der ersten Frühlingssonne im Leben zu verankern. Mein italienischer Besitz, der natürlich in Wirklichkeit mich besitzt, gilt vielen als magische Glückszone, die es beispielsweise seit beinahe hundert Jahren den Brautpaaren der Umgebung zur Selbstverständlichkeit macht, sich dort unmittelbar nach der Hochzeit hinzubegeben. Wer sich über eine wichtige Angelegenheit Gedankenklarheit verschaffen will, flaniert in der freien Natur. Viele betrachten die Spiegelungen in Teichen als Meditationsbilder. Trauernde und Kranke umklammern Baumstämme auf der Suche nach Mitgefühl, und Kräuter sind die älteste und bewährteste Gesundungshilfe überhaupt.

Die Natur ist als Quelle der Inspiration unübertroffen, und ich frage mich, wieso sie derart selten schöpferische Herrschaften dazu verleitet, mit ihr selbst zu werken. Vielleicht weil gärtnerisches Arbeiten einer anderen und viel größeren Geduld als jener am Theater oder auch vor der Staffelei bedarf. Vielleicht auch, weil man weder Rosen noch Efeu mit Charisma, mit Überzeugungsmacht, mit Geschenken, hohen Gagen oder anderen Verführungen und Tricks anspornen kann. Nichts hilft außer guter Erde, den richtigen Wärmegraden, biologisch klugem Schutz vor Schädlingen sowie ausreichend Licht und Wasser und Sympathie. Auch was Einkünfte und den Ruhm betrifft, sind Gartenprojekte kompliziert. Sehr viel Zeit und ebensoviel Geld wird für etwas benötigt, das man nicht auf Tournee schicken kann, das ständiger Pflege bedarf, sich nicht zum Verkauf in Galerien eignet, wofür keine Nobelpreise und Lehrstühle verteilt werden und das der Kritik, wenn überhaupt, nur unter dem Stichwort „verschroben“ auffällt.

Trotzdem, mehr als alle Revuen und Prozessionen, Romane und Lieder, Burgtheater- und Broadwayereignisse, Filme, Flugapparate, Zirkusse, Skulpturen, Feuerwerke, Luna Parks, Wunderkammern und andere Merkwürdigkeiten, die in den vergangenen dreißig Jahren meine Handschrift trugen, interessiert mich die Verwirklichung von Orten der Kraft. Oasen der Sinnlichkeit, die zum Staunen und Innehalten einladen und imstande sind, Kinder und Erwachsene, Intellektuelle und Arbeiter gleichermaßen auf einen guten Ton zu stimmen. Denn ich will, daß wir durch Freude lernen, und führe, gelinde gesagt, ein Leben abseits vom Kult der schlechten Laune. Ob dies das geringste mit dem offiziellen Begriff von Kunst zu tun hat, ist nicht Teil meiner Überlegungen. Ich vertraue meinem Gefühl und der Intelligenz meiner Seele, und die anderen können mit meinen Ergebnissen tun, was ihnen richtig erscheint. (Vor Mißverständnissen ist sowieso keiner gefeit, und die große Leidenschaft um meine Person, ob unfreundlicher oder freundlicher Art, habe ich von jeher als Ermutigung empfunden.)

Rede auf Gerd Bacher anlässlich der Auszeichnung als Journalist des Jahrhunderts (2007)

Wunderbarer Gerd, liebste Christine, o du mein Bundeskanzler, illustre Gäste,

Groucho Marx hatte bei Zusammentreffen mit Journalisten sicherheitshalber stets eine gedruckte Karte eingesteckt, die er, wenn der Interviewer rüpelhaft wurde oder sich sonstwie als inkompetent erwies, zückte und seinem Gegenüber vor die Augen hielt. Ich habe solch eine Karte mitgebracht. Darauf steht: „Ich vergesse nie ein Gesicht, aber in Ihrem Fall will ich eine Ausnahme machen."

Journalisten sind eine hochinteressante Rasse. Viele von ihnen tun sich – auch oder gerade wenn sie brillant sind – in ihrer Arbeit schwer, zuzugeben, daß sie etwas lieben. Das Negative, das Abkanzeln, das Heruntermachen, das bösartige Bewerten und Verhöhnen gelten – allerspätestens seit dem, wie ich glaube, in seiner Nachwirkung unseligen Karl Kraus – soviel mehr als die viel dringender benötigte engagierte Ermutigung. Ich finde Kraus auch faszinierend und einzigartig, aber in seinen hochmütigen Haßerektionen, seinem hochproblematischen Frauenbild und seiner Abhängigkeit vom Mißlungenen und der Dummheit anderer, um sich daran gedanklich und sprachlich hochranken zu können, stößt er mich zumeist ab. Kein Beistrichfehler und kein Versprecher waren ihm zu gering, um dagegen nicht die ganze Macht seiner Begabung in die Schlacht zu werfen. Er besaß meiner Meinung nach außerdem zwar genialen Witz, aber überhaupt keinen Humor. Kein geeignetes Vorbild also.

Ich plädiere nach einer weiß Gott auch intensiven Karriere als Stänkerer mittlerweile heftigst für die Haltung, nicht immer gegen etwas, sondern vielmehr für etwas zu sein. Die Energie, die man aussendet, erhält man nämlich zurück. Also etwa: nicht gegen Krankheit, sondern für Gesundheit, oder: nicht – und dies kommt aus meinem Mund – gegen die Kloake von FPÖ und BZÖ, sondern für seelische und geistige Hygiene und politische Vernunft; nicht gegen den Musikantenstadel, sondern für Mozart, Strawinsky, Miles Davis, Bob Dylan und Youssou N'Dour; nicht gegen menschenverachtenden und menschenverdummenden Journalismus, sondern für Gerd Bacher! Gerd Bacher ist nämlich ein fulminantes Prinzip, das da lautet: „Es interessiert mich nicht im geringsten, es sei denn, es hat Qualität." Seine Zeit war ihm immer zu schade und seine Selbstachtung zu groß, um sich ein Flanieren in den Niederungen der Mißgunst, Oberflächlichkeit, Großmannssucht oder gar G'schaftelhuberei zuzumuten. Aber für den innigen Anblick eines Mantegna-Gemäldes oder für eine Konversation mit Ernst Bloch, für das Glück eines Films von Ingmar Bergman oder einer Inszenierung von Andrea Breth war er und ist er, auch in seinem jetzigen Alter, wenn es nicht anders geht, bereit, den Jakobsweg von Anfang bis zum Ende zu marschieren. Er war schon lange vor Ingeborg Bachmann der Meinung, daß die Wahrheit dem Menschen zumutbar ist, und er hat diesbezüglich seine Freunde nicht geschont, von den Feinden gar nicht zu reden. Bruno Kreisky hat mich einmal angefaucht: „Du mit deinem Gerd Bacher." Und ich habe ihm, und dafür gibt es Kreiskys damaligen Sekretär Wolfgang Petritsch als Zeugen, geantwortet: „Du wärst per saldo weniger schlecht aufgelegt, wenn du einen Freund wie Gerd Bacher hättest." Allein zu wissen, daß in Salzburg oder Wien und an besonders gesegneten Tagen in Gardone Riviera ein Mensch sitzt, auf den man sich so verlassen kann, wie man es sich vom eigenen Vater immer vergeblich gewünscht hat, ist ein Glück von funkelnden Graden. Jemand, mit dem ein Gespräch immer eine schöne Fallhöhe haben wird, jemand, mit dem man virtuos streiten kann, in der Gewißheit, daß dies die gegenseitige Zuneigung nur noch beflügeln wird. Ich sage übrigens Zuneigung, weil dies eine öffentliche Veranstaltung ist und bei solchen Anlässen eine gewisse Zurückhaltung zur Etikette gehört. Ich sage Zuneigung, aber meinen tu ich Liebe – ganz richtige, bedingungslose Liebe. Ohne Liebe würden wir einige unserer Unterschiedlichkeiten nicht seit genau vierzig Jahren beständig weglachen. Gerd ist ein heimatloser Rechter, ich ein heimatloser Linker. Er war für Wolfgang Schüssel, ich war und bin für Alfred Gusenbauer. Er möchte in Italien gerne häufig Ausflüge in Haubenlokale unternehmen, ich bin der Ansicht, daß die Küche von Barbara in meinem eigenen Haus italienisches Haubenlokal genug ist. Aber in den wirklich wichtigen Dingen des Lebens, im Beurteilen von Biographien zum Beispiel, der Bewunderung und Dankbarkeit für Winston Churchill, dem Ekel vor den Nazis und vor jenen, die immer gleich Nazis wittern, wo eigentlich nur Deppen zu sehen sind, der Sehnsucht nach den heilenden Energien des Südens, der Süchtigkeit nach Schönheit und Tiefe in der Natur ebenso wie in den Künsten und der Bewunderung für die kostbaren Frauen unseres Herzens oder der Freude über unsere Kinder, in diesen wichtigsten der wichtigen Themen sind wir uns einig.

Niemanden auf Erden beschäftigt der ORF mehr als Gerd Bacher. Mich interessiert das Schicksal des öffentlich-rechtlichen Fernsehens und Rundfunks in unserem Land auch sehr, aber es macht mich nicht schlaflos. Wer Gerd trifft, trifft immer auch seine Sorge um den ORF. Wie auch nicht, er hat ihn ja in seiner schönsten, imponierendsten Form erfunden beziehungsweise die begabtesten Feuerköpfe um sich geschart, um ihn erfinden zu lassen. Bacher war der fähigste, innovativste, gebildetste, risikobereiteste, querdenkerischste Generalintendant, den das Unternehmen je hatte, und man riskiert wenig, wenn man hinzufügt: auch jemals haben wird. Ich

durfte ja als Zwanzigjähriger ein Mitglied dieses Medien-Goldrausch-Teams anno 67 sein und weiß, wie ernst es uns damit war, dieses Land zu durchlüften, die Loden-Nebel zu vertreiben und Österarm, wie ich es damals nannte, mit sich selbst und der Außenwelt besser bekannt zu machen – ja, wenn irgend möglich, auf einen anderen, wacheren und engagierteren Ton zu stimmen. Daß dann gerade jener, dem die Früchte unseres Witzes und unseres Zorns und unserer Programmlust am allermeisten politisch nützten, nämlich Bruno Kreisky, in seiner Es-darf-keine-Götter-neben-mir-geben-Hybris zum nimmermüden Bacher-Bekämpfer und auch -Demontierer wurde, ist eine grausliche Pointe. Kreisky hat aber im Jahr 1978 zwei fulminante Niederlagen einstecken müssen: den Ausgang der Zwentendorf-Anti-AKW-Abstimmung und Bachers Rückkehr an die Spitze des ORF. Es war für den alten Rotfuchs sicherlich keine nutzlose Erfahrung, daß auch andere schlau und wirksam sein konnten. Die Arbeiterzeitung titelte am 28. September 1978: „Morgen Wahl des Generalintendanten. Bacher ohne jede Chance." Am darauffolgenden Abend beglückte uns die SPÖ-eigene Kärntner Volkszeitung mit einer der witzigsten Leistungen der österreichischen Schlagzeilenkunst: „Kreisky in Paris, Benya in Sofia, Bacher im ORF."

Gerd Bacher ist durchaus gelegentlich von sich selbst beeindruckt, aber warum sollte es ihm mit ihm selbst anders ergehen als uns mit ihm? Er IST sehr beeindrukkend. Ich kenne von ihm und über ihn Geschichten, für die Sie, illustre Zuhörer, mit Sicherheit einiges geben würden, wenn Sie sie auch kennten. Geschichten aus jener kleinen Welt, in der die große ihre Probe hält, aber auch ganz und gar Weltläufiges, denn er war ja auch Molden-Verlagsleiter und Boulevard- und Qualitätszeitungschefredakteur und Helmut Kohls Medienberater und dessen Wahlkampf-Koryphäe und Herausgeber der *Presse* und kritischer Intimus des mythenumwehten Faszinosums Leo Kirch und um Haaresbreite – wenn Kreisky nicht Willy Brandt angefleht hätte, das zu verhindern – Chef des ZDF, und Josef Krainer junior wollte ihn zum ÖVP-Generalsekretär ausrufen. Was da Gerd und der ÖVP erspart blieb, kann man sich auch bei größter Phantasie nur in sehr schwachen Umrissen ausmalen.

Heute ist Gerd Bacher nach wie vor ein neugieriger, in Ausbildung stehender, geistreicher Herr mit beneidenswerter Analysefähigkeit. Wenn man den armseligen Niedergang einer bestimmten abendländischen Kultur an etwas festmachen wollte, dann eignete sich hierfür besonders unser Umgang mit älteren Meisterinnen und Meistern. Die weitverbreitete Gewißheit, daß ein relativ unerfahrenes, in Anmaßungen schwelgendes, ungeschneuztes Bürschlein oder Mädlein a priori aufgrund seiner Jugend für wesentliche Positionen besser geeignet ist als ein erfahrener, souveräner, genügend gesunder älterer Mensch, teile ich nicht. Daß man gerade jene, die am meisten wissen und sich nichts mehr panisch beweisen müssen, die Herrschaften mit der ziemlich befriedigten Eitelkeit und der ruhigen, in substantiellen Schlachten erprobten Hand, nicht tagtäglich als Regulativ um kluge Auskunft bittet, merkt man unserer Gesellschaft und deren Gestaltungsmustern tragisch an.

Was Gerd Bacher mit Alfred Gusenbauer gemeinsam hat, ist, daß er in mancher Hinsicht radikal beratungsresistent ist. Ich bitte Gerd seit Jahrzehnten, seine Erinnerungen aufzuschreiben. Er weigert sich beharrlich, das zu tun und erzählt mir dann, wie zum Hohn, immer weitere atemberaubend spannende oder groteske, in jedem Fall überlieferungswerte Begebenheiten aus seiner merkwürdigen Biographie. Jüngst zum Beispiel seine bizarren Verstrickungen in den Südtiroler Freiheitskampf. Im Jahre 1940 hat der heute zu Ehrende in Salzburg als Hitlerjunge von seinem Bannführer wegen uninteressiertem und ungehörigem Betragen als Kuhhirte eine brachiale Ohrfeige erhalten, die ihn zu einem besseren Mitglied der Herrenrasse machen sollte. Gerd, wenn du keine Memoiren schreibst, prophezeie ich dir so etwas entfernt Ähnliches beim Jüngsten Gericht. Gott wird verlangen, daß du vortrittst, und dann sagen: „Ich hab' dich so viel erleben lassen, und du bist zu faul oder zu arrogant gewesen, es für andere als Lehrstück aufzuschreiben." Und dann wird er dir vor allen anderen Auferstandenen aller Zeiten eine himmlische Watschen auflegen, daß du über 41 Wolken segelst, und ich werde vielleicht als einziger zustimmend applaudieren. Heute jedenfalls hast du nichts zu befürchten. Du wirst wieder einmal für deine Lebensleistung geehrt. Alle hier Versammelten und meine Wenigkeit gratulieren aus freudigem Herzen.

Gedächtnispassagiere 2 (1977)

Heute nacht war Unwetter, da bin ich um fünf Uhr früh über die Schloßmauer in den tobsüchtigen Schönbrunner Park geklettert. Man hatte den Eindruck, die ganze Landschaft befände sich im Sturz aus unbegreiflicher Höhe. Die Wiesen, Kieswege, Palmenhäuser wären in Panik geraten. Die Alleen fänden den Notausgang nicht und peitschten einander hysterisch. Immer wieder bemerkte ich Wasserbänder, die wie dressierte Flüsse senkrecht zwischen Bäumen hingen. Vom nahen Tiergarten brachen die Stimmen aus. Löwe, Hyäne, indischer Elefant waren Flugsand erblindeter Sterne hoch über den kaiserlichen Irrgärten, den steinernen Meerjungfrauen, dem erfrorenen Laub, den schlagenden Dachrinnen verwilderter Pavillons. Die Finsternis hatte alles geteert und stemmte sich gegen jene Türe des Horizonts, aus welcher die Dämmerung seit über einer halben Stunde erwartet wurde. Ich schloß die Augen, um deutlicher zu sehen. Im Gebiet von Schönbrunn wurden in meiner Volksschulzeit Fastenprozessionen veranstaltet. Mit nüchternem Magen und eiskalten Händen marschierten wir Ministranten hinter dem asthmatischen Vikar vom Hietzinger Platz zur Gloriette. Von der Gloriette zum Obelisken und weiter zur Wagenburg, diesem weiten Aufenthaltsraum habsburgischer Kutschen, Equipagen, Jagdschlitten, Krönungskarossen. Von der Wagenburg in Richtung Meierei und Meidlinger Tor. Weinende Frauen waren dabei, die Gott um die Rückkehr ihrer in Sibirien kriegsgefangenen Männer baten. Einmal brach eine etwa Vierzigjährige in der Nähe des Neptunbrunnens zusammen. An ihren Schenkeln bemerkte ich rote Tropfen. „Es kommt aus der Nase“, sagte der Vikar und bedeckte das Gesicht der Ohnmächtigen irritiert mit seinem Leinensacktuch. Jetzt sah sie wie eine Tote aus, und Angst zwang mich, davonzulaufen. Im grünen Meßdienergewand, die lärmende Klingel in der rechten Hand, rannte ich durch halb Schönbrunn und weinte und klingelte wie ein Hiobsbote. Da geschah es, daß ich eine Erleuchtung hatte: Auf einem hölzernen Schimmel ritt die Heilige Therese. Ich versuchte ihre Augen zu fixieren, aber an deren Stelle bemerkte ich zwei vollgesogene

Blutegel. Nichts Furchtbares war in dieser Begegnung, vielmehr beruhigte sie mich, und ein angenehmes Gefühl, als hätte ich eine entscheidende Prüfung bestanden, kroch in meinen Körper. Die weiße Dame erzählte mit einer Mutantenstimme eine Geschichte, deren Sinn sich mir verschlüsselt, sobald ich sie niederschreiben will. Sie erzählte; die Worte froren wenige Zentimeter nach Verlassen der Mundhöhle zu Schnee und färbten den samtenen Sattel winterlich.

K. u. K. Ein Monolog (1990)

Man wird als Kellner geboren. Das ist kein Beruf, das ist ein Zustand. Eine Mentalität, wie der Herr Verosta sagt, der ein Philosoph ist, und zwar ein so guter, daß ihn sogar die Frau Professor Auer vom Tisch Nummer 14 grüßt. Dienen – dazu gehört Größe. Die klugen Fürsten und die klugen Kellner bringen Frieden in die Welt. Sie schaffen Gebiete, in denen der Mensch vor dem Menschen sicher ist, hat der Verosta gesagt. K. und K. brauchen wir: Kaiser und Kellner.

Das war schon das Geheimnis der alten Monarchie. Dienstboten und Herrscher waren unsere Stärke. Dazwischen klaffte in Österreich immer ein tragisches Vakuum. Sagt der Verosta. Vor allem darf ein guter Kellner nicht schwitzen. Sag ich. Wenn man ihn anschaut, darf es einem nie grausen. Im Gegenteil, man soll einen Hunger kriegen oder, wenn man ein Graf ist, die feinere Form von Hunger: einen Appetit. Im Kaffeehaus sind ja die Grafen noch Grafen, und die vielen kleinen Weltuntergänge bleiben gefälligst draußen vor der Tür wie die Hunde. Das, was der Verosta die Wirklichkeit nennt, hat überhaupt Lokalverbot. Als Gast ist man der, für den man gehalten werden will, und mir soll's recht sein.

Im Irrenhaus ist es so ähnlich, aber weniger verraucht. Ich weiß von jedem, den ich länger kenn, alles in zwei Varianten. Das Scheinen und das Sein von den Herrschaften kenn ich. Nicht weil's mich interessiert, sondern weil jedem über zehn oder zwanzig Jahre gerechnet einmal der Schein herunterfällt, und dann steht er da mit sozusagen nichts als der Unterhose des Seins bekleidet und erzählt mir von der Geliebten, die ihn verlassen hat, oder den vierzehn Buchteln und sieben Schnäpsen, die ich ihm stunden soll.

Neunzig Prozent aller Stammgäste hausen eines Tages auf den Trümmern ihrer ehemaligen Pläne und Begeisterungen. Zwei Drittel ihres Lebens sind sie dann damit beschäftigt, sich mit mehr oder weniger Aufwand zu verheimlichen, daß sie mit dem gescheitert sind, was sie sich das erste Drittel lang von sich selbst versprochen haben. Manche schweigen sich zu. Andere trinken sich zu. Wieder andere reden oder lachen sich zu. Auf alle Fälle wollen sie ganz und gar zu sein. Denn in etwas Offenes kann man hineinschauen und vielleicht bis auf den Grund, und dann wär mit dem Schwindeln ein Ende.

Der Ottokar Lamberger vom Tisch Nr. 3 zum Beispiel stellt sich tot. Jeden Abend sitzt er stundenlang unbeweglich und starrt in die Wand. Mit einem Fingerschnippen bestellt er Fernet Branca. Nur beim Verabschieden spricht er: „Es war schön, nicht hier gewesen zu sein."

Mich wundert nichts mehr, und das schon seit langem. Dutzende Ehen hab ich werden und sterben gesehen. Vom ersten Tändeln bis zum letzten Viertel Gumpoldskirchner, das sie ihm ins Gesicht schüttet. Ich hab in aller Bescheidenheit einen vollkommenen Blick für Paare, die nicht zusammenpassen. Manchem könnte ich sagen: Herr, ahnen Sie denn nicht, daß Sie die Art, wie die Dame Ihnen die Krawatte zurechtrückt, von heut auf morgen in den Wahnsinn treiben wird. Man braucht an meiner Stelle viel Talent zur Zurückhaltung und behält fast immer recht.

Die Vorahnungen eines guten Kellners gehen tief ins Hellseherische. Dem Domprediger Zedlitz habe ich richtigerweise einen Beinbruch vorausgesagt. Da hat er allerdings betrunken angekündigt, in einer halben Stunde auf der Spitze der Pestsäule am Graben das Te Deum von Bruckner zu singen.

Die Betrunkenen sind nicht die Ärgsten. Man muß ihre Grobheiten wenigstens nicht höflich erdulden. Man kann sich wehren, weil sie eh am nächsten Tag alles vergessen haben. Die Ärgsten sind die nüchternen Schikanierer, die glauben, sie gelten als Herren, wenn sie jemandem den Herrn zeigen. Die watsch ich oft in Gedanken so lebensecht ab, daß ich mich schon zweimal zur höchsten Verwirrung des Betroffenen laut entschuldigt und ihm mit dem Servierhangerl das unsichtbare Blut vom Kinn gewischt hab.

Ein Arzt hat mir gesagt, daß mein Arbeitsplatz ungesund ist. Krank werd ich aber nur im Urlaub. In der Sonne und in der frischen Luft. Die Mediziner sind phantasielos und einfältig. Sie glauben, daß es nur eine Gesundheit und viele verschiedene Krankheiten gibt. Es gibt aber auch zahllose Arten von Gesundheit.

Ein Grottenolm zum Beispiel jubelt in der Umgebung, die einen Kolibri innerhalb von fünf Minuten umbringt. Es gibt Tibetaner, die barfuß im Schnee gehen und dabei, zur Abkühlung, einen Eiszapfen lutschen, und Äquatorianer, die an Hundstagen in Wien scheppern wie ein Kluppensackerl, weil sie's derart friert.

Ich brauch den Dampf der Kaffeemaschine und den Gestank der Kettenraucher für meine innere Orientierung. Gesund kann man doch nur sein, wo man froh ist. Also gibt es nichts Gesünderes für mich als das sogenannte Ungesunde.

Der Pikkolo Kottula, der ein zugereister zäher Potsdamer ist, braucht nur einen Vormittag im Lainzer Tiergarten zu wandern, und am nächsten Abend hat er Wimmerln, daß man ihn guten Gewissens nur mit einem Schleier servieren lassen dürfte.

Der Kottula ist überhaupt ein naiver und kläglich gescheiterter Versuch der Chefin, einen Preußen ins Herz des Wienerischen zu verpflanzen. Da kann ihn kein Fleiß retten, den Hans-Günther Kottula. Wir bleiben füreinander Rätsel: Deutsche und Wiener. Auch lernen kann man da nichts. Nur sich gegenseitig anstaunen. Es ist im Grunde genommen unvorstellbar, daß wir Nachbarn sind. Denn jeder Kümmeltürk oder heiser gesungene Gondoliere ist mir vertrauter als ein Diplomingenieur aus Bremen oder was sonst alles mit fester Stimme bei uns Káfffe bestellt.

Der Verosta sagt, daß die Teutonen nach Österreich kommen wie in ein Bordell für Schlampereien, Lachen und andere schöne Gefühle und Seligkeiten, die ihnen das eigene Land versagt. Hier genießen sie's und sind uns im Grunde hörig, und wenn sie wieder nach Hause fah-

ren, sind sie sich deshalb selber unheimlich und genieren sich über die Jauchzer und machen sich über das Erlebte lustig, wie die Dummköpfe über Huren lästern, bei denen sie sich grad von ihrer Dumpfheit erlöst haben.

Der Verosta weiß das meiste ganz genau und kann damit, glaub ich, im Grunde nichts anfangen. Die Obergescheiten sind eben doch ganz etwas anderes als die gescheiten Ober. Auf die Verwertungsfähigkeit kommt es an. Mein Kollege, der Krautmann Kurti, ist ein ziemlicher Idiot, außer in Angelegenheit Pferdewetten. Er kann nämlich vom Gesichtsausdruck eines Jockeys beim Aufwärmen darauf schließen, ob der bestochen ist oder nicht. Das so Gewonnene genügt ihm zum Überleben und dazu, manchmal Leuten wie dem Verosta etwas zu borgen, das er dann absichtlich vergißt.

Ich schau mehr aufs Geld, weil ich Pläne hab. Ein Mensch ohne Pläne liegt ja eigentlich schon im Sarg.

Ein Senegalese hat mir erzählt, daß es im ganzen Senegal kein einziges Gasthaus mit Wiener Küche gibt. Das muß man sich einmal vorstellen. Ein so großes Land ohne Palatschinken und Beuschel mit Knödel. Da könnte sich ein Vermögen verdienen lassen. Und gegen den Durst: Wiener Hochquellwasser. Das füll ich mir hier im Badezimmer in Flaschen, und dort verkaufe ich das Glas eiskalt für 20 Schilling. Nur tun müßt man's. Nur tun.

Genauso, wie ich die wunderschöne Frau Canova vom 11er Tisch einmal fragen müßte, ob sie mit mir die Mineralien-Sammlung im Naturhistorischen Museum anschauen geht. Wahrscheinlich lacht sie und sagt nein. Aber vielleicht lacht sie und sagt ja. Weil es sie überrascht, daß ich Mineralien-Sammlung sag und nicht Flotten-Kino oder Stadtpark oder Volksoper. Vielleicht denkt sie: Er ist zwar ein Kellner, aber er hat mehr Empfindsamkeit als mein Mann, der berühmte Röntgenologe.

Die Mineralien-Sammlung ist ja wirklich unvergleichlich. Wie ein Juweliergeschäft für Engel kommt sie mir vor. Und im Juli oder August holt an schönen Tagen das Sonnenlicht in dem Saal mit den Bergkristallen ein Glitzern und Schimmern aus den Steinen, daß man glaubt, jemand hätte die große sich drehende Spiegelkugel aus dem Ronacher-Varieté in Betrieb gesetzt.

Auch das Josefinum besuch ich gern. Diese Sammlung von gläsernen und wächsernen Körpern, die der Kaiser Joseph in der Barockzeit als Lehrmittel für die Mediziner herstellen hat lassen. Man glaubt ja nicht, was für ein Labyrinth der Körper ist und daß fürs Blut der kürzeste Weg von der Milz zum rechten Knie übers Herz führt. Wenn man sich selbst an manchen Tagen in den Darm schauen könnte, würde man so erschrecken, daß man unter Umständen die Polizei riefe, sagt der Verosta.

Das Josefinum ist aber kein geeigneter Ort für ein erstes Treffen mit der Frau Canova, denn Führungen durch den Knochenbau und das Aderngeflecht und die Organe sind das einzige, was ihr der Röntgenologe mit Sicherheit auch bieten kann. Aufs Unverwechselbare kommt es beim Erobern an, sagt der Verosta. Der, der sich am meisten von allen anderen Männern unterscheidet, ist der am wenigsten langweilige. Deswegen sind auch so vielen Frauen Raubmörder und Millionenschwindler noch beim Hintern lieber als Schuldirektoren und Oberbuchhalter beim Gesicht. Nur zugeben tun sie's nicht, sagt der Verosta. Ich auf alle Fälle wasch mir jetzt die Hände und dann frag ich die Frau Canova.

Klugheit, Charme & Stil. Über Hilde Spiel (2001)

Wir sind Zeugen einer Zeit, in der hierzulande immer häufiger das Getue die Tat ersetzt, das Ungefähre die Genauigkeit, die provinziellste Nabelschau die Weltsicht und die G'schaftlhuberei das Engagement. Der grinsende Totalopportunismus ist auf dem kürzesten Weg, endgültig in unserer Bundesländergemeinschaft Realverfassung zu werden. Da wollen die Sparleuchten der

Gesellschaft naturgemäß nicht an die Möglichkeit der Existenz von Integrität, demokratischer Prinzipientreue, Geschichtsbewußtsein, sozialer Verantwortung, Herzensbildung und dergleichen mehr, das früher Qualität genannt wurde, erinnert werden. Man ist schon fast dankbar, wenn statt eines in der Wolle gefärbten Brachialdummkopfs irgendwo wenigstens der bereits in den zwanziger Jahren von Anton Kuh benannte Typus des „intelligenten Trottels" die politische Bühne betritt.

Ärgere Mangelbesetzungen, was die Rollen von Oberkommandierenden in Staat und Kirche, der auftrumpfenden Funktionärsclique, der Philosophieverkünder, Leitartikler und anderen Nebelwanderer insgesamt betrifft, hat es in der Ersten und Zweiten Republik mit Sicherheit nicht gegeben. Diese Katastrophe ist die logische Wurzel aus der derzeitigen österreichischen Summe und nimmt sich vielleicht deshalb für manche bei gar nicht so schlechtem Verstand Seiende harmloser aus, weil sie fast nie vor dem Hintergrund unzweifelhaft großer Geistesmenschen betrachtet werden muß. Dollfuß und Innitzer vor Musil, Broch, Schönberg und Joseph Roth oder Seipel und Schober vor Adolf Loos, Karl Kraus und Wittgenstein ist, milde polemisch formuliert, ein unbarmherzigerer Kontrast als Schüssel und Khol vor Lotte Ingrisch oder Riess-Passer und Kurt Krenn vor Rudolf Burger.

Österreich, das spricht sich auch langsam international herum, ist keine führende Kulturnation mehr. Hier kämpft man eher ambitioniert tagtäglich um eine europäische Spitzenposition bei der Unkultur.

Ich weiß genau, daß ich am 30. November 1990 gegen Abend erschrocken dachte: „Jetzt ist eines der letzten Bollwerke gegen die Grobheit gefallen." Gerade hatte ich die Nachricht vom Tod Hilde Spiels erhalten. Wer sie nicht geliebt hat, ist selbst schuld. Sie besaß eine seelische und moralische Eleganz, die, wie die Mutter meiner Mutter gesagt hätte, „nicht mehr hergestellt wird und für die auch keine Ersatzteile mehr erhältlich sind".

Hilde konnte sich auf die Gnade der großen Wirkung verlassen. Wenn sie einen Raum betrat, erhöhte sich augenblicklich das Niveau der dort stattfindenden Gespräche, Flegel wußten sich plötzlich zu benehmen, Schmutzige wirkten gewaschener, und das Aufgeblasene schrumpfte durch den Stachel ihrer Brillanz zu einem leblosen Säckchen.

Sie war die bedeutendste Feuilletonistin der zweiten Hälfte des 20. Jahrhunderts in unserer Sprache. Aber die Hitler-Verbrechen zwangen ihr ein Schicksal auf, das sie wahrscheinlich auch zur bedeutendsten Feuilletonistin österreichischer Heimatlosigkeit in englischer Sprache werden ließ.

Eine wesentliche Dichterin darf man sie, ohne zu lügen, nennen, und ihre zweibändigen Erinnerungen erwiesen sich als der späte imponierende Verkaufserfolg, den man ihrer wunderbaren Fanny von Arnstein-Biographie gewünscht hätte.

Als Schülerin des 1936 durch einen Nazisympathisanten ermordeten logischen Positivisten Moritz von Schlick war sie von äußerster Gedanken- und Ausdrucksklarheit, einer alles Ordinäre in die Schranken weisenden Würde und von einer tiefen, mir restlos verständlichen Sehnsucht nach schwebender Heiterkeit. Das Jüdische ihrer Herkunft war immerhin derart vom Übertritt zum Katholizismus überlagert, daß sie mir ernste Vorwürfe machte, als ich ihr mitteilte, daß mein Sohn nicht getauft würde. Trotzdem schien ihr schönes Gesicht ein bildgewordenes Lasker-Schüler-Poem zu sein, und ihre innere Melodie empfand ich immer, als hätten uns Schubert und Gustav Mahler eine etwas dissonante Gemeinschaftsproduktion geschenkt.

Von Österreich erwartete sie sich beharrlich eine Art zärtliche Anerkennung und wußte gleichzeitig um die Absurdität dieses Wunsches, denn sie war ja weder reproduzierende Künstlerin noch bereits begraben. So widerfuhren ihr substantiellere Auszeichnungen als Literaturstaatspreise oder der von ihr vergeblich angestrebte Vorsitz im damals noch ein wenig Aura ausstrahlenden PEN-Club: nämlich die tiefe, beinahe schwärmerische Bewunderung durch Thomas Bernhard oder Heimito von Doderers dankbare Freundschaft oder das rare Schweigen des ernsthaft betroffenen Elias Canetti, als Hilde taktvoll seine Hybris kritisierte, oder Qualtingers Weinlaune-Vers: „Suchst du Klugheit, Charme und Stil, klopfe an bei Hilde Spiel."

Sie wäre die ideale erste Bundespräsidentin gewesen, im Ernstfall ein wenig britischer und mit noch besseren Manieren als die englische Königin, und hätte mit Sicherheit in der maria-theresianischen Hofburg weniger verloren gewirkt als in der kleinen Gemeindewohnung im 19. Bezirk, die sie mit dem störrischen Quälgeist und Feuerkopf Hans Flesch-Brunningen[10] teilte, der ihr zweiter Lebensmensch wurde, nach der ebenso verqueren Ehe mit dem Schriftsteller und Thomas-Mann-Freund Peter de Mendelssohn. Ich glaube, daß Hilde auch nach ihrer Rückkehr aus der Vertreibung nie aufgehört hat, sich als Flüchtling zu fühlen.

Freilich, es gab einen Schimmer Geborgenheit im Sommerhaus am Wolfgangsee und die winterlichen Sonntagsessen im Restaurant „Zur Schönen Aussicht" am Grinzinger Pfarrplatz und die inspirierenden Hawelka-Nächte mit Bob und Ruth Jungk[11] und Artmann und manchmal Turrini und häufig Jutta Schutting. Aber doch immer merklich umschattet von der Abwesenheit der zahllosen Ausgelöschten und deren ungeborener Kinder. Einmal, als die in ihrer letzten, tödlichen Krankheit an Tapferkeit nicht zu Überbietende doch von den Furien der Melancholie überwältigt wurde, nahm sie meine Hand und sang mit leiser Stimme in Abwandlung eines Kirchenliedes aus dem Dreißigjährigen Krieg: „Zieh aus mein Herz und suche Freud in dieser großen Bitterkeit." Ich kann nicht beschreiben, wie viel sie mir bedeutet hat und wie sehr sie mir fehlt und immer fehlen wird.

Alles is hin (Lied. 1977)

Alles was i angreif, fallt.
I mit mir,
Über mi,
Durch mi durch,
Auf mi drauf.
Ob i sitz, steh oder lauf.

Und mit mir fallt meine Welt,
Durch die Welt,
So wias Geld
Fallt die Welt.

Oh, du lieber Augustin
Alles is hin,
s Geld is hin, s Gut is hin,
Alles hin, Augustin.

Schau da den Blitz dort am Himmel an,
Ihm ghört der Augenblick,
Um zu verlöschen, schlagt er wo ein.
Grad a so macht's das Glück.
Alles is nur ein Vorübergehen
Und wird zum fernen Klang.
Auch unsre Ewigkeit
Hat kan Bestand.
Lang dauert gar nix lang.

Oh, du lieber Augustin
Alles is hin,
s Geld is hin, s Gut is hin,
Alles hin, Augustin.

Raubkatzenmusik (1997)

Ich war als Kind Ministrant. In der Pfarre Hietzing im 13. Wiener Bezirk. Ministrieren erschien mir damals die beste Möglichkeit, wenigstens stundenweise auf der Seite des Theatralischen und Geheimnisvollen eine Funktion zu haben. Hätte es eine Weltmeisterschaft im Händefalten und unverzitterten Kniebeugen gegeben, ich wäre wahrscheinlich unter die ersten sieben gekommen. An den katholischen lieben Gott habe ich allerdings nicht geglaubt, zumindest nicht mehr, nachdem 1954 die Dallmayer Friederike beim Pfänderspiel trotz meiner innigen Gebete nicht von mir am Rücken gekrault werden wollte, sondern vom Litzi Erwin. Aber ich glaubte an die heilige Maria. Die war nämlich immerhin zweimal unserem Stubenmädchen beim Bügeln erschienen. (Auch als das blasse Fräulein Knoth dann schon lange in der Nervenheilanstalt lebte, habe ich ihre Visionen noch für wahr gehalten.)

Der heiligen Maria zu Ehren wurden Maiandachten veranstaltet. Da war die Kirche voll von verzweifelten Frauen, die ihre Männer durch den Naziwahn in Rußland oder anderswo verloren hatten und mit ihren Händen, als eine Art letzten Halt, Rosenkränze umklammerten. Sie schienen fast alle in einer Trance der Melancholie gefangen und starrten mit einem eingeschüchterten Ausdruck vor sich hin, der mir Angst machte. Ich dachte, dieses Starren sei die wahre Frömmigkeit, und alle wahrhaft Frommen wären dementsprechend etwas Ähnliches wie Totgänger.

Eines Abends hatte der Pfarrer, nicht ganz freiwillig, einen Organisten aus Frankreich eingeladen. Der etwa dreißigjährige Mann sollte zweimal während der Andacht auf der Orgel der Kirche improvisieren. Genau entsinne ich mich, daß es sich um den Bruder eines einflußreichen Besatzungsoffiziers handelte und daß er in der Sakristei zu unserem Entsetzen vor seinem Auftritt einen Schlager von Charles Trenet schmetterte. Ich war gerade damit beschäftigt, die Kohle im Weihrauchfaß zum Glühen zu bringen, da sagte der Mesner, ebenso schmetternd, zu dem Musiker den einzigen ein wenig französisch angehauchten Satz, dessen er mächtig war: „Le bœuf: der Ochs, la vache: die Kuh, ferme la porte: mach's Türl zu!" Der Angesprochene antwortete geistig ebenbürtig mit dem wienerischen Wort „Habedieehre". Dann verließ er uns in Richtung Chorgestühl, und die marianische Stunde konnte beginnen. Bald, mitten hinein in die ersten lateinischen Äußerungen des Pfarrers, füllte sich die Kirche mit den Klängen von Unerhörtem. Der Franzose hatte rücksichtslos zu spielen begonnen. Eine Raubkatzenmusik war es. Dröhnend und fauchend, grollend und brüllend. Immer bedrohlicher und raumgreifender wurde sie. Es gab keine klare Melodie, nur wie willkürlich aus einem großen Ganzen herausgerissene Kompositionsfetzen. Die Orgelpfeifen schepperten vor Überanstrengung.

Ich dachte: „Ein Abgesandter der Hölle hat sich der himmlischen Tröstungen bemächtigt." Der Pfarrer am Hochaltar drehte sich kalkweiß in Richtung Empore und schrie: „Einhalt! Ich fordere Einhalt!" Aber nichts dergleichen geschah. Der Franzose drosch weiter auf die Tastaturen, riß an den Registern und stieß die Pedale. „Jeden Augenblick wird die Orgel bersten", fürchtete ich. Die bedrückten Trancefrauen waren hochgeschreckt und zischten Empörungen. Eine unter ihnen, die Witwe eines Pferdefleischhauers, bei der ich gelegentlich Leberkässemmeln kaufte, lief nach vorn zur Kommunionsbank und flehte mit hysterischer Stimme: „Joschi, mein Joschimanderl, steh auf aus deinem Grab in Stalingrad und rette uns in dieser großen Not."

Der Pfarrer schrie: „Schluß mit den Blasphemien."

Plötzlich trat eine Stille ein, als wäre das Gebrause mit einem riesigen Messer abgeschnitten worden. Fast eine Minute blieben wir unbeweglich. Niemand wußte, was er tun sollte. Dann war ein Kichern zu vernehmen und das Herabsteigen des Organisten auf der knarrenden Holztreppe, die den Balkon mit dem Parterre verband. Viele drehten sich nach dem Franzosen um. Jetzt blieb er neben dem Taufbecken stehen und rief. „A bientôt!" Das nächste, das ich sah, war, daß er durch das Haupttor ins Freie trat. Auf und davon.

Ich schwenkte ein wenig verlegen das Weihrauchfaß.

Der Pfarrer sagte: „Möge der Herr uns von der Willkür der Besatzer befreien. Wir aber wollen jetzt alle mit Gottes Segen nach Hause gehen und diesen Vorfall vergessen." Das mit dem Vergessen ist mir nicht gelungen.

Vom Elend, das Richtige am falschen Ort zur richtigen Zeit zu tun. Einige Anmerkungen zu Peter Pongratz (2001)

Man kann mir glauben: Seit dreißig Jahren sind wir unwienerische Freunde. (Das bedeutet, wir ersparen uns auch vollkommen unverlogene Augenblicke nicht.) Daher weiß ich, daß Peter Pongratz ein Wutpaket ist, das sich relativ ungeschickt hinter Zwänglichkeiten und übertriebener Höflichkeit zu tarnen versucht.

Ungenaue Beobachter (und weniges ist ungenauer als die herrschende Kommentatorenklasse des sogenannten Kunstbetriebes) nehmen seine Arbeitsergebnisse häufig als grelle Verwirrspiele wahr, als große Kindereien oder schlimmstenfalls kindische Großtaten.

Ich verstehe die Wut von Peter Pongratz. Ich verstehe seine gekränkte Eitelkeit. Ich verstehe seine Enttäuschung.

Denn, um der Wahrheit Raum zu geben, er ist einer der wesentlichen grenzüberschreitenden, lustvollen und auch handwerklich brillanten Meister unter den mitteleuropäischen Malern und Zeichnern seiner Generation. Lange vor den Neuen Wilden waren er und seine Freunde-Feinde wie Franz Ringel und Kurt Kocherscheidt Wilde Neue. Aber zehn Jahre zu spät in Deutschland zählt international allemal mehr als zehn Jahre zu früh in Österreich. Die völlige Inexistenz über die rot-weiß-roten Alpen hinaus wirksamer heimischer Galeristen und Vertriebsmechanismen hat die Mitglieder der seinerzeitigen Gruppe „Wirklichkeiten" (zu denen auch noch Martha Jungwirth, Robert Zeppel-Sperl und der Solitär Wolfgang Herzig gehörten) beinahe zu weißen Flecken auf der, wie ich glaube, in jedem Fall anrüchigen Landkarte der Avantgarde degradiert.

Eines Tages wird ein erstaunter Kunstvergangenheitsforscher bemerken, daß die Brücke zwischen CoBrA und dem Baselitz-Kreis mutig und unbekümmert in den sechziger Jahren in Wien gebaut wurde.

Pongratz, ein Mann von bedeutender, auch wissenschaftlicher, Bildung, war der Statiker dieser Anstrengung. Er entschied, daß sechs Pfeiler das Tragfähigste wären: oszillierende Neugierde, unbändiges Lachen und Selbstironie, groteske Übertreibung, penible Genauigkeit und ein religiöser Glaube an die Sinnhaftigkeit von Bildern.

Pongratz' Räusche waren von jeher Farbräusche und seine tiefsten Liebestragödien die Zurückweisungen mancher seiner Pioniertaten.

25 Jahre vor den (angeblich augenzwinkernden) Kitscherfolgen Jeff Koons' gestattete er sich köstliche Schutzengelbilder und Abendglutpanoramen mit röhrenden Hirschen. Ich erinnere mich, wie ihm bald darauf eine von seinen Ergebnissen beeindruckte, nach Patschuli riechende Peggy Guggenheim in der damals noch existenten Galerie Brandstätter sagte, daß er den Weg von Max Ernst kakanisch fortsetze. Wenig später war er bereits der führende Vulkanologe der zeitgenössischen Kunst, gleichzeitig Mitglied der Erstbesteigungsexpedition zu jenen Gipfeln, welche vollendete Außenseiter wie Hauser, Walla und Tschirtner in der Gugginger Obhut Leo Navratils schufen. Von dort schaute er in den verrätselten Himmel Elleno und schwor endgültig allen Ismen

ab. Dann schenkte er sich längerfristig dem Theater, allerdings nicht, ohne zwischendurch seinen eigenen Südseestamm und dessen Riten zu erfinden.

Peter Pongratz schreibt übrigens auch Besseres als die meisten seiner Literatenfreunde und weiß über Billie Holiday und John Coltrane mehr als der Leiter der Jazzabteilung in Ö1. All dies macht ihn jedoch nicht froh. Er wäre wahrscheinlich sogar lieber weniger begabt und dafür etwas berühmter. Nach seiner großen Wiener Retrospektive vor einigen Jahren könnte auch diese Ausstellung ein geeigneter Blitzableiter für seine Seelenunwetter sein. Ich wünsche es ihm und mir. Dann könnten wir manche Diskussionen künftiger etwas leiser führen.

Warhol Vienna. Eine Erinnerung (2000)

„Warum findest du immer alles lovely und nice?", frage ich ihn.

„Es ist eine Lebensform. Sie macht vieles leichter", lautet seine Antwort.

„In einer großen Stadt wie Tokio oder New York sind deine Auskünfte nicht so ehrlich", sagt Fred Hughes[12], der als Dritter im Bunde gerade die Fassade des Burgtheaters betrachtet.

„Es gibt Wahrheiten für große Städte und andere für kleine", bemerkt Warhol spitz. Dann schickt er dem Satz ein Lächeln hinterher, das mehr einer melancholischen Mundverziehung gleicht.

Am Himmel über Wien bemerke ich an diesem späten Vormittag seltsame Wolkentürme, die ähnlich einem barocken Theaterprospekt rasch vorbeiziehen.

Ich lenke die Aufmerksamkeit der beiden Freunde darauf.

„Wirklich, es sind Türme. How lovely. Eine Art Habsburger-Manhattan", zeigt Warhol sich begeistert.

Fred Hughes kichert: „Wir sollten weltweit eine Burgerkette starten, die ‚Habsburger' heißt. Die Ware könnten wir billig über der Straße bei McDonald's kaufen und gleich drauf in unseren mit Hermelin tapezierten Verkaufsstellen um den dreifachen Preis an Snobs weitergeben."

„In prachtvollen, mit Kronen geschmückten Verpakkungen von mir", sagt Warhol mit jener Ernsthaftigkeit, die wesentlichen Projekten zusteht. Dies erinnert mich daran, daß uns gleich eine Verabredung in der k.k. Hofzuckerbäckerei Demel erwartet. Dort gibt es die bizarr phantasievollsten Auslagendekorationen und die anmutigsten Bonbon- und Schokoladeschachteln. Allesamt vom exzentrischen Schöngeist und Weltenbummler Federico von Berzeviczy-Pallavicini entworfen.

Der Weg zu den Versuchungen der Zuckerbäckerkunst führt uns am Ballhausplatz vorbei, wo Bundeskanzler Bruno Kreisky regiert, und dann stehen wir vor jenem legendären und eindrucksvollen Haus am Michaelerplatz, mit dem Adolf Loos half, die moderne Architektur zu begründen.

„Wollt ihr das Innere sehen?", frage ich, und Warhol nickt: „Wenn es nice ist, schon."

Jetzt setzt er die Kopfhörer seines Walkmans auf: „Loos und Musik ist besser als Loos ohne Musik."

Wir betreten durch einen Nebeneingang das Stiegenhaus. Warhol lehnt sich an die gelbliche Marmorverkleidung, dann berührt er mit der Stirn den kühlen Stein und bemerkt mit der lauten Stimme aller, die durch Kopfhörer abgeschottet sind: „Ladies und Gentlemen – hier sehen Sie eine Ikone der Kunst dieses Jahrhunderts im Inneren einer anderen Ikone der Kunst dieses Jahrhunderts."

„Wie bei den russischen Puppen", sage ich. „Es wäre interessant, welcher Künstler oder welches Kunstwerk in Andy lauert, wenn man ihn öffnen würde."

„Worüber sprecht ihr?", schreit Warhol. „Über deine Obduktion", schreit Fred Hughes zurück.

„Keine Absicht zu sterben", kommt die Antwort rasch und prägnant wie eine Beschwörung des ewigen Lebens.

„Wir sollten nach den Demel-Kalorienbomben zu unserer Erbauung die Toten in der Gruft der Michaelerkirche gegenüber der Hofburg besuchen", schlage ich vor. „Werden dort die beim Demel an Überfressung Verstorbenen ausgestellt?", fragt Fred Hughes. „Es ist etwas Ernsteres", sage ich, „herrschaftliche Mumien aus dem 18. Jahrhundert."

„Das klingt ja wie Ghostcastle in Disney World", seufzt Warhol, nachdem er die Kopfhörer von den Ohren weggeschoben hat.

Beim Demel warten Journalisten auf uns.

„Ich bin in Wien, um zu fotografieren und einige Porträts vorzubereiten", sagt Warhol. „André zeigt uns seine Stadt, weil ich ihm vor Jahren einmal mein New York gezeigt habe. Andy und André, das wär' doch auch ein guter Titel für eine Operette."

Wir kosten Dobosschnitten, Brandteigkrapfen, Gugelhupf, Mohnbovizen und trinken Eiskaffee. Zum Abschluß schenke ich den beiden die schönsten Bonbonnieren des Pallavicini-Angebotes. Es sind elf Stück, und Warhol beginnt damit völlig geistesabwesend für zwei oder drei Minuten zu spielen, wie ein Kind mit Bausteinen. Dann sagt er: „Hoffentlich wird uns von den vielen Süßigkeiten nicht kotzübel."

„Um der Wahrheit die Ehre zu geben, du siehst immer aus, als ob dir ein wenig übel wäre", sage ich und erhalte dafür von Fred Hughes unter dem Tisch einen Tritt.

„Vielleicht sollten wir tatsächlich zu den Mumien gehen, dort falle ich weniger auf", sagt Warhol wie in Bestätigung des von mir eben Behaupteten.

„Von diesem Tisch aus sind es höchstens dreißig Meter bis zur Unterwelt", sage ich. „Es sind ausschließlich Adelige und reiche Großbürger, die dort bestattet wurden. Also deine ideale Klientel. Spezielle Temperatur- und Trockenheitszustände haben die Auflösung der Leichen verhindert."

„O. k. – ich bin soweit", flüstert Warhol. (Sein gelegentlich fast tonloses Sprechen fiel mir gestern schon auf. Wir saßen am Boden meines Salons in Hietzing und durchblätterten Ver-Sacrum-Hefte aus der Zeit Gustav Klimts. Plötzlich sagte Warhol einige Sätze, die ich nur verstehen konnte, indem ich mich ganz zu ihm beugte. Davor und danach sprach er aber sehr deutlich. An einen Rundfunksender, der witterungsbedingt für Augenblicke schwächer zu hören ist, erinnerte es, und ich dachte, vielleicht laboriert er an heftigen inneren Gewittern.)

Auf Warhols Bitte veranlasse ich, daß ein Bote die Bonbonnieren zum Hotel Imperial in das Zimmer von Fred Hughes bringt. Auf der Straße am Kohlmarkt filmt uns ein deutscher Tourist. Seine kleine Tochter zeigt auf Warhols weiße Perücke und fragt: „Hat der Mann ein Vogelnest auf dem Kopf?"

In der Michaelerkirche gehe ich zur Sakristei, um den Mesner zum Aufsperren der Katakomben zu bewegen.

Hughes und Warhol schauen sich einstweilen im Licht einer Opferkerze Kontaktbögen von Bildern der uns auf Warhols ausdrücklichen Wunsch begleitenden Fotografin Gabriela Brandenstein an.

Als ich zurückkomme, höre ich Warhol gerade loben: „Die Aufnahmen sind lovely und very nice."

Frau Brandenstein hebt ein wenig verzweifelt die Augenbrauen. Jetzt steigen wir in die katholischen Abgründe. Der Mesner dirigiert uns mit einer Taschenlampe durch die Gewölbe voll der Seite an Seite stehenden Särge. Bei manchen ist der Deckel geöffnet, und man erschrickt über der Fratze eines uralten Toten im Damastgewand. Einige Reihen weiter eine ehemals hochwohlgeborene Schwangere, die an der Schwindsucht starb. Ihre zierlichen Finger sind noch beringt. Dazwischen entlang der Wände Knochen- und Schädelaufbauten. Warhol fotografiert ununterbrochen und flüstert sich selbst Kommentare zu. So kenne ich ihn noch nicht. Manchmal sieht man in mißlungenen Hollywoodfilmen mit Charlton Heston historisch bedeutende

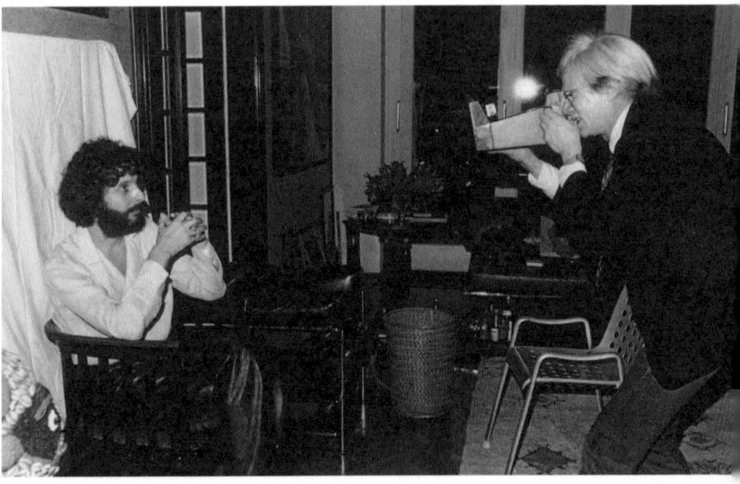

Maler und Bildhauer, die pathetisch entrückt an einem Meisterwerk arbeiten. Ähnlich lächerlich wirkt die Szene vor meinen Augen. Warhol bittet, daß weitere Särge geöffnet werden. Er kniet sich zu den Mumien, läßt sich ihre Familiennamen und ihre Berufe vom Mesner berichten, genießt die Flut an Makabrem und macht Frau Brandenstein auf gute Kamerapositionen aufmerksam.

Viele Jahre später werde ich zu meinem Erstaunen in seinen Tagebüchern unter der Eintragung Mittwoch, 8. April 1981 über diesen Vorfall lesen: „We went down into the catacombs, and we had to ‚uh' and ‚ah' at all the dead bodies, and it was really cold down there, and André made us leave our candies behind, and we didn't want to do that, but we did and this place was just hateful. I hated it a lot. Fred loved it."

Nach einer Dreiviertelstunde gelangen wir wieder ans Tageslicht. Fred Hughes hat Beinschmerzen und möchte zurück ins Hotel Imperial. Warhol begleitet mich noch zu einem Ort in der Stallburggasse, von dem aus man mit etwas Geschick ins Innere der Stallungen der Spanischen Hofreitschule sehen kann. Ich mache ihm die

Räuberleiter, dann steht er eineinviertel Meter über dem Boden auf dem schmalen Mauervorsprung und betrachtet lange durch ein Doppelfenster die weißen Rösser in ihren Koppeln. Jetzt dreht er den Kopf zu mir und sagt: „André, zu deiner Beruhigung, das hier ist weder lovely noch nice, es ist ganz und gar beautiful."

Wiener Lied für Marquant (1979)

Und die Zeit,
Die geht ma durch wie Rösser,
Die geht ma durch und durch.
Und nimmt des Kuckuckschlagen
Aus Akazebaam
Und nimmt den Herzschlag
Aus de Freund
Und gibt der Juniluft
An bittern Gschmack.

Annageln kannst das net die Zeit
Na na na na,
Annageln kannst das net.

Und die Zeit,
Die legt ma pünktlich Rechnung
Auf alle Tag
Und alle Nächt
Und schreibt Verrat und Bündnis
Auf ein Blatt
Und tituliert uns allesamt:
Verschwender.
So kriegt die Juniluft
An bittern Gschmack.

Annageln kannst das net die Zeit
Na na na na,
Annageln kannst das net.

Ton in Ton mit Wien. Über Theodor Herzl (1987)

An Wien sind viele gescheitert. Allein die Türken zweimal, und die wollten es nur erobern, was vergleichsweise leichter erscheint, als es zu beschreiben. Es ist keine Stadt für den ersten Blick, wie Venedig oder Paris, seine Schönheit biedert sich nicht an. Es entzieht sich dem Flüchtigen, ist daher modeabweisend und schon in dieser wichtigen Kleinigkeit das Gegenteil des Deutschen, wie wir es etwa im Münchnerischen leicht fröstelnd bestaunen.

Das Heitere, Singende, das die Uneingeweihten unaufhörlich für Schwerpunkte des Wienerischen halten, sind lediglich Opfergaben an die bleierne Macht der Melancholie, die naturgemäß nach nichts größere Sehnsucht verspürt als nach dem Gegenteil ihrer selbst. Und wie ein wahrhaft Trauernder das Grab der Geliebten stets von neuem mit lebenskündenden Wiesenblumen schmückt, so schmücken sich die Wiener mit Lachen und Musik, als Zeichen der Tiefe ihrer dunklen Ernsthaftigkeit.

Notwendige Voraussetzung für einen Schriftsteller oder Dichter, diese Stadt in Sprache fassen zu können, scheint mir: daß er und sie auf denselben Ton gestimmt sind. Diese Gleichstimmung ist ein Gottesgeschenk, das man beim besten Willen nicht erlernen kann und das in jeder Generation nur sehr wenige erhalten. Sie heißen in diesem Jahrhundert, in sicherlich unvollständiger Aufstellung: Altenberg, Schnitzler, Hofmannsthal, Polgar, Roth, Musil, Doderer und zuletzt Artmann.

Diese Meister der Wiener Seele, Sonderabteilungen bilden Karl Kraus, Broch, Canetti, Herzmanovsky-Orlando, Qualtinger, hatten aber in der lokalen Literaturgeschichte stets Trabanten, die in der Regel noch um einiges faszinierendere und gültigere Arbeitsergebnisse schufen als die Mehrzahl der derzeitigen Fixsterne. Empfindsame und kritische Liebende der Hauptstadt Kakaniens waren es, die häufig Spuren sicherten, die die ganz Großen übersehen haben.

Ich würde zu dieser allerersten zweiten Garnitur Felix Salten zählen, Anton Kuh, Hermann Bahr und Theodor Herzl.

Letzterer ist ein einzigartiger Sonderfall. Denn seine Wirkung als Gründer der zionistischen Bewegung macht ihn zu einer der bedeutendsten Figuren der jüngeren Weltgeschichte überhaupt. Allerorten kennen Menschen seinen Namen, sprechen in Verehrung oder Aggression von ihm und wissen zwar häufig, wofür er lebte, aber kaum jemals, wovon. Daß dieser Mann, der wie Moses die Juden ins Gelobte Land führen wollte und dem es wie Moses nicht vergönnt war, sein politisches Werk Wirklichkeit werden zu sehen, wie seinen Tagebüchern zu entnehmen ist, von Vortrag zu Vortrag eilte, von einer ideologischen Diskussion über den Judenstaat zur nächsten, können wir uns vorstellen. Daß er aber zwischendurch noch Zeit fand, seinem eigentlichen Beruf nachzugehen, die anmutigsten, witzigsten und

klügsten, von tiefem Erbarmen mit aller Kreatur geprägten Feuilletons über Frühling in Schönbrunn, Nestroy im Prater, Weihnachtskataloge von Spielwarenhandlungen, den Nachlaß einer Sängerin und dergleichen mehr zu verfassen, scheint uns kaum denkbar. Und doch war Herzls Tätigkeit für die Neue Freie Presse, zunächst als deren Pariser Korrespondent und später als Zuständiger für Stimmungen zwischen Schwarzenbergpark, Armenspital und Burgtheater, seinen Zeitgenossen derart eindrucksvoll, daß ein auf ihn darin erschienener Nachruf vom Montag, dem 4. Juli 1904, die Veröffentlichung jeder seiner Beiträge als „einen hohen Festtag für das Blatt" würdigte.

Es ist schändlich, wie viele Jahrzehnte die Wien-Betrachtungen Herzls im Buchhandel vergriffen waren, und man möchte meinen, daß zumindest Zehntausende, dem Judentum Verbundene, an einer Lektüre der literarischen Arbeiten einer der interessantesten jüdischen Persönlichkeiten interessiert sein müßten. Darüber hinaus sind die in diesem Band vereinten Texte aber das ergreifende Dokument eines Zerrissenen, der mit guten Argumenten Palästina predigte und mit ebensolchen Wien trank. Ein Wien, worin die Juden 34 Jahre nach Herzls Tod vertrieben, gepeinigt und ermordet wurden. Ein Wien, worin man heute noch Wahlkämpfe leichter für sich entscheiden kann, wenn man antisemitische Emotionen anspricht.

Gedächtnispassagiere 5 (1978)

Im Bretterzaun, der den Turnplatz des Mädchengymnasiums umgrenzt, habe ich eine breite Kerbe wiedergefunden, die der Binder Karli und ich 1953 hinterließen. Sie war als Zeichen unserer Freundschaft gedacht. Der Karli hatte eine Meckifrisur und konnte einen Plastikball einundfünfzigmal mit dem Knie in die Luft stoßen, ohne daß er den Boden berührte. Wir waren beide

„Späher“ und grüßten uns mit „UFAUG ENA“, was auf deutsch „Augen auf“ heißt und einer Geheimsprache entstammt. Späher hatten vor allem die Aufgabe, sämtliche verdächtige Autonummern zu notieren, und besaßen das Recht, im Hügelpark Zehngroschenstücke zu vergraben (später würden an den betreffenden Stellen Salamibäume wachsen).

Ich führte überdies eine allerdings unbeantwortet gebliebene Korrespondenz mit dem Dschungelhelden Akim, gegen den Tarzan ein lahmer böhmischer Tierstimmenimitator war. Meine Schreiben adressierte ich an: „Akim, Beherrscher der Löwen im Negerland“. Die Familie Binder wohnte in einem Campingzelt am Himmelhof und wartete auf den Vater, der vor vielen Jahren in den Krieg gezogen wurde und der gar nicht Karlis Vater war, aber irgendwie doch. Es war alles sehr schwierig.

Wenn es regnete, machten wir in die Hosen, und niemand fiel es auf. Nur einmal der Stöffeler Hermine, und gerade die habe ich geliebt. Der Karli hat ihr zur Sicherheit eine heruntergehauen, und sie hat gebrüllt: „Ich hab' eh' nichts gesehen! Schon gar nicht, daß ihr euch angepischt habt's! Ihr habt's euch nicht angepischt, und dafür schlagst du mich!“ Dann hat sie unsere Ehe für ungültig erklärt und wollte das Stück Zehennagel zurück, das sie mir zum sechsten Geburtstag geschenkt hatte. Ich hab dem Karli wütend ins Gesicht gespuckt, aber es hat nichts mehr genützt. Die Stöffeler ist zum Herrn Kaplan beichten gegangen, und der hat mir eine Woche Ministrierverbot angehängt, weil „unkeusche Gassenbuben am Tisch des Herrn nichts verloren haben“.

Da wollte ich mir zum ersten Mal das Leben nehmen und hab' mich in Brennesseln gewälzt, damit ich verbrenne, und Mehl gegessen, damit ich ersticke. Mein Kinderfräulein hat mir erklärt, daß die Stöffeler es nicht wert ist, und auf dem Klo habe ich ihr zuschauen dürfen, wie das Lulu bei einer erwachsenen Frau herauskommt, aber das war auch eine Enttäuschung, weil es gewöhnlich gelb war und nicht schwarz wie die Haare unter ihren Achseln. Wie ich das meiner Mutter erzählt habe, hat die das Kinderfräulein über Nacht gekündigt, und der Herr Kaplan hat mich am nächsten Morgen persönlich zum Rechtsinnenministrieren abgeholt. Rechts innen muß man klingeln, den Wein einschenken und das Meßbuch herumtragen. Der Wein hat mich an das Lulu vom Kinderfräulein erinnert, und da habe ich zu heulen begonnen, und die Kerzlweiber in der Kirche waren alle gegen den Herrn Kaplan, weil er solche nervöse Kinder für höchste Aufgaben heranzieht. Da hat der Herr Kaplan erklärt, daß meine Mutter die Madonna in der Taufkapelle neu vergolden ließe und man dafür schon ab und zu so einen Deppen wie mich in Kauf nehmen müsse. Das habe ich meiner Mutter erzählt, und die wollte aus der Kirche austreten und evangelisch werden, weil's da keine Madonnen gibt.

Alles hat sich wieder beruhigt. Der Binder Karli ist bald darauf umgezogen. Er wollte Hufschmied werden, aber 1978 gibt es in ganz Wien nur noch sieben Haflinger-Pferde, und der einzige Hufschmied im Telefonbuch heißt Mikulitsch. Man darf sich eben nichts vornehmen.

Grabrede für Hubert Aratym (2000)

Mein lieber Hubert, du hast mir schon vor vielen Jahren geschrieben: „Wenn es soweit ist, dann mach das bitte du.“ Jetzt ist es soweit, und ich bin, wie du gut weißt, kein Meister in solchen Abschieden. Vergangenes Jahr waren wir zum letzten Mal gemeinsam an diesem Ort, bei der schönen, von Dir gestalteten Kapelle, und du hast mit der Hand auf ein Stück Boden gezeigt und dann mit deiner leisen, knarrenden Stimme gesagt: „Schau, genau da soll es sein, mit Blick auf die Landschaft meiner Kindheit, mit Blick auf das Grab meiner Eltern und das Grab der geliebten Tante Lotte und mit Augenkontakt zum Ferdinand Raimund."

Das war im Juni, und heute sind so viele deiner Wegbegleiter am Gutensteiner Waldfriedhof, und jeder und jede hat dich auf seine oder ihre Art lieb, und viele fragen sich, warum wir immer und immer wieder mit dem einzigen, das uns im Leben sicher ist, dem Tod, so ratlos umgehen. Jetzt sind doch schon derart viele aus unserem Kreis übersiedelt, jetzt müßten wir es doch schon langsam besser können, das Winken, wenn ein Zug in die andere Dimension abfährt, und am Fenster eines Coupés steht ein Freund. Wem haben wir nicht schon allen „an Aschen, an Aschen" nachgerufen: dem Kurti Moldovan[13], dem Gerd Marquant, dem Kurtl Schapira, der schönen Monika aus dem ersten Zirkus Roncalli, für den du Kostüme entworfen hast, dem wundersam tobsüchtigen Flesch-Brunningen. Dann seiner Frau, unserer Hilde Spiel, Ruth und Bob Jungk, dem Helmut Qualtinger, dem Viktor Matejka, dem wenigstens das jetzige politische Österreich erspart geblieben ist, dem Oskar Werner, der Helene Hollein, und vielen, vielen mehr. Und allein in den letzten Monaten die Paola Loew[14] und die 37jährige Anna, Erika Pluhars wunderbares Annakind, und jetzt der Fritz Hundertwasser und am nächsten Tag du. Der Fritz, so heißt es, ist ganz leicht gestorben und lächelnd auf dem großen Ozean schaukelnd, und du ganz, ganz schwer, auf einem Messer von Schmerzen, Angst und Not. Deine Arbeit war fast immer Wut über das Leiden. Der bandagierte, innerlich und äußerlich wunde Mensch in allen Verzweiflungsvariationen, das Qualvolle, das sich stumm geschrieen Habende. In einem unserer letzten Gespräche habe ich dich gefragt: „Wie würdest du dein Leben bezeichnen, alles in allem?"

Und du hast geantwortet: „Als nicht leicht und häufig als furchtbar." Dann hast du vom Krieg erzählt. Deinem bestgehüteten Geheimnis. Daß du nämlich Soldat in

Rußland warst, und dir selbst durch eine Feldflasche hindurch in den Oberschenkel geschossen hast, um einen Granatsplitter vorzutäuschen, damit du ins Lazarett kommst. Heraus aus diesem äußersten dreckigen Wahnsinn, dem Höllenerlebnis, das dich dein ganzes späteres Dasein lang verfolgt hat. Deswegen, nicht aus Eitelkeit, hast du dich zehn Jahre jünger gemacht. Damit dich nämlich keiner je befragen kann, wie das war, dein Desertieren aus dem mörderischen Bösen, deine Flucht durch halb Europa, die dir auch den Anblick des brennenden Dresden nicht erspart hat. Auch ich spreche davon hier und vor so vielen Menschen ausschließlich deshalb, weil es den bitteren Ursprung deiner Kunst erklärt und weil du ja willst, daß auf der Grabplatte dein wahres Geburtsdatum steht. „Was hätt' denn Schwindeln am Ende für einen Sinn", hast du gesagt, unlängst im Spital. Dann haben wir über das mögliche Tröstende gesprochen, und du hast gemeint: „Die Schönheit, die Sanftmut, der Himmel über Benares." Dann hast du lange geschwiegen, und wir haben beide beim Fenster hinausgeschaut. Plötzlich sagtest du: „Für das wirklich Wichtige gibt es kaum Worte. Am ehesten noch Farben und Musik. Schubert zum Beispiel, das kann schon sehr viel."

„Du erwähnst die Liebe ja gar nicht", hab ich gesagt. Deine Antwort war: „Weißt du, der gute Onkel Oscar Wilde hat geschrieben: ‚Oberflächliche Trauer und oberflächliche Liebe leben lange. Großer Schmerz und große Liebe vernichten sich durch ihre eigene Fülle.'"

Ja, ja, Hubert, der gute Onkel Oscar Wilde, dein Jean Cocteau, dein Jean Genet. Jetzt gibt es keine Gelegenheit mehr, uns deine Geschichten zu erzählen, die viele von uns schon auswendig kannten, und trotzdem taten wir immer so, als hörten wir sie zum ersten Mal.

Ach, Hubert, jetzt wirst du ja auch nie mehr im Hawelka sitzen, wo dich die Ober zu Recht „Herr von Aratym" nannten, du schreibst mir auch keine Karten mehr aus Asien oder Südamerika, wo in deiner einzigartig schönen Handschrift draufsteht: „Nieder mit den Feinden der gerechten Sache", und die österreichische Tabakregie wird durch deinen Tod dramatische Umsatzeinbußen hinnehmen müssen. Was soll ich dir sagen. Jetzt weißt du ja ohnehin alles und tausendmal besser als wir. Du lieber, lieber Mensch, ich danke dir für so vieles. Es war eine kostbare Auszeichnung, dein Freund sein zu dürfen. Und solltest du derzeit in einem Reich der Erlösung und Freude sein, dann schick uns bitte etwas davon, wir brauchen es dringend.

Eines noch, weil es dir am Schluß beinah das Wichtigste war: Um deinen Freund Chen mach Dir bitte keine Sorgen. Wir kümmern uns natürlich um ihn, aber er kann sich auch schon ausgezeichnet um sich selber kümmern.

Jetzt höre ich auf, weil zu lange Begräbnisse uns beiden immer ein Greuel waren. Nur noch ein paar Sätze, von Ferdinand Raimund, die du dir für diesen Anlaß erbeten hast:

Dem Himmel meinen Geist und meinen Leib der Zeit.
Und schließt die Kunst mich einst aus ihrem Tempel aus
Verbirg mein graues Haupt in Deinem grünen Haus!
Dann mag sich meine Lebenssonne neigen:
Dann will ich in dein kühles Brautbett steigen.
In Deinem Schoß ruh mein Gebein,
Mein Grabmal sei in Gutenstein!

Es is alles unhamlich leicht (Lied. 1977)
Dreizehn Nelken, die kriagst,
Wannst mei Braut wirst,
Und an Schleier, wia a Frau Baron.
Schau, die Schwalbn steign auf üba Penzing
Und a mir solltn auf und davon.
Hearst, i mach da a Tochter aus Liebe,
Wanns a Bua wird, dann heißt a noch mir.

Es is allas unhamlich leicht,
Wann ma wolln, is des Zül erreicht.
Nur vor Glück net die Nerven verliern,
A mal si ganz verlaßn aufs Gschpürn.

Kumm i leg da die Hand auf die Schläfn,
Daß d' schön zart wirst und ruhig wirst und zahm.
Du, i wissat uns a scho a Wohnung
Mit Balkon, vis à vis stehn zwa Baam.
Und beim Kartenschpün gwinn i a Rentn
Und im Draam san ma eh Millionär.

Es is alles unhamlich leicht,
Wann ma wolln, is des Zül erreicht.
Nur vor Glück net die Nerven verliern,
A mal si ganz verlaßn aufs Gschpürn.

Zu de Pfingstn fahr ma nach Italien
Und i zeig da die Dampfer am Meer

Und am Samstag, da schiaß i am Jahrmarkt
A paar Puppn fürs Bett und an Bär.
Aber i wü di net überredn,
Wannst mi net gern hast, hab mi gern.

Es is alles unhamlich leicht,
Wann ma wolln, is des Zül erreicht.
Nur vor Glück net die Nerven verliern,
A mal si ganz verlaßn aufs Gschpürn.

Stänkereien und Merksprüche (1971–1975)

In Wien kann man es als Lipizzaner bei guter Führung bis zum Bürgermeister bringen.
Daß man es als Bürgermeister bei guter Führung bis zum Lipizzaner bringen kann, ist freilich auch möglich.

Mein Verhältnis zu Wien gleicht dem eines Hosenträgers zum Oberkörper.
Ich lass mich bis Paris oder Hongkong dehnen, schnalze aber immer wieder in die Ausgangsposition zurück.

Wenn einer in Wien die Wahrheit sagt, erregt er solches Aufsehen, als ob er im Himmel lügen würde.

In Wien sollte man sich die Schultern amputieren lassen, damit einem niemand mehr draufklopfen kann.

Wien ist ein Aphrodisiakum für Nekrophile.

Was dem Basken die Baskenmütze und dem Hamburger Zimmermann seine Zimmermannshose, ist dem Wiener seine Niedertracht. Besuchen Sie die Niedertrachtenumzüge vor dem Wiener Rathaus.

Eine östereichische Begegnung mit Marcel Reich-Ranicki (2002)

Mir waren bisher nicht allzu viele der immer interessanten Begegnungen mit MRR vergönnt. Meist engagierte sich Hilde Spiel als unsere Kupplerin. Bei der Präsentation von Hildes Memoiren in der barocken altösterreichischen Pracht des Palais Kinsky traten wir 1989 gemeinsam auf. MRR würdigte Werk und Weg der Autorin in ziemlich unbarmherziger Weise. Ich las Texte der von mir geliebten Freundin. Die damals schon Schwerkranke genoß, daß die Ruinen und Halbruinen, die man das geistige Wien nennen mußte, ziemlich vollständig und zu Huldigungen bereit erschienen waren. Mitten in seiner Ansprache erlitt der Meister vieler Klassen einen Hustenanfall, der sich als hartnäckig erwies. Mit Retterallüre servierte ich ihm an das Rednerpult ein wenig Naß zur Beruhigung seiner Kehle. Dabei bemerkte ich: „Sie dürfen jetzt nie mehr behaupten, ich könnte Ihnen nicht spielend das Wasser reichen." Er hat, soviel ich mich erinnere, nicht gelacht.

Über Gert Voss (1997)

Mein allererster Eindruck war: Der sieht ja dem Spengler Otto ähnlich, dem Hundling, der mir 1963 die Hohenlohe Berta abspenstig gemacht hat. Damals war ich sechzehn, und der Spengler protzte ständig mit seinem Führerschein. Und jetzt gibt es womöglich einen zweiten dieser Sorte, mit dieser Generalfeschak-Ausstattung, vor aller Augen auf der Bühne vom Burgtheater.

Dann hat er zu sprechen begonnen, der Gert Voss, und ich habe sogar dem Spengler verziehen und ihm nicht nur nachträglich die Hohenlohe gegönnt, sondern auch noch die göttliche Quixner aus der 5b-Klasse, die immer so die Augen niederschlagen konnte wie Olivia de Havilland auf der Projektionsleinwand im Forumkino.

Da stand also vor mir ein Schauspieler, der in diesem Haus am Ring das Elementarste seit dem Erscheinen des jungen Oskar Werner bedeutete. Dann dachte ich gleich: Hoffentlich geht das gut, und sein Talent zerreißt ihm nicht den kleinen Frieden, den man braucht, um die Balance zu halten. Heute weiß ich, daß er sich klug beschützt und beschützen läßt. Er striegelt und hätschelt sein Talent und mutet ihm nur das Äußerste zu. (Unterforderung ist bei genialen Figuren ja eine Bestellung auf Vertrocknung und Abstumpfung.)

Gert Voss hat Stücken häufig das Leben gerettet, weil er seines für sie einsetzte. Tabori, Handke und Turrini wissen hoffentlich, daß sie ihm diesbezüglich zumindest ein Legat im Testament schulden.

Manchmal fängt Voss in Rollen so merkwürdig zu zittern an, wie ein Araberpferd, das von einem Hornissenschwarm überfallen wird. Dann erkennt man für Augenblicke seine Selbstquälereien und Angstgespinste und möchte ihn bei der Hand nehmen und in etwas Lichtes führen. Aber alle wirklich bedeutenden Theatermenschen, die mir begegnet sind, waren und sind Masochisten oder Sadomasochisten und haben unser Mitleid im Grunde nicht verdient. Das Glück von Gert Voss ist unter anderem, daß ihn Publikum, Regisseure und Kritiker in rarem Einklang lieben. Nicht auszudenken, wieviel Niederträchtigkeiten so einer beginge, wenn er sich unterschätzt und abgewiesen fühlte.

Die Vorsehung schenkte ihm, daß er Zadek trickreich gegen Peymann ausspielen kann. Darin erschöpft sich wohl die Bösartigkeit des ersten deutschsprachigen Schauspielers seiner Generation.

Voss ist ein irrlichternder witziger Mann, der trotzdem manchmal eine freiwillige Hinwendung zu bleiernen Aufgaben hat. Vielleicht erwartet er sich von deren Bewältigung eine Art vollkommenen Ablaß seiner mir unbekannten Spezialsünden.

Mannigfaltiges fiele mir noch zu ihm ein. Für heute wollen wir es gut sein lassen. Mit der Bemerkung, daß ich Uschi Voss auch sehr mag, möchte ich schließen.

Vom Hundertsten ins Tausendste (1985)

Ferdinand war auf eine Kuriosität gestoßen: das Tagebuch seines elften Jahres. Zwischen lexikalischen Werken über die Geschichte der Briefmarken, die ihm von seinem Vater vererbt worden waren, hatte er es auf der Suche nach einem passenden Geschenk für Helenes siebenundzwanzigsten Geburtstag in seiner eigenen Bibliothek entdeckt. Ein dickes, in weißes Seidenpapier gehülltes Schularbeitenheft war es, das auf einem rot umrandeten Schild die in Großmutters Kurrent geschriebenen Worte „Ferdinand Alt. Vom hundertsten ins tausendste." trug.

Der Inhalt hielt, wie sich Ferdinand bald überzeugte, durchaus, was der Titel versprach. Ein Ineinanderfließen unterschiedlichster Geschehnisse und Gedanken war es, das wie in einem einzigen, endlosen Zug auf die linierten Blätter geworfen wirkte. Und doch erinnerte sich Ferdinand genau, sie seinerzeit über viele Monate in zahlreichen Abschnitten als Chronik angelegt zu haben, die von seinen Nöten und Verzückungen künden sollte.

Mit Rührung las er die Eintragungen vom siebenten, achten und neunten März 1955: „‚Österreich ist das größte Land der Welt', hat der Onkel Schlesinger gestern beim Nachtmahl gesagt. Es reicht von Mozart bis Beethoven, von Schubert bis Brahms und von Ziehrer bis Arnold Schönberg. ‚Ein Reich, in dem die Wonne nie untergeht', hat ihm der Papa geantwortet. Und alle waren darüber sehr amüsiert. Amüsiert ist das richtige Wort. Denn die Schlesingers sind außerstande, laut zu lachen. Sogar, wenn ein Moser-Film zu sehen ist, können sie nur schmunzeln. Obwohl der Hans Moser so lustig ist, daß sich die Frau vom Gefrorenenmann Venturini im Park-Kino während des Lustspiels „Hallo Taxi" vor lauter Begeisterung angewischerlt hat. Der Moser wird wahrscheinlich überhaupt heilig gesprochen werden, glaubt der Papa, weil er den Menschen so viel Freude gebracht hat. Der Konrad Üblhör und ich haben beschlossen, später einmal Geld für eine Hans-Moser-Kirche zu sammeln. Über dem Hochaltar soll ein riesiges Petit-Point-Bild vom Moser hängen, das uns die Frau Schwan versprochen hat zu sticken. Die war nämlich ein halbes Jahr Aushilfsbedienerin im Hause Moser in der Auhofstraße und weiß deshalb genau, wie er wirklich aussieht. Die Nebenaltäre wollen wir selber bauen. Ganz aus Stanniolpapier, in das wir unsere Sammlung kleiner Schauspieler-Porträts kleben, die aus den Überraschungstüten der Confiserie Hecht stammen. Und eine Singmesse werde ich komponieren, die ausschließlich aus Wienerliedern besteht. Ich glaube, Gott will gar nicht so sehr das Feierliche, sondern mehr die Lust am Leben. Und die ist im Fiakerlied besser getroffen als beim Anton Bruckner. Überhaupt verstehe ich nicht, warum sich die Wiener nicht eine Art von schönem Gottesdienst entwickelt haben, wie die Neger mit ihren Gospels und Spirituals. Fromm ist ein häßliches Wort. Es verschließt einem die Lippen. Wie ein Schlag auf den Mund ist es. Das kann nichts Gutes sein.

Die Hans-Moser-Kirche ist für die Unfrommen, die Gott ganz besonders lieben, weil er solche Wunder wie den Moser vollbringen kann und den Paul Hörbiger und die Annie Rosar. Wenn ich einmal erwachsen bin, werde ich auch ein Heiliger. Oder um die Wahrheit zu schreiben: Ich werde viele Heilige sein. Der Heilige des Tanzes, der mit seinen heiligen Schuhen vor den Augen der schönsten Hietzingerinnen tanzt, bis sie mich alle anbeten. Der heilige Wohlklang, der alle falschen Töne durch die bloße Kraft seines heiligen Willens aus den Instrumenten treibt. Der heilige Immerwach, der den Schlaf in Bann hält, damit kein Apostel mehr müde wird, wenn es gilt, Christus am Ölberg Mut zu spenden. Und zuletzt der Fossilienheilige, der die Gabe hat, aus den Bergen und Feldern, Wiesen und Mulden die seltensten Versteinerungen uralter Wesen und Pflanzen zu bergen. Eines Abends werde ich die versteinerte Königin von Saba finden oder zumindest den Abdruck von Aladins Wunderlampe und als Geschenk dem Museum der Stadt Wien überreichen. Der Bürgermeister wird sich wahrscheinlich mit einem Orden revanchieren, und den kann von mir aus der Onkel Schlesinger beim Techniker-Cercle zum Angeben tragen. ‚Die Wienerinnen ziehen sich für gewöhnlich so schlecht an, daß man ihnen verbieten müßte, Bälle überhaupt zu besuchen', sagt der Papa. Ein berühmter italienischer Modeschöpfer, der ungewarnt in den Opernball geraten ist, soll durch den entsetzlichen Anblick der zahllosen wogenden rosa und hellblauen Maschen und der Oberarme, die von Pluderärmeln zu Würsten aufgebläht wurden, derart erschrocken sein, daß er auf der Stelle ohnmächtig wurde und wochenlang schreiend mit hohem Fieber das Bett hüten mußte.

Die schlechtestangezogene Frau der ganzen Welt ist wahrscheinlich die Tante Schlesinger. Übergroße, klobig geschnittene, längsgestreifte Kleider sind ihr Stil, so daß man sie aus der Ferne für ein Wächterhäuschen halten könnte. Der Papa salutiert auch jedesmal, wenn sie das Zimmer betritt, und ruft: ‚Präsentiert das Gewehr!' Das amüsiert die Tante aber gar nicht. Und die Mama macht ein Gesicht, als würde sie nicht dazugehören. Überhaupt geniert sie sich oft, wenn der Papa lustig ist. Als er einmal im Burgtheater während des Schlußapplauses nach „König Lear" seinen Nachbarn laut gefragt hat: ‚Glauben Sie, wird sich der Dichter verbeugen?', wollte sie sich sogar scheiden lassen. Ich bin aber stolz auf den Papa, und wenn er eines Tages seine Drohung wahr macht und dem Papst während der Christmette einen jener Gummipölster auf den Thron schmuggelt, die so peinlich klingen, wenn man sich draufsetzt, werde ich trotzdem zu ihm halten, denn er weiß als einziger Lebender das Geheimnis, wie man ohne Maschinen ganz aus eigener Kraft fliegen kann. Wenn ich einundzwanzig bin, will er es mir verraten. Dann werden wir gemeinsam durch die Lüfte zum Pasterzen-Gletscher gleiten und uns in ihm spiegeln, ehe wir aufschweben zum Großglockner und über Barcelona nach Kamerun. ‚Zum Weinen schön wird das', sagt der Papa, aber das Kindermädchen glaubt nicht daran, und dem Konrad Üblhör ist es egal, weil ihm schon schwindlig wird, wenn er zu Hause vom Klopfbalkon in den Lichthof schaut. Ich bin völlig schwindelfrei, obwohl ich öfters ein bisserl schwindel. Wenn man weiß, wie dankbar die Menschen sind, wenn man sie erstaunt, fällt es schwer, Erstaunliches nicht einfach zu erfinden. Ein Heiliger darf, glaube ich, nur schwindeln, wenn es ihm gelingt, damit Gott zu erstaunen. Aber Gott kennt schon fast alles. Auch den Trick mit dem Harakiri-Messer aus dem Zaubergeschäft hat er sicher gekannt. Das hat sich der Moritz Weinmann scheinbar in den Bauch gerannt, um der Klestil Hermine einen Schrecken einzujagen, als Strafe dafür, daß sie ihn am letzten Schulwandertag beim Geländespiel absichtlich als Kurier in die falsche Richtung geschickt hat. Er ist damals plötzlich mit seiner lächerlichen Tarnhaube aus Blättern statt auf dem Tulbinger Kogel auf der Bundesstraße 1 gestanden. Die Klestil ist aber durch das Messer gar nicht erschrocken und war nur enttäuscht, weil der Moritz unverletzt geblieben ist. ‚Die Juden sind alle feig, noch feiger als die Italiener', soll sie geschrien haben. Da hat der Moritz als Mutprobe seine Zungenspitze in die Flamme eines Feuerzeugs gehalten und sich so schrecklich verbrannt, daß er vier Monate lang beim Sprechen gezuzelt hat und die Klestil ihn wieder nicht ernst nehmen konnte. Den Frauen gegenüber darf man nie die Nerven verlieren. ‚Die Frauen sind alle sinkende Schiffe', sagt der Papa, ‚und wir ihre Kapitäne.' Ob wir sie dann auch als letzte verlassen müssen, hab' ich ihn einmal gefragt. Da ist er ganz ernst geworden: ‚Immer verlassen die Frauen uns. Immer. Das wirst du noch lernen.' ‚Aber die Mama ist doch da und wird immer da sein.' ‚Nur weil sie schon lange fort ist, ist sie noch da', war seine Antwort. Und dann hat er ein Glas eiskalter Milch getrunken, was er sonst nie tut. Die Eltern sind, glaub' ich, nie eins. Sie sind auch nicht zwei, sondern mindestens drei. Weil der Papa ein Doppelmensch ist. Er kann durch und durch bös' sein und Augenblicke später durch und durch gut. Vielleicht hängt es vom Mond ab oder von der Temperatur oder von der Mama. Verheiratet ist auch kein gutes Wort. Alles was mit „Ver“ anfängt, ist gefährlich. Verrückt, verzweifelt, verloren, verraten. Verwandtschaft ist überhaupt das Ärgste. Ich hab' drei wirkliche Onkel und allerhand unwirkliche. ‚Onkel erkennt man daran, daß sie Schnorrer sind', sagt der Papa. Da hat er recht. Zu meinem achten Geburtstag hat mir der Onkel Devrient eine halbleere Flasche schwedischen Cognac geschenkt und dazu geschrieben, ich soll sie an meinem achtzehnten Geburtstag gemeinsam mit meinen Freunden austrinken. Vergangene Weihnachten ist für mich ein großes Paket aus Kitzbühel vom Onkel Pernerstorfer gekommen. Drinnen war eine gerahmte Fotografie von ihm und der Tante Pernerstorfer in Skikleidung. Sonst nichts. So etwas ist schon eine Enttäuschung. Die größte Freude bereitet mir, wenn Mama Klavier spielt. Wenn ich krank bin, spielt sie mich gesund. Wenn ich traurig bin, spielt sie mich froh. Sie kann sicher auch die armen Seelen aus der Hölle in den Himmel spielen. Schöne Hände hat sie. Die möchte ich gerne einmal küssen, während sie die Tasten anschlagen. Aber die Mama hat die Nähe nicht gern. Wenn sie auf Reisen ist, schreibt sie mir manchmal richtige Liebesbriefe, aber zu Hause geht sie wie eine Fremde herum, und beim Klavierspielen macht sie Augen wie jemand, der ganz in der Nähe etwas Furchterregendes sieht.

Ich war mit der Klasse und unserem Musikprofessor in einem Konzert von Louis Armstrong in der Wiener Stadthalle. Er war stark verkühlt und hat beim Trompeten dauernd husten müssen. Wenn man Jazz spielt, macht das weniger, aber einen Philharmoniker könnte so etwas die Stellung kosten. Die Wiener Philharmoniker sind eigentlich gar keine wirklichen Menschen, sondern: ein Klangkörper. Jedes Instrument ist dort ein Organ und der Dr. Karl Böhm der Herzschlag. Wenn ich einmal der heilige Wohlklang bin, werde ich auch die Wiener Philharmoniker und den Dr. Karl Böhm gut beschützen. Die meiste Hilfe will ich aber für die Elisabeth Schwarzkopf bereithalten. Bei den Salzburger Festspielen hat sie vorigen Sommer einen Liederabend gegeben, den man im Radio übertragen hat. Aus diesem Anlaß hat der Papa verlangt, daß wir uns alle elegant anziehen. Sogar dem Kindermädchen hat die Mama ein Abendkleid borgen müssen, und dann sind wir alle am Doppelbett im Elternzimmer gesessen, und es war unvergeßlich schön. Eine Stimme hat die Schwarzkopf wie ein Fest. Froh macht sie mich und leicht, und nach der Sendung war ich ganz furchtlos und bin in die La-

rochegasse zur Wohnung der Böglers gelaufen und hab' den Edi herausgeläutet und ihm die Ohrfeige gegeben, die er schon lange verdient hat, weil er nämlich über mich gesagt hat, daß einer mit Judenblut in den Adern niemals ein gutes Marienkind werden kann. Marienkinder sind die Lieblinge der Mutter Gottes und dürfen bei den Maiandachten dreimal so inbrünstig singen wie die Kerzlweiber und gewöhnlichen Katholiken. Ich hab' den Papa gefragt, was ich dem Edi antworten soll, und er hat gemeint: ‚Sag ihm, daß Maria selbst eine Jüdin war und Josef ein Jude und Jesus ein Jude und die vier Evangelisten Juden und Johannes der Täufer ein Jude und Petrus und die anderen Apostel Juden, nur Judas der Verräter war wahrscheinlich kein Jude, sondern von der Rasse der Böglers, die vor allem in der Larochegasse im 13. Wiener Bezirk vorkommt.'"

Ferdinand schlug das Heft zu und beschloß, daß es das richtige Geburtstagsgeschenk für Helene war.

Trauerrede für die Schauspielerin Paola Loew (1999)

Wir wissen, daß diese Ausstellung für Paola wichtig war, also ist sie auch für uns wichtig. Zwei Tage vor ihrem Tod hat sie noch die Einladungsliste durchforstet und geändert. Sie wollte hier und heute nur von loyalen Menschen umgeben sein. Ihre schwere und lange Krankheit, die zuletzt wie ein Spießrutenlauf durch alle Schrecken anmutete, hat sie und uns auf den Abschied vorbereitet, auf ihre Übersiedlung in ein, wie ich glaube, Territorium ohne die Mühsal der Ängste und Paniken und ohne das Labyrinth der Verstörungen und Irrtümer, durch das häufig der Weg zu dem führt, was man auf Erden eine gelungene Person nennen könnte. Gelungen ist jemand wahrscheinlich, wenn er seinen Möglichkeiten treu geblieben ist, sich bewußt den Herausforderungen seiner Begabung und den Herausforderungen seiner Behinderungen stellt, wenn er begriffen hat, daß tatsächlich nichts bedeutender ist, als zu lieben und geliebt zu werden und daß man sich, um Zutritt zum Glück zu erlangen, zunächst selbst lieben lernen muß. Und daß man sich selbst gegenüber des Mitgefühls, nicht des Mitleids bedarf. Wir sind ja alle auch unsere eigenen Kinder, uns von uns anvertraut. Wenn wir uns nicht selbst fördern und ermutigen und trösten und wunderbar machen, ist es ziemlich lachhaft, genau dies von anderen einzufordern.

Wir haben in der Zeit ihrer Prüfung viel von Paola lernen dürfen. Vielleicht eben auch, daß sie, wie ich hoffe, eine der letzten von uns war, die noch durch Leid und

nicht durch Freude zu bestimmten, alles entscheidenden Klarheiten gelangte. Vielleicht wollte sie uns unter anderem mit Nachdruck auf etwas ähnliches hinweisen wie meine alte Hietzinger Blumenhändlerin, die gelegentlich am Ende des Bouquetverkaufs zu ihren Kunden sagte: „Schenkt mehr Blumen während des Lebens, denn auf den Gräbern sind sie vergebens."

Paola Loew hatte die beste Voraussetzung für eine kluge Entwicklung. Sie war neugierig und an der Welt interessiert. Und sie war innerlich angefüllt von schönen Talenten und äußerlich eine ungewöhnlich anmutige, begehrenswerte, erotische Frau mit einer interessanten Stimme und interessanten Gedanken, die sie mit dieser Stimme aussprach. Sie war ein Südwesen, das in der österreichischen Kälte immer reichlich exotisch und ein wenig verloren wirkte. Ihr Lachen war kein wienerisches, sondern eines, das erst ab Venedig erzeugt wird. Aber wenn sie Klavier spielte, und sie war trotz aller diesbezüglichen, oft gnadenlosen Einschüchterungen in ihrer

Umgebung eine gute Pianistin, spielte sie immer mit einer Ernsthaftigkeit, als säße der Komponist prüfend im Zimmer, und wenn sie Theater spielte, und sie war zumindest, solange man ihr Hauptrollen anvertraute, eine ausgezeichnete Schauspielerin, konnte man wieder diese Ernsthaftigkeit beobachten, man könnte auch sagen, den heiligen Ernst, der sie ganz in ihre Aufgabe verwandelte. Danach und davor lachte sie viel und war weich und sehr sommerlich und mit einem frechen Hut am Kopf und lange Jahre mit einer zaubrischen Lücke zwischen den oberen Mittelzähnen, deren Schließung ich ihr nie verziehen habe. Paola war so wirkungsvoll, daß einer der begnadetsten und beharrlichsten Steiger der Nachkriegszeit, mein unvergeßlicher Freund, der große Zeichner und Aquarellist Kurt Moldovan, im Hawelka eines Abends Anfang der siebziger Jahre ganz in Träumereien versunken sagte: „Um die Loew zu erobern, würd ich, wenn's was helfert, sogar zum mosaischen Glauben übertreten."

Ob Paola mit ihren Männern ein Glück hatte, wage ich zu bezweifeln; fest steht, daß ihre Männer mit ihr ein Glück hatten. Ich will aber nicht verhehlen, daß hier ein Fuchs spricht, dem die Trauben vielleicht zu hoch hingen, denn ich wollte Paola, die mich damals in zahlreichen ihrer Verwandlungen am Volkstheater begeistert hatte, heiraten, aber sie lehnte mein Angebot mit den bemerkenswerten Worten ab: „Tun wir uns gegenseitig nicht einmal den Gedanken daran an, dann werden wir vielleicht immer Freunde sein."

Heute findet, wir wollen es nicht vergessen, eine Vernissage statt. Das Malen war keine Nebenbeschäftigung für Paola, sondern ein existentielles Ausdrucksmittel. Wir stehen hier umgeben von Bildern, die sie in den letzten Jahren festhalten wollte. Sie führen uns hinter ihre schönen Augen, in ihre tiefste Aufmerksamkeit. Dort redete ihr niemand drein, kein egomanisches Originalgenie, kein Regisseur oder anderer Besserwisser. Da war sie ganz und gar bei sich, und wir müssen nur genau hinschauen, dann genießen wir das Privileg, bei ihr sein zu dürfen.

Nicht zufällig war Paolas letzter Lebensmensch und, wie ich glaube, ihre erfüllteste Beziehung jene mit einem Meisterwesen der genauen poetischen Wahrnehmung, einer Fotografin von Weltrang, der Bambi Brandenstein. Ihr und den anderen Freunden, die diese Ausstellung ermöglicht haben, möchte ich danken und ausdrücklich die Söhne Paolas zu diesen Freunden zählen, denn ich weiß, daß sie ihrer Mutter nicht nur Kind, sondern auch liebevolle Verbündete waren.

Wir alle wollen jetzt Paola Loew feiern, und sie läßt uns ausrichten, daß sie heute abend verhindert ist, weil sie etwas Besseres, viel Besseres zu tun hat.

„Tot ist nur, wer vergessen ist!" (1981)

Sterben und Tod werden in Wien nicht weniger verdrängt als anderswo in unserer diesseitsgläubigen Gesellschaft.

Sie sind das letzte große Tabu.

Die Wiener haben sich nur als gefährlichen Ersatz für eine konsequenzfordernde Auseinandersetzung mit der Gewißheit des Endlichen einen Theatertod zurechtgedacht, einen näselnden Skeletthofrat, mit dem man sich's richten kann.

In der Geisterbahn des Lebens kommt ihm, wie in jener des Wurstelpraters, die Rolle des Ausrufers schöner Schrecken zu. Man besingt ihn, man reimt Verse um seine Sense, man imitiert ihn auf Kostümfesten, er ist ein vertrautes Versatzstück in der verlogenen Idylle des ewigen Walzertraums, der im realen Leben über das Schlachtfeld zerbrochener, angstbeladener Kranker, seelischer Arbeitsloser hinwegtanzt, denn in Wien gilt es den Schein zu bewahren und basta.

Die Friedhöfe sind Remisen des Abschieds, Trauerdeponie für die schöne Leich'. Herrschaften gibt es, die verteilen Visitenkarten mit der Adresse ihres künftigen Grabes. Die Sterbevereine veranstalten Faschingsredouten, und Schrammelquartette spielen bei Beerdigungen:

Wann i amal stirb, stirb, stirb,
Müssn mi d'Fiaker tragn
Und dabei Zithern schlagn,
Weil i das liab, liab, liab,
Spielts an Tanz, laut und hell, allweil fidel!

Zu Allerheiligen und Allerseelen 1980 fragte ich Besucher des zweieinhalb Millionen Versunkene bergenden Wiener Zentralfriedhofes nach ihrer Einstellung zum Tod:

... a Unfall. Des hast doch eigentlich: a Fall, der kana is. Für sowas halt i den Tod ...

... mir sollns ins Grab schüttn, was ma wichtig war im Lebn. Unta meine Leidenschaftn wüll i schlafn. De Spielkartn, den Kaiserschmarrn, alle Büstnhalter von da Erni und da Evelyn, de Schallplattn vom Peter Alexander, de langan Lederhosn ...

... des Wort »tot« macht mi stumm, da kann i nur nix sagn. Des sagt alles – verstehens mi? ...

... a Bekannter von mir hat 23 Jahr im Toto gespült, dann hat er an Haupttreffer gmacht und si mit dem Geld unta die Erd gsoffn. A Tototod war des ...

... i laß mi verbrennan, da fliag i noamal als Rauch über Wien. Die Ehrenrunde is des für an ewigen Verlierer, die hab i ma wirklich verdient ...

... als Mathematiklehrer am Schottengymnasium würde ich sagen: Tod ist das Minusleben ...

... der Tod ist eine Erfindung der Abschiedsfalotten. Nur unsichtbar wird man, dann kann man durch die Sichtbaren hindurch Polka tanzen – die nehmen dich dann als Luftströmung wahr. Sterben ist nichts als die

Wandlung vom Buchhalter, oder was man halt war, zum ewigen Polkatänzer ...

... nur net amal anstrafn! Wann er merkt, du denkst an ihn, glaubt er, du wüllst was von ihm und kummt glei aus Höflichkeit ...

... im Freien möcht i sterben, an einem kalten Tag, wo man den letzten Atemzug sieht und immer einen Fotografen neben sich, der bereit ist, die kleine Hauchwolke festzuhalten. Sodann dieses Bild auf das Grab genagelt ...

... wenn i reich wäre, gäbe ich mein Vermögen dafür aus, nach einem Mörder zu annoncieren, der meinen Tod tötet. Darüber werd ich mit der Zeit arm – und arm stirbt sich's leichter ...

... lieber Herr, der Tod is ma selber, daran stirbt ma ja – an Selbstvergiftung. Und Notausgang aus sich selbst heraus gibt's keinen, denn kein Mensch – nicht amal der Wiener – is ein Theater ...

Aus und vorbei (2011)

Immer, seit ich bewußt schauen kann, hat es sie gegeben. Wenn ich aus der vertrauten Fremde in die fremde Vertrautheit Wiens zurückkehrte, führten meine zweiten oder dritten Wege stets zum Stephansdom, zum Prunksaal der Nationalbibliothek und zu ihr. Auf diesen drei Säulen ruht in meiner Phantasie die Statik der Hauptstadt. Jetzt ist sie ernsthaft gefährdet, denn eines aus dreien wurde demoliert und mußte dem Banalsten weichen, das heutzutage existiert: einem Handy-Zubehörladen.

Freunde, ich trauere um die Zauberklingl. In der Führichgasse auf Nr. 4, bot sie, hinter der mit staubigen Faschingskostümen und Scherzartikeln angeräumten Auslage zu ebener Erde und im ersten Stock Zauberapparaturen, absurde Tricks, manipulierte Spielkarten und Magier-Utensilien aller Arten und Preisklassen an. Meinen ersten Zauberkasten kaufte ich mir dort als Sechsjähriger vom monatelang gesparten kargen Taschengeld. Die Frau Mathilde, die eine Frisur aus versteinerten Schaumrollen zu tragen schien, erklärte mir, wie die Kunststücke funktionieren, und schenkte mir als Draufgabe ein „Schaaßpolsterl" aus Gummi, das mir in der ersten Klasse Volksschule rasch die erste schlechte Betragensnote meines Daseins verschaffte. Ödön von Horváth wurde von der Zauberklingl zur grausam bitteren Figur des Zauberkönigs in der dramatischen Unglücksbeschwörung „Geschichten aus dem Wienerwald" angeregt, und Helmut Qualtinger, unvergleichlicher Fleischhauer Oskar in Erich Neubergs „Wienerwald"-Fernsehereignis mit Hans Moser und Johanna Matz von 1961 und späterer Zauberkönig in Maximilian Schells Kinoverfilmung des Stoffes 1979 besorgte sich bei Frau Mathilde seine Vampirgebisse, rostnageldurchbohrten blutigen Daumen, Zigaretten, die beim Anzünden sanft explodierten, und andere Menschenschreckereien. Als Erika Pluhar, alle Vernunft beiseiteräumend, eine Ehe mit mir

rabiatem Zwanzigjährigem wagte, hielt sie als Brautbouquet Seidenpapierzauberblumen aus der Führichgasse in Händen, die zusammengefaltet das Ausmaß einer Zündholzschachtel hatten und präzise während meines Ja-Wortes, von kleinsten Metallfedern befördert, zur Größe eines Völkerballs aufsprangen, sodaß dem Standesbeamten aus Überraschung ein Schrei entwich. Später einmal war ich mit Oskar Werner in dem schmalen, stets ein wenig nach Haselnuß riechenden Geschäft auf der Suche nach, wie er sagte: „etwas ganz Deppertem“. Ich riet ihm zu einer täuschend echt wirkenden Speibelacke aus Plastik, aber er entschied sich für ein, auch nicht weniger unappetitliches, etwa fünfzehn Zentimeter langes prachtvolles Rotzglöckerl. Die Verkäuferin empfahl es mit den Worten: „Des kummt aus Taiwan und hoid praktisch ewig, Herr Kammerschauspieler." Oskar saß dann den ganzen Abend im Café Hawelka und irritierte die Kellner und andere seiner Bewunderer mit dem Anblick eines extrem ungeschneuzten, alkoholisch entgleisten Weltstars.

Auch Feuerwerkskörper, Knallfrösche und bengalische Lichter hielt die Zauberklingl bereit. Die Faschingstischbombe, die ich bei einem im Bundeskanzleramt 1975 stattgefundenen Essen zu Ehren von Fritz Hundertwasser zündete, handelte mir allerdings einen Tadel des Gastgebers Bruno Kreisky ein, zu dessen kulinarischen Vorlieben es offenbar nicht gehörte, in der Rindssuppe neben den Grießnockerln auch noch bunte Konfetti schwimmen zu sehen.

Räumen wir die Anekdoten zur Seite. Ich will nur noch berichten, was mir die Führichgasse 4 in meiner Schulzeit einige Jahre lang nachgerade zum Andachtsort machte. Man erhielt dort nämlich, im einzigen mir dafür bekannten Geschäft in Wien, die Meereswunder. Kleine, in Asien hergestellte Muscheln, die sich, nachdem man sie in ein wassergefülltes Bierkrügel versenkt hatte, öffneten, um eine farbenprächtige, exzentrische Pflanze hervorquellen zu lassen, bis diese, die Flüssigkeit aufsaugend, etwa zwei Drittel des Raumes im Glas beanspruchte. Dann schwebte sie darin für etwa eineinhalb Stunden, ehe sie in sich zusammensackte und sich auflöste. Genauso stellte ich mir damals das Sterben und den Tod vor. Ein letztes prachtvolles Aufblühen vor dem großen Adieu.

Heute erlebe ich derlei immer wieder in der Wirklichkeit; bei den Bananenbäumen und Agaven meiner Gärten, und immer, wenn diese bewegenden Abschiede stattfinden, denke ich dankbar an die Freuden der Zauberklingl.

Rede für Franz Vranitzky zum sechzigsten Geburtstag (1997)

Ich fange also auf das Ungeschickteste an.

Ich bin Bruno Kreisky zum letzten Mal wenige Wochen vor seinem Tod begegnet. An einem Samstag war es, zum Mittagessen bei Karl Kahane in der Argentinierstraße. Er war ziemlich in sich versunken und beteiligte sich ganz gegen seine Gewohnheit nur zögerlich am Gespräch. Aber plötzlich fuhr er auf wie galvanisiert und sagte ohne ersichtlichen Zusammenhang: „Ich habe lange geglaubt, der Vranitzky ist keiner, aber er ist doch einer."

„Was", fragte ich, „was ist er doch?"

„Nicht erzähl mir, er ist ein Jud'", sagte eine ebenfalls anwesende Dame maliziös.

„Kein Jude spielt Basketball", beschied Kreisky.

„Also, was ist er doch, der Vranitzky", insistierte ich.

„Ein begabter Bundeskanzler", sagte Kreisky. „Er hat Grundsätze und ein Gespür für das Unverzichtbare innerhalb dessen, was das Richtige ist. Kein Politiker kann alles tun, was richtig wäre, aber er muß wissen, was unverzichtbar getan werden muß, damit ein Land Qualität und Niveau hat. Der Bundeskanzler sollte ein Maßstab für Niveau sein."

Ich weiß das so wörtlich, weil ich mir diese Kreisky-Sätze damals nach dem Essen notiert habe.

Jetzt bist du also sechzig, lieber Franz, und warst und bleibst eine ziemlich erstaunliche Erscheinung. Ein im Grunde scheuer, verletzlicher Mann, der sich zehn Jahre an der sichtbarsten und zugigsten Stelle der Republik aufhielt. Ein Arbeiterkind, das sich zu einem der letzten glaubwürdigen Herren in der österreichischen Öffentlichkeit formte, einer Öffentlichkeit, die immer mehr von seelischen Analphabeten, rüpelhaften Holzhackerbuben, kulturellen Fiakern und anderen Troglodyten dominiert wird. Die Kandidatur Herrn Lugners für das Amt des Bundespräsidenten ist in diesem Zusammenhang logischer und konsequenter, als die meisten glauben.

Du warst immer genügend unnahbar, um die Aura einer Respektsperson zu bewahren. Das schadet deinem Amt nicht.

Ich habe einmal geschrieben, in Wien sollte man sich am besten die Schultern amputieren lassen, damit einem nicht ständig jemand draufklopfen kann. Der Wunsch ist dir sicher nicht fremd. Zum Unterschied von zahlreichen medialen Galionsfiguren bestandest du auch immer auf dem Unterschied zwischen „auf dem Strich gehen" und „eine Linie haben". Volksnähe nahmst du wörtlich. Du hieltest dich in der Nähe des Volkes auf, aber zumindest geistig nie wirklich mitten drin. Die Österreicher schauen gerne zu jemand auf und gerne auf jemand herab. Wer auf gleicher Höhe steht, interessiert sie am wenigsten. Da könnten sie sich ja gleich selber im Spiegel betrachten. Du, lieber Franz, bist auch nicht gerade schlecht im Herabschauen und relativ unbegabt im Verstellen. Wen du nicht leiden kannst, dem bleibt es nicht verborgen. Du warst und bist in einem Hauptpunkt ganz und gar altmodisch. Du leistest dir nämlich eine Haltung. Ziemlich unbeirrbar und mit klar begründeten Maßstäben, für die man sich auch unter intelligenten Menschen in Paris oder Madrid, Tokio oder New York nicht genieren muß. Auch hierin die völlige Antithese zu jenem Bärentaler Provinzdressman[15], der sich aus der Konkursmasse der DDR das quälende Grinsen von Egon Krenz[16] besorgt haben dürfte, um als Lieblingspolitiker von Bischof Krenn zu reüssieren. Du wirst von Salman Rushdie geachtet oder von Elie Wiesel. So etwas kann einem hierzulande ziemlich schaden. Du bist ein eleganter Mensch und weigerst dich beharrlich, in der populärsten Tracht herumzugehen, der Niedertracht. Du weißt, daß die minimalste Voraussetzung, um fundierte Kulturpolitik zu machen, die ist, daß man selbst fundiert Kultur hat. Ich erinnere mich, wie du in meinem Wiener Haus mit dem gefürchtetsten amerikanischen Kritiker John Simon[17] auf englisch ein langes Streitgespräch über Doderer führtest, wo Simon dir am Ende ermattet recht gab. Der derzeitige Kulturstaatssekretär Wittmann hätte Doderer wahrscheinlich für jene Steigerung gehalten, die Qualtinger einmal in Grappalaune ausrutschte: „Tot – toter – Doderer." Die Zeiten ändern sich. Aber das ist auch ihre Aufgabe. Panta rhei – alles fließt. Etwas Klügeres als dem alten Heraklit ist noch niemand eingefallen. Und plötzlich sind die Zöpfe tragenden Mädchen unserer Kindheit, die Hubal Irene oder die Mahlheim Barbara, denen wir für einen einzigen Kuß all unsere Tarzan- oder Tom-Shark-Hefteln gegeben hätten, die grauhaarigen Verkäuferinnen oder Frühpensionistinnen aus der Wallace-Drogerie oder dem Papiergeschäft Salzmann, und der Platzer Toni, der lachend einen Fußball zweihundertmal in die Luft schupfen konnte, ohne daß der den Boden berührte, ist jetzt der greise wirkende dicke Mensch, der im Café Wimmer immer stundenlang vor sich hin starrt.

Gekonnt und klug älter werden heißt, sich auf der Suche nach dem frohen Herzen immer genauer zu erfinden, oder man ist ziemlich verloren. Lieber Franz, ich weiß nicht, ob du so weit bist, daß du dich gut und gerecht selbst lieben kannst. Das ist nämlich eine unabdingbare Voraussetzung dafür, daß man die Liebe anderer gut annehmen kann. Und hier haben sich viele versammelt, die dich sehr mögen, und einige, die dich unverlogen lieben. Natürlich sind auch G'fraster hier, denn auf einhundert Österreicher kommen nach magischem Gesetz mindestens sechsundzwanzig G'fraster. Aber du hast ein gutes Auge für G'fraster. Du warst ja lange genug Vorsitzender einer Partei voll der sogenannten Parteifreunde und hattest täglich mit Journalisten zu tun. Ich kann mir gut vorstellen, wie viele der Unterstellungen und Untergriffe dich im Laufe deiner eindrucksvollen Karriere verletzt haben. Du hast in deiner Zeit als Sportler den Begriff der Fairness tief in deinem Denken verankert. Aber Politik ist nicht Sport, sondern zumeist Freistilringen Marke Heumarkt.

Manchmal, wenn du dich unbeobachtet glaubst, schaust du so merkwürdig. Ein wenig abwesend, aber nicht ins Narrenkastl, sondern, wie ich glaube, in das, was meine schöne Großmutter immer „das Hoffnungsland" genannt hat. Im Hoffnungsland gibt es Respekt füreinander und Mitgefühl und Genauigkeit, und man darf sich irren, ohne blamiert zu sein, und die Wesen führen ein sinnliches Dasein, und es gibt andere Arten von Anerkennung als den Neid. Ich weiß, daß du beharrlich versucht hast, Österreich näher an Hoffnungsland heranzurücken. Wir, die wir hier sind, um dich zu feiern, haben uns innig gefreut, daß in deiner Person endlich ein Bundeskanzler möglich war, der ein paar überfällige Wahrheiten ausgesprochen hat, zum Beispiel, was dieses Land und die Nazizeit betrifft und daß man ein Lump ist, wenn man sich selbst nicht treu bleibt. Vielleicht war deine Haltung Jörg Haider gegenüber nicht das stimmenfängerischste Marketing, aber sie war für deine seelische Grundhygiene und auch für das Ansehen unserer Heimat die einzige mögliche. Auch dafür danke.

Es muß ein großartiges Gefühl sein, sechzig zu werden und aus sich das gemacht zu haben, was die Juden „a Mensch“ nennen. Zu Recht halten sie dieses Wort für einen Ehrentitel, und weil wir gerade bei den Juden sind:

Ein Rabbi gratuliert einem bedeutenden Mann zum Geburtstag: „Ich wünsche dir viele, viele Sorgen“, sagt er.

„Wieso“, empört sich der Mann. „Was sind das für Wünsche?“

„Gute. Die besten“, antwortet der Rabbi. „Ich meine, du sollst dich der kostbarsten göttlichen Gabe erfreuen, der Gesundheit. Denn sieh, der gesunde Mensch hat immer viele Sorgen. Der Kranke hingegen hat nur eine Sorge: die, gesund zu werden.“

In diesem Sinn, lieber Franz, viele, viele Sorgen und alles Gute.

Beobachtung (Gemeinschaftsgedicht mit Helmut Qualtinger. 1970)

Sitzt ana
Und glaubt
Er is zwa.
Und die zwa san Liliputana.
Und fahrn
Mitn Riesenradl im Kras.
Auffe und obe,
Obe und auffe,
Auffe zur Höll
Und obe in Himmel.
In da Höll wimmat des Ischler Kurorchester
Lamourhatscha von Robert Stolz,
Daß dem Teufel die falschen Zehnd außehaut.
Aber im Himmel spüld der Guldafritzel Mozart,
Daß Gottvata Gottsohn und der Heulige Geist
des G'fül habn,
Daß do manchmal was z'sammbringen.

Pallawatsch (1996)

Ich schreibe das für die Schwedin auf. Damit sie weiß, was ich erlebe. Sie fragt ja immer: „Was gibt es Neues, Pallawatsch?“ Aber wenn ich versuche zu antworten, wächst mir ein unsichtbares Stück Holz im Mund. Das hindert mich am Sprechen. Zumindest am Sprechen von dem, was ich eigentlich sagen will. Das Holz gibt es nur in Anwesenheit der Schwedin. Bei allen anderen sind meine Gedanken klar. Sogar wenn Papa herumbrüllt und seine Stimme, wie das Dienstmädchen sagt, der Milch eine Haut macht. Die Schwedin ist gar keine Schwedin, sie wohnt nur am Schwedenplatz in einem Gebäude, das die amerikanischen Bomben verschont haben. Rundherum wird fast alles neu gebaut, da haben dann alle Wohnungen innen Klos, und man muß sich nicht mehr so grausen, weil man das Sitzbrett dauernd mit Fremden teilt. Wir haben drei Klos in unserer Wohnung, die heißen Toiletten, und auf einem davon hat sogar schon der Erzherzog Eugen sein Geschäft verrichtet. Aber das war vor dem Hitler-Krieg, und damals soll der Papa noch fesch gewesen sein und die Mama in ihn richtig verliebt, so wie die Paula Wessely in den Rudolf Forster im Apollo-Kino. Vor dem Hitler-Krieg muß eine andere Welt gewesen sein. Mit viel mehr Beinen und Armen. In der Babenbergerstraße neben dem Kunsthistorischen Museum treffen sich nämlich immer die Invaliden und warten auf etwas, und viele von ihnen starren so vor sich hin, als würden sie in tiefe Brunnen schauen. „Die sehen das früher“, hat der Papa einmal zu mir gesagt. „Was sieht man da?“, wollte ich wissen. „Das kommt darauf an, ob es das ‚früher‘ oder das ‚ganz früher‘ ist. Im ‚ganz früher‘, da waren auch sie Kinder wie du jetzt und konnten Diabolo werfen und die Sonne durch Rußgläser betrachten. Dann im ‚früher‘ aber sind die Galläpfel zu Herrschern geworden und haben jedem etwas gestohlen. Großmutter und Großvater das Leben, mir meine Freude für immer, Deutschland und Österreich die Ehre und denen dort den Schlaf und das Augenlicht, einen Fuß oder zwei, und manchem noch die Hände dazu oder alles auf einmal."

Ich weiß, daß ich ein Glückskind bin, weil der Krieg schon vorbei war, als ich geboren wurde. Deswegen bin ich auch ein Wiener Bub und kein Londoner Boy. Denn die Eltern haben sich 1938 vor den vielen Mördern nach London geflüchtet, weil dort ein dicker Mann gelebt hat, dem der Papa mehr vertraut hat als dem lieben Gott. Der Mann heißt Mister Churchill, und ich bete jeden Abend für seine Gesundheit und für eine gute Tabakernte, damit ihm seine Zigarren schmecken. Das Gebet hat mir der Papa befohlen. Der ist so. Er kann nur anschaffen. Nie sagt er „bitte" oder „danke". Das meiste an Papa ist ein Donnerwetter. Manchmal weint er aber auch ohne sichtbaren Grund. Dann ist sein Gesicht viel schöner, und er kommt mir nicht wie eine Festung vor, sondern wie ein Dorf. Und ich kann mich an ihn lehnen. Und er legt mir einen Arm um die Schulter und es ist, als ob etwas Namenloses durch uns geht, das traurig macht. Die Mama sagt, das wäre das Jüdische, aber sie kann nicht erklären, was sie damit meint.

Gegenüber dem Schwedenplatz ist der Donaukanal. Und hinter dem Donaukanal beginnt für den Papa Rußland. „Wer nach Rußland geht, ist verloren", sagt er. „Dort ist das Denken verboten, und es hat um zwanzig Grad Celsius weniger als bei den Amerikanern, Engländern und Franzosen." Mein größtes Unglück ist allerdings, daß der Wurschtlprater auch in Rußland liegt und das Kindermädchen und ich immer riskieren, in Sibirien zu enden, wenn wir heimlich mit der Grottenbahn fahren. „Die Russen haben zwar Wien befreit", sagt der Papa, „aber sich selbst nicht."

„Hüte dich vor Schnurrbärten", hat er gestern verkündet, „der Hitler und der Stalin und der Kaiser Wilhelm und Pontius Pilatus haben Schnurrbärte getragen." Und die Mama hat geantwortet: „Red dem Kind keinen Blödsinn ein. Woher willst du wissen, wie der Pontius Pilatus ausgesehen hat?" Da hat der Papa geschrien: „Aus meinen Träumen weiß ich es! Wir tarockieren ja manchmal im Traum zu dritt mit dem Doktor Lindinger."

Da war auch die Mama fuchsteufelswild. „Der Lindinger ist der berühmteste Urologe von Wien, der hat nachts sicher Besseres zu tun als mit dem Pontius Pilatus und dir zu tarockieren, und jetzt fallt mir grad ein, daß der General de Gaulle auch einen Schnurrbart hat. Fast den gleichen wie der Hitler. Und der de Gaulle ist doch ein Held."

„Der de Gaulle hat keinen Schnurrbart, sondern einen Moustache, das ist ganz etwas anderes." So streiten meine Eltern wegen nix und wieder nix.

Mir kommen die Erwachsenen so innerlich durcheinander vor. Wie Straßenbahnen sind sie, die sich ständig verfahren. Wenn sie zum Parlament wollen, landen sie am Zentralfriedhof oder umgekehrt. Dabei sagen alle zu mir Pallawatsch, und gerade mein Leben ist doch so eindeutig. Ich möchte Imker werden. Der bedeutendste Bienenzüchter, seit sich die Welt dreht. Das ist es, was ich auch schon so lange der Schwedin erzählen möchte: Sie soll sich keine Sorgen um die Zukunft machen. Für alles werde ich aufkommen. Und die Blässe wird ihr Gesicht verlassen, weil wir ja in den Süden übersiedeln nach Sizilien, weit weg von den Russen und der Kälte.

„Auf Sizilien blüht es nicht nur manchmal wie bei uns zu Muttertag im Stadtpark, sondern die ganze Insel ist immerzu auf Blüten und Duft gebaut", sagt der Rittmeister von Hebra, der jeden Donnerstag bei uns mit der Mama Bridge spielt. „Die Häuser haben dort Fundamente aus Veilchen und Rosen. Dahin möchte ich Sie entführen, gnädige Frau", hat er ihr einmal zugeflüstert, aber ich habe es trotzdem gehört, weil ich ganz nahe unter dem

großen Eßtisch gelegen bin, um aus Matadorteilchen den Eiffelturm zu bauen. Der Eßtisch ist von einer weißen Brokatdecke geschützt, die fast bis zum Boden reicht. Das ergibt zwischen den Tischbeinen eine Höhle, und dieser Raum ist mein Friedensgebiet. Wenn die Eltern abends ausgehen, ins Konzert oder zum Tanzen ins Casino Zögernitz, sitzen das Dienstmädchen und ich im Friedensgebiet und spielen Domino oder Himmel und Hölle. Wenn ich dreißigmal gewonnen habe, darf ich einmal durch ihren Pullover die Brüste des Dienstmädchens berühren. Und wenn sie hundertmal gewonnen hat, muß ich ihr ein paar von Mamas Nylonstrümpfen stehlen. Das Dienstmädchen hat große Pläne. Sie möchte einmal glücklich werden. Ich kenne niemand, der wirklich glücklich ist.

„Das Glück ist nicht von dieser Welt", sagt der Papa. Aber in der Welt der Insekten gibt es das Glück, und wer mit ihnen lebt, wird angesteckt davon. „Woher hast du diese Idee?", hat mich das Dienstmädchen gefragt. „Aus der Luft", habe ich geantwortet, „die Luft weiß es. Weil sie nichts zu tun hat, als alles Fliegende zu beobachten. Und die Luft zeigt es mir."

Das ist keine Lüge. Ich kann wirklich mit dem Unsichtbaren reden. Aber nur, wenn es will. Es meldet sich mit einem Geruch wie frische Semmeln. Mitten in der Schulstunde oder beim Drachensteigen oder vor dem Einschlafen. Ich rieche es plötzlich und fühle, jetzt wird es gleich wieder möglich sein. Dann kommt eine innere Stimme und erzählt und gibt Auskunft. So ist auch der Plan mit dem Imker-Sein entstanden. Ich stelle mir vor, daß die Schwedin und ich in einer großen, hellen Wabe wohnen werden, und wenn wir ausgehen, umschließen uns Gewänder aus Bienen, die vor den dummen Ideen dummer und langweiliger Leute schützen.

Der am wenigsten langweilige Mensch, den ich kenne, heißt Sangpur Singh. Er trägt einen blauen Turban und darunter Haare bis zu den Hüften, die niemand sehen darf, mit dem er nicht per du ist. Nach Wien ist er gekommen, weil die Königin von England auch Königin von Indien war und er für diese Frau in den Krieg ziehen wollte. Zuerst war er Fallschirmspringer, jetzt ist er Chauffeur bei der britischen Kommandantur, und in seiner Freizeit bügelt er die Anzüge und Krawatten von Papa. Krawatten bügelt man im Dampf eines Teekessels, und im Dampf wohnt auch einer von Sangpur Singhs Göttern: der Dampf- und Nebelgott aus dem Himalaja. Die indischen Götter sind sehr schnell und übersiedeln in Augenblicken von Asien in unsere Küche, weil sie überhaupt kein Gepäck haben.

Der katholische Gott Jesus muß ja Tag und Nacht sein riesiges, schweres, hölzernes Kreuz mittragen, und das macht ihn ziemlich langsam. Und wenn man ihn dringend braucht, kommt er meistens zu spät. Vom jüdischen Gott soll man sich kein Bild machen, aber ich stelle mir immer etwas vor. Ich weiß gar nicht, wie man es tut, daß man sich nichts vorstellt.

Zum Tod von Viktor Matejka (1993)

Viktor Matejka ist im 92. Lebensjahr gestorben. Er war der unermüdlichste, unerbittlichste und anstrengendste Freund, den man sich vorstellen konnte. Wäre der Monolog als dramatische Kunstform nicht schon erfunden gewesen, Matejka hätte darauf ein Patent erhalten. Der Begriff „österreichischer Patriot" hat sich mir erstmals durch seine Haltung erschlossen und auch jenes Seltene, das man „bedingungslose Anständigkeit" nennen könnte. Wenn er sich einmischte, und ich erinnere mich an weniges, das ihm keine Einmischung wert war, hatte er mit seinen Standpunkten allzu oft auf unbequeme Weise recht. Die Mauschler und Abwiegler, die Verharmloser und Verdränger fanden kein Gift gegen ihn. Wenn sie Matejka bei ihren ewig gleichen Machenschaften am wenigsten brauchen konnten, stand er plötzlich – ohne anzuklopfen – als Gewissen vor ihnen, holzschnittartig und durchaus komisch polternd wie die Figur eines mittelalterlichen Mysterienspiels.

Er war der Anti-Waldheim par excellence. An alles, aber auch an wirklich alles erinnerte er sich, und Pflicht hatte in seinem inneren Lexikon nur eine statthafte Definition: das Äußerste wagen für die gerechte Sache. Den Jungen riet er, immer die Handelnden zu bleiben, nie gelebt zu werden. Die sinnvollste Art, Besitz zu mehren, erkannte er im Teilen. Wenn dieser christliche Kommunist und erste Wiener Kulturstadtrat nach dem Mörder-Interregnum der absoluten Nazi-Unkultur das alleinige Sagen gehabt hätte, wären an die Emigranten des Jahres 1945 glaubwürdige Einladungen zur Heimkehr ausgesandt worden. Und Schönberg und Kokoschka hätten ihre späten Jahre in Wien verlebt. Wäre es nach ihm gegangen, hätte Marc Chagall den Eisernen Vorhang der wiedererbauten Staatsoper gestaltet und nicht der Hakenkreuz-Günstling Eisenmenger. Wie ein Brunnen-Gott sprudelte Matejka bei jeder Begegnung Geschichten der stattgefundenen oder von ihm und seinen wenigen Verbündeten verhinderten politischen Vor- und Nachkriegsschanden aus. Seine Häftlingserfahrungen im KZ hatten ihm ein unwiderrufliches Wissen um die Macht des Miteinander- und Füreinander-Ringens über Bunker-Mentalität und fundamentalistischen Eifer hinweg gegeben. Bequeme Wege zum Ziel eines würdevollen, demokratischen, sozial und ökologisch vertretbaren gesellschaftlichen Gefüges gab und gibt es nicht.

Die „bessere“ Welt ist vor allem ein Arbeitsergebnis und bedarf dementsprechend der leidenschaftlich dafür Arbeitenden. „Nicht laschieren!“ war ein Satz, den Matejka bei einer unserer letzten Begegnungen schrie. „Nicht laschieren! Außer ihr wollt's den Untergang. Ich bitt' euch höflich, seid's keine Trotteln!“

Heimweh nach sich selbst (2008)

Eines Maitages im Jahre 1953 erschien die Direktorin der Volksschule Wien 13 am Hietzinger Platz vor der Heimatkundestunde im Klassenzimmer der 2b und sagte: „Euer Mitschüler Poldi Kuntner ist heute nacht gestorben."

„Woran stirbt ein Kind?", fragte ich sehr erschrocken.

„In Poldis Fall weiß man es noch nicht. Er ist einfach am Morgen tot in seinem Bett gelegen", antwortete die Direktorin und schrieb mit Kreide in Blockbuchstaben die Worte: „Wir trauern um Poldi!" an die Tafel. Alle Schüler waren verlegen. Auch unsere Lehrerin Frau Tauscher saß sprachlos hinter dem Katheder und rieb sich mit den Knöcheln ihrer Zeigefinger beide Augen. Ich wußte nicht, ob ich es wagen durfte, noch eine zweite Frage zu stellen. Dann erlaubte ich es mir doch: „Was, bitte schön, sollen wir jetzt tun?" „Am Ende der nächsten Stunde werdet ihr heimgehen", sagte die Direktorin, und die Frau Lehrerin fügte mit belegter Stimme hinzu: „Wenn ihr zu Hause seid, versucht im Rundfunk gute Musik zu hören, oder vielleicht besitzen eure Eltern ein Grammophon und Schallplatten von Beethoven oder Bach. Schließt die Augen und laßt die Töne in euch eindringen wie Farbe ins Löschpapier. Mir ordnet das immer die Gedanken, vielleicht geht es euch auch so. Es ist auf jeden Fall einen Versuch wert."

In Mutters Schlafzimmer gab es als luxuriöses Geschenk eines amerikanischen Onkels einen Phonographen mit im Deckel eingebautem Lautsprecher, der nicht durch Kurbeln, sondern mittels elektrischen Stroms erklang. Ich fand keine Schellackscheiben mit Kompositionen von Beethoven oder Bach, aber eine Potpourriaufnahme der „Nußknacker Suite", die durchaus Wirkung auf mich hatte. Als Mutter von einem Stadtspaziergang heimkehrte, fand sie mich nämlich schlafend auf ihrem mit einer flämischen Schäfertapisserie bedeckten Bett. Sie rüttelte mich wach und fragte, wieso ich nicht im Unterricht sei. „Weil der Poldi tot ist und die Frau Lehrerin uns als Hausaufgabe Musikhören verschrieben hat."

Damals entstand in unserer Familie die Gewißheit, daß bestimmte Musiken auch als Medizin gegen alle Arten von Unglücksfällen wirken. Anfangs fanden wir Mozarts „Jeunehomme"-Klavierkonzert und Brahms' Symphonien sowie die „Vier letzten Lieder" von Richard Strauss mit Gundula Janowitz und den Berliner Philharmonikern unter Karajan am wirksamsten, aber seit etwa fünfundzwanzig Jahren reagiere ich jedes Mal, wenn ich eine unangenehme oder problematische Nachricht erhalte, zunächst damit, so rasch wie irgend möglich ein Schubert-Impromptu zu hören, in jüngerer Zeit für gewöhnlich in der Interpretation durch Alfred Brendel. Diese Klänge kühlen verläßlich meinen Schreck, meine Verzweiflung, die Wut oder die Enttäuschung ab und weisen Wege zurück ins Gleichgewicht. Ein Vorgang, der mir umso erstaunlicher erscheint, als Schubert-Impromptus ja selbst noch in den fröhlichsten Passagen dem Reich der Melancholie, also dem, was im Wienerischen „Heimweh nach sich selbst" genannt wird, zugehörig sind. Schuberts Kunst erzählt für den einfühlsamen Beobachter ja immer auch vom Spießrutenlauf, dem der Meister zwischen seinen unerfüllten Sehnsüchten ausgesetzt war, oder wie es der Dichter Peter Altenberg 1916 in seiner „Wiener Ballade" schonungslos ausdrückte:

„Wann man fett rundlich ist,
und wann man kurzbeinig ist,
wann man kurzhalsig ist,
und wann man kurzathmig ist,
wann man an dicken Krauskopf hat,
und wann man kurze fette Pratzen hat,
dann nützen Einem bei den süßen, süßen,
süßen Mäderln nicht der „Erlkönig", „Die Forelle",

„Die Post", „Du bist die Ruh'", „Der Wanderer"!
Und nicht „Am Meer"!
Mit fetten Lerchen *geht man nicht gern* schlafen!
Die sind für den erwachenden holden Tag!
Armes, armes Franzerl!"

Und trotzdem kommt aus Schuberts privater Zurücksetzung und seinen psychischen Schmerzen, durch die davon inspirierten Melodien auf mich als großes Geschenk eine Heilung. Seine Arbeitsergebnisse sind mir ein Grundlebensmittel. Immer wenn ich in meinem Gemüt Schubert säe, ernte ich Gelassenheit und das magische Entstehen einer hohen Warte, von der herab sich ein Blick bietet, der noch die bittersten Nöte relativiert. Ich weiß, auch wenn es für manche verschroben klingen mag, daß zwischen bestimmten Kompositionen und meiner Seele von jeher ein Beistandsbündnis zur Wirkung kommt. Womit ich mir solch einen Vorzug verdient habe, weiß ich nicht. Die spirituellen Meister würden vielleicht sagen: „Weil es dir gebührt", und der lange verstorbene Chauffeur Dworschak meines noch länger verstorbenen kommerzialrätlichen Vaters hätte mit Sicherheit konstatiert: „Bei da Famülie Heller gibt's so vül narrische Ansichten, wie's im Herbst Zwetschgen am Naschmarkt gibt."

Kindergeschichte (1977)

Bei erstklassigem Wetter erinnert der Riesenturm des Stephansdomes an ein Eisstanitzel, das der heiligen Dreifaltigkeit aus der Hand gefallen ist. Aber an meinem Firmtag sah man nicht einmal seine Spitze. Es regnete, und der Himmel war mit grauem Blech ausgeschlagen. Die wartenden Fiaker hatten sich mit den Blumenaufbauten der Kutschen vergeblich in Unkosten gestürzt. Ein Gondoliere hätte gedacht: Spätestens morgen scheint wieder die Sonne. Aber die Kutscher wußten: Es bleibt wochen-

lang schlecht. (Unter den intelligenteren Wienern leben keine Optimisten.) Nach dem Hochamt hat mich der Firmpate auf den Cobenzl geführt, um mir feierlich drei Krawatten zu überreichen. Minutenlang habe ich in ihrem Futter nach einer Uhr gesucht, bis er sagte: „Eleganz hat ein Jud nötiger als Pünktlichkeit." „Wie kann ich Jude sein, wenn ich gerade von der Firmung komme", wollte ich wissen. Da aber ist er zornig geworden. „Wenn du nach einer einzigen Watsche vom Bischof schon Herkunft abschwörst, bist du zum Anspucken."

die kinder sind immer aus wien (lied. 1969)
die kinder sind immer aus wien.
die kinder sind immer aus wien.

sie spielen:
schlittschuhläufer, selbstmörder, damenimitator,
milchkutscher, klofrau und invalid.
sterngucker, herrenreiter, vata-leih-ma-d'scher,
wachtmeister und kapuziner.

die kinder sind immer aus wien.
die kinder sind immer aus wien.

sie spielen:
totschlagen, pfui-neger, schlagoberskoch,
schwimmlehrer, diabolo, onkel und freundin.
sandkuchen essen und speiben.

die kinder sind immer aus wien.
die kinder sind immer aus wien.

sie spielen:
lieber gott und schnupfen haben, u-boot-kommandant,
hausherr an der bassena und zwerg,
regenbogen-suchen, eskimo auf löwenjagd,
lackenspringen, burgtheater, plumpsack-geht-um.

messer-schere-gabel-licht–
bis das letzte spiel zerbricht.

die kinder sind immer aus wien.

Rede für Peter Huemer zur Verleihung des Österreichischen Ehrenkreuzes für Wissenschaft und Kunst (2011)

Mein Kindermädel aus Mürzzuschlag hatte zwei Lieblingssprüche: „Ehre wem Ehre gebührt“ und „Jeder muß sein Kreuz tragen.“

Beides trifft auf das Erlebnis zu, das Peter Huemer heute hat. Er verdient natürlich jede denkbare Wertschätzung als engagierter österreichischer Patriot, als kritischer und weltkluger Journalist, als dem Spannungsreichen und der Genauigkeit verpflichteter Historiker, als Diskussionen anstoßender und vor der Entgleisung bewahrender Debattenvorsitzender, vor allem aber – und hier finde ich mein Thema: als Freund.

Die Juden sagen über jemand Besonderen: „Er ist ein Mensch" und gehen zu Recht davon aus, daß dies ein Ehrentitel ist. Man wird, wie ich glaube, als Entwurf zu einem Menschen geboren und ist gut beraten, in weiterer Folge aus diesem Entwurf etwas Gelungenes zu gestalten, das eben im Idealfall in einem liebevollen, behutsamen, mitfühlenden, seine Begabungen nicht schwänzenden Menschen mündet.

So ein rarer Fall ist der Peter. Wenn er fragt: „Wie geht es dir?", meint er es tatsächlich. Er ist am anderen interessiert, und wenn jemand Hilfe braucht, kann er gar nicht anders, als zu helfen. Und er kann zuhören und schweigen und im richtigen Augenblick umarmen oder die Lächerlichkeiten weglachen und im Ernstfall mit einem weinen. Er hat es, obwohl er in der katholischen Provinz Internatsschüler war, nie gelernt zu kuschen, und der Opportunismus ist keine seiner Leidenschaften. Man kann ihn nicht manipulieren oder durch Phrasen narkotisieren, also ist er für manche ein schlechter Österreicher. Bei der 1987 vor dem 05-Widerstandszeichen am Stephansdom zum überkochenden Thema Kurt Waldheim viele Tage lang abgehaltenen Mahnwache (die war übrigens wie das Fest für Österreich, bei dem wir Elie Wiesel einluden, auf Hitlers Hofburgbalkon zu sprechen, dem Lichtermeer im Jänner 1993 gegen das Anti-Ausländervolksbegehren Jörg Haiders – Peter, damals haben wir noch auf die SPÖ gehofft – oder der ebenfalls am Heldenplatz abgehaltenen Fünfzig-Jahre-Republikfeier unter anderem mit Kardinal König, Simon Wiesenthal und unangekündigt Salman Rushdie als Rednern oder der Gründung von SOS Mitmensch und SOS ORF, um nur einiges zu nennen, alles Aktionen der sogenannten usual suspects, zu denen Peter von Anfang an im lebendigsten Kernbereich gehörte), bei der Waldheim-Mahnwache also ging ein wie eine riesige Dörrbirne aussehender Mann auf uns los und schrie in unvergeßlicher Weise: „Hundsg'frasta, depperte, seid's ihr alle und Vater-

landsverräter." Ich antwortete: „Meinen Sie mich?" „Ja", sagte der Mann, „dich auch und des Trampel auch", wobei er auf eine junge Mitstreiterin zeigte. „Aber du", er wandte sich Peter Huemer zu, der gerade besonders brillant argumentiert hatte, warum jeder einzelne von uns sich und diesem Land Lehren aus der schrecklichen Geschichte des 20. Jahrhunderts schulde, „du, du bist alles doppelt, a doppeltes Hundsg'frast und doppelt deppert und a doppelter Vaterlandsverräter."

Verehrte Zuhörer, das sind im gewissen Sinn die wahren Auszeichnungen, die dieses merkwürdige Land zu verleihen hat: die dumpfe Wut derer, die sich durch unser Sich-nicht-Fügen in ihrer Anbetung der Ignoranz, dem Nicht-gescheiter-werden-Wollen, dem leidenschaftlichen Festkrallen in katastrophalen Standpunkten aufgestört und irritiert fühlen. Peter Huemer ist ein beharrlicher Mann. Nicht nur im Einmahnen und Befördern politischer Selbsthygiene in den Gefilden des Rot-Weiß-Roten, sondern auch als Freund. Er ruft zehnmal an, wenn er weiß, daß man krank ist oder in einer Verstörung vergraben, er gibt nicht auf, wenn man ihn nicht zurückruft, weil man gerade verlegen oder der Außenwelt gegenüber trotzig oder bockig ist. In so einem Fall paßt er einen regelrecht ab, um zu sagen: „Du, laß dir doch Mut machen und vergiß nicht, auf mich kannst du dich Tag und Nacht verlassen." Das ist sehr, sehr schön von ihm, und ich bin sicher, daß hier im Raum viele sind, die diese Erfahrung bestätigen können.

Wer aber macht ihm Mut? In erster Linie wohl eine der ungewöhnlichsten und liebenswertesten Frauen Wiens, die Friedrun. Es ist vollkommen undenkbar, Peter Huemer ein Ehrenkreuz für Wissenschaft und Kunst anzuheften, von dem nicht zumindest ein Balken seiner Frau gehört. Sie war jahrelang, ein wenig masochistisch, die Kultursprecherin der Grünen, und für ihren Einsatz als Psychologin für Gefolterte und aus allen Gnaden gefallene Flüchtlinge beim Verein Hemayat ist sie erst vor wenigen Wochen mit all ihren Mitstreitern mit dem Bruno-Kreisky-Preis für Menschenrechte ausgezeichnet worden. Im Hauptberuf ist sie ähnlich ihrem Mann tapfer und mitfühlend, und ihre Biographie verschafft beiden immer wieder privat und öffentlich Gelegenheit, dies unter, man muß schon sagen, den ernsthaftesten Bedingungen sich und anderen zu beweisen. Der Dr. Peter und die Dr. Friedrun sind in unserem jahrzehntelangen Freundeskreis Ikonen, Ikonen des hohen und höchsten Niveaus in vielen Bereichen, von denen die Gastfreundschaft keine nebensächliche ist.

Peter, mein Lieber, freu dich über den Orden, auch wenn dir die Unerheblichkeit solcher Auszeichnungen voll bewußt ist. Der Staat hat ja keine Gefühle und durchschaut gar nichts, aber in diesem Fall hatten wohl zwei hohe Staatsdienerinnen, Barbara Prammer und Claudia Schmied, das Gefühl, dir zeigen zu wollen, daß du für sie eine Inspiration und ein Maßstab bist, und dieser Erkenntnis schließen sich die anderen hier Versammelten, von denen dich viele innig mögen, ganz und gar an.

Peter, es kann einem wahrlich Ärgeres passieren als so eine Feierstunde unter Verbündeten. Mich zum Beispiel hat jüngst in einem Fischrestaurant am Naschmarkt Stefan Petzner[18] mit den Worten begrüßt: „Ich bin ein Bewunderer von Ihnen."

Also Kopf hoch und herzliche Gratulation.

Einige Assoziationen zum Thema Kostüm (2007)

Bei den Wiener Festwochen 1964 fand ein Gastspiel des Moskauer Wachtangow-Theaters statt: „Turandot" von Carlo Gozzi in einer, wie Insekten in Bernstein eingeschlossenen, völlig unveränderten Inszenierung aus den dreißiger Jahren. Am Beginn des Abends traten die Schauspieler in Straßenkleidung an die Rampe, stellten sich mit ihren bürgerlichen Namen dem Publikum vor und erklärten, welche Rolle sie in den kommenden zwei Stunden spielen würden. Dann öffnete sich der Hauptvorhang, gab den Blick auf eine vollkommen leere Bühne frei, und als jemand in die Hände klatschte, veränderte sich das Licht und vom Schnürboden regnete es Kostüme. Die Mitwirkenden suchten sich minutenlang ihre Kleider, Hosen und Röcke aus den am Boden angehäuften Gewändern, dann schminkten sie einander, und als alle verwandelt waren, begann das Spiel mit den Worten: „Jetzt! Meine Damen und Herren! Turandot!!" Für mich, den damals Siebzehnjährigen, war es eine Art Initiation, der Übertritt ins tiefere Theaterbewußtsein, und diese Augenblicke, in denen im Theater an der Wien die Kostüme herabfielen, zählen bis heute zum Einflußreichsten auf meinem schöpferischen Weg.

Die ersten, mich in ihren Bann ziehenden Verkleidungsvorgänge erlebte ich in der Sakristei der Kirche Maria Hietzing im 13. Wiener Bezirk, zu der ich als Ministrant Anfang der fünfziger Jahre des vorigen Jahrhunderts Zutritt hatte. Die Beschichtung des Priesters vor der Messe mit schönen und kostbaren Textilien und das damit verbundene Zurückdrängen der privaten Person zugunsten eines machtvollen, öffentlich wirksamen Amtsträgers, der – wie behauptet wurde und wie anscheinend viele glaubten – im Einvernehmen mit Gott Sünden vergeben konnte, ließ mich das Sprichwort „Kleider machen Leute" rasch als richtig erkennen. Mein närrischer Herr Papa befahl, daß für mich Meßgewänder hergestellt wurden, und ich spielte dann in meiner Freizeit viele Kinderjahre lang vor einem kleinen Hausaltar meine Hochamtsimitationen und vergab mir dabei selbst und meinen assistierenden Freunden die prachtvollen Sünden, die wir gar nicht begangen hatten, die aber in der Phantasie unserem Dasein grelle Farben gaben. Die Familie Heller beschäftigte regelmäßig eine sogenannte Hausschneiderin mit dem anmutigen Namen Summerer, die meiner Mama einigermaßen akzeptable Kleider aus französischen Modeheften kopierte. In einem Koffer führte sie etliche Musterbücher mit sich, in die Farb-, Web- und Materialproben von Stoffen geklebt waren. So lernte ich Shantungseide kennen, Crêpe de Chine, englischen Gutsherrentweed, Paletot-Kragensamt, Sommer- und Winterleinen, Bouclé-Hemdenstoff und hunderterlei mehr. Einmal im Jahr schenkte mir die Summerer ein „Kasperlg'wand". Darunter verstand sie etwa ein Torero-Kostüm oder eine Piratenuniform oder eine arabische Djellaba mit Turban. Das waren dann selige Tage, an denen ich mich nach der Schule in mein Zimmer ein-

schloß und ganz in der Rolle von in Phantasiesprachen redenden Stierkämpfern, Seeräubern oder Sultanen aufging. Später, in meinen Theater- und Showproduktionen, gab es regelrechte Verwandlungsrasereien, und ich habe immer wieder Szenen erfunden, nur damit ein extravagantes Kostüm ideal präsentiert werden konnte. Waren es zunächst Meisterinnen wie Frida Parmeggiani oder Annette Beaufaÿs, die ich einlud, ihre Ideen oder ihre hohe Handwerkskunst in meine Verwirklichungen einzubringen, fand ich es zunehmend, im Sinne Diaghilews, lehrreich und funkelnde Früchte tragend, wesentliche bildende Künstler und Künstlerinnen in gemeinsame Bühnen- und Manegenabenteuer zu locken. Jean-Michel Basquiat, Keith Haring, Susanne Schmögner, Erté, Hubert Aratym, Michael Curry, Mimmo Paladino und Roy Lichtenstein sind dieser Einladung gefolgt, und ihre diesbezüglichen Arbeitsergebnisse befinden sich sorgfältig behütet in meiner Privatsammlung. Seit Jahren arbeite ich an dem Projekt, ein eigenes großes Gebäude für die Dauerausstellung dieser Schätze zu errichten und ihnen Bühnenbilder und Kostüme von Pablo Picasso, Fernand Léger, Marc Chagall, Salvador Dalí, Oskar Schlemmer, Oskar Kokoschka, Fritz Wotruba, David Hockney, Andy Warhol, Robert Rauschenberg, Anselm Kiefer oder Rebecca Horn, die für Opern, Ballette und Revuen geschaffen wurden und aufs tragischste in staubigen Depots von Theatern vernichtungsgefährdet vor sich hindämmern, hinzuzufügen.

Eine wahre Begebenheit vom 2. Juli 1990 (1990)

Es war einer jener Märzvormittage, an denen das Wetter in Wien etwas Raunzerisches hat, das sich zu keiner Eindeutigkeit entschließen kann. Ich schlenderte durch die Habsburgergasse, als das dunklere von zwei Fiakerpferden, die eine Kutsche aus der Bräunerstraße in Richtung Peterskirche zogen, wieherte. Derart selig klang dieses Wiehern, daß einer der hochgeborenen Lipizzaner aus den gegenüberliegenden Stallungen der Spanischen Hofreitschule es einer Antwort für würdig hielt. Wie Ruf und Gegenruf durch eine Schlucht getrennter Liebender.

Vor mir, zwischen den erstaunlich wenigen Passanten, bemerkte ich einen hageren Mann, dessen Hosenstulpen auf und nieder hüpften, als wären an ihnen unsichtbare Schnüre befestigt, die jemand ebenso Unsichtbarer zog. Der Mann mochte ein Übernächtiger sein, denn seine Kleidung war viel zu feierlich für die Tageszeit, und sein Gang hatte etwas Erschöpftes, während die langen Arme in der Luft nach Halt tasteten. Weiße, stellenweise gelbstichige Haarsträhnen wuchsen einem Nacken entgegen, der sich unter dem Gewicht der zahllosen auf ihm sitzenden Schweißperlen zu ducken schien. Zwei spitz zulaufende Ohren, wie aus mehreren Lagen Blätterteig gefertigt, vervollkommneten ein Bild, das mein Interesse weckte.

„Von einer langjährigen Geliebten kommt er, die mit ihm Schluß gemacht hat“, dachte ich. „Bis vier Uhr früh hat er sie angefleht, ihren Entschluß zu widerrufen, dann wies sie ihm die Türe, und er hat sich in einer Bar betrunken. Dort ist er eingeschlafen, und jetzt irrt er bereits seit einigen Stunden durch die Innere Stadt und hat keinen Trost als seine Trostlosigkeit. Sie wird ihm böse Wahrheiten gesagt haben, die er schon schwer verkraftet hätte, wenn er dreißig Jahre jünger wäre. Wenn ich ihm raten könnte, müßte er sich in der Fleischhauerei Hieblinger eine Semmel mit Krakauerwurst kaufen und auf einen Sitz essen. So etwas bringt klare Gedanken. In manchen Situationen hilft überhaupt nur Krakauer. Alle anderen Hilfsmittel verblassen daneben.

Er weiß es noch nicht, aber er wird keine neue Geliebte mehr finden“, dachte ich. „Zumindest keine, für die er nicht teuer bezahlen muß. Wie sonst sollte er

jemand an sich binden? Mit seinen zehn oder fünfzehn Routinegeschichten, die er ein Leben lang verwendete, um an den ersten Tagen einer neuen Beziehung Konversation zu machen? Sie hatten immer nur im Zusammenhang mit dem, was er seine Elastizität nannte, gewirkt. Einer Elastizität, die beinahe schon an Geschmeidigkeit grenzte und die ihm, seit er vor sieben Jahren aufhörte einen Beruf auszuüben, über Nacht abhanden gekommen ist. Geschäftsführer eines großbürgerlichen Restaurants mochte er gewesen sein. Ein unnachahmlicher Grüßer und Handkußandeuter. Und immer während fünfunddreißig Jahren eine Wolke aus Küchengeruch und Kölnischwasser verströmend."

Ich schritt mittlerweile so dicht hinter dem Mann, daß ich ihn, wie man in Österreich sagt, mit einem Spitz hätte irritieren können.

Eine im Eingang der Michaelerpassage stehende Greisin grüßte lächelnd und nickte aufmunternd, als wir sie passierten. Da ich die Frau nicht kannte, mußte die Freundlichkeit dem Mann gegolten haben, der sie mit einem in leichtes Schnauben gehüllten „Dankeschön" erwiderte.

„Er muß von vorne noch verzweifelter wirken als von hinten", dachte ich. „Menschen mit Einfühlungsvermögen nicken ihm Trost zu. Vielleicht sind meine Vermutungen gerechtfertigt", dachte ich. „Womöglich weint der Mann sogar." Ein regelmäßiges Zucken seiner Schultern ließ darauf schließen. Oder war er so nervös?

Unzweifelhaft fühlte ich mich seit wenigen Augenblicken für den Mann verantwortlich. Ich schaute zum Himmel aus Sorge, es könnte von dorther etwas in die Habsburgergasse stürzen und den Mann und mich unter sich begraben. Ein Meteorbrocken oder ein riesiger bleigefüllter Adler. Gleich dem Bildnis des Schutzengels, der das Kind im tosenden Unwetter sicher über die Brücke geleitet, empfand ich den jammervollen Mann und mich. Blitzen und Hagelkörnern wollte ich Einhalt gebieten und das in sein Herz senken, wonach ihn sicherlich am meisten dürstete: Frieden. Eine Springflut von Mitleid erfaßte mich. Mit raschen Schritten wollte ich den Mann überholen, um endlich sein Gesicht sehen zu können. Da warf er unvermittelt einen Blick zurück – und war: der Bundespräsident Dr. Kurt Waldheim.

Rede für Erika Pluhar anlässlich der Verleihung des Billy Wilder Preises (2007)

Liebe Erika, illustre Gäste, gestatten Sie mir einige etwas unfrisierte Gedanken.

Würde man versuchen, die Wurzel aus dem zu ziehen, was halbwegs informierte Menschen als Bild von Erika Pluhar besitzen, erhielte man wahrscheinlich folgendes Ergebnis: eine ungewöhnlich gut aussehende Frau mit einer der schönsten Stimmfärbungen des deutschen Sprachraumes, eine seit Jahrzehnten gesellschaftspolitisch engagierte, erfolgreiche Autorin zahlreicher Bücher, Sängerin und Konzertkünstlerin mit eigenen Liedern, die früher einmal eine berühmte Schauspielerin war.

Außerdem weiß man von einem interessanten Privatleben, um das sie aber niemand wirklich beneidet, weil es auch nicht zu knapp mit Tragödien angereichert war.

Diese Einschätzung stimmt auch bis zu einem gewissen Grad, aber der Lebensleistung dieser äußerst bemerkenswerten Dame wird sie doch nicht annähernd gerecht. Ich darf wirklich, ohne zu erröten, behaupten, unter denen, die von Erikas Freunden noch leben, ihre Wege in den vergangenen vierzig Jahren am vielleicht genauesten unter der Lupe betrachtet zu haben. Ich habe mir seinerzeit den Zutritt zu Erikas Biographie im wahrsten Sinn des Wortes erkauft, indem ich mein gesamtes Erbe aus der Schokoladenfabrik Heller – damals 800.000 Schilling – unter dem unsäglichen Pseudonym André Miriflor 1967 in die Koproduktion eines Kinofilms gesteckt habe, der anschließend nicht einmal in die Lichtspielhäuser kam, zu seiner Zeit ein strahlender Mißerfolg war und den Sie heute abend sehen werden. Er heißt „Moos auf den Steinen" und war ein Projekt von Georg Lhotzky; angeblich ist er retrospektiv für Filmfachleute jene Wegmarke, die eine Abkehr vom österreichischen Zelluloid-Anteltum bedeutet. Mir soll es recht sein.

Ich habe damals als Neunzehnjähriger jedenfalls nicht an die Zukunft des österreichischen Films geglaubt, sondern lediglich an das Gesicht der Hauptdarstellerin – Erika Pluhar. Und mein Erbe zu verpulvern für die Chance, IHR vorgestellt zu werden, schien mir noch eine ziemlich günstige Angelegenheit. Erika war damals der konkurrenzlose junge weibliche Star am Burgtheater, und das Burgtheater haben meine Avantgardefreunde und ich selbstverständlich verachtet. Mein Plan war, diese 27-jährige Bühnengöttin aus der Unwürdigkeit des für mich reaktionären Haeusserman-Reiches zu retten, um sie als meine Privatmuse in verrauchten Hawelka-Nächten den Mitgliedern unseres Künstler-Selbstüberschätzungsvereins als Trophäe zu präsentieren. Mit anderen Worten: Ich wollte unbewußt ihr Leben ruinieren. Das hatte vor mir schon ein ande-

rer Chef-Egomane namens Udo Proksch versucht, und mir war in meiner Hybris klar, daß nur eine Ehe mir Zugriff auf das Schleifen und Umschleifen dieses Diamanten nach meinen Faconwünschen bieten würde. Jedenfalls konnte ich Erika von dem, was für mich damals Liebe war, trickreich überzeugen, und 1969 haben wir tatsächlich und zum Erstaunen aller, inklusive uns selbst, geheiratet, wobei ich mich ihr gegenüber immer älter gemacht hatte und sie erst bei der Verlesung unserer Daten durch den Standesbeamten erfuhr, daß sie ein ziemlich durchgeknalltes, an so etwas Ähnlichem wie Denkakne leidendes Kind heiratete. Von da an nannten mich einige Medien und alle Hotelportiers für gewisse Zeit und zu meiner uferlosen Freude Herr Pluhar.

Ich muß sagen, daß wir füreinander anstrengende, aber gute Lehrer waren. Zwei unterschiedliche Arten von Unausgegorenheit sind tagtäglich aufeinandergeprallt, und den dadurch entstehenden Funkenregen empfand ich doch immer wieder als erhellend. Erika war einigermaßen plötzlich, so um 1970, der mit Abstand erfolgreichste und begehrteste weibliche Fernsehstar des deutschen Sprachraums. Ich erinnere mich, daß ihre legendäre, noch heute uralt lebende Agentin Erna Baumbauer mir einmal sagte, daß nur Heinz Rühmann eine ebenso hohe TV-Gage beziehe wie Erika Pluhar. Ich rede von einer Zeit, da sich die wesentlicheren filmkünstlerischen Ergebnisse in deutschen Landen bei den noch vom Privatfernsehen unbehelligten Monopolsendern ZDF, ARD, ORF und SRG abspielten. Diese hatten das Geld und die Ambition, Plattform für das Exzeptionelle, das Phantasieintensive und oft genug auch für das Sperrige zur besten Sendezeit zu sein. Um 20 Uhr 15 liefen tatsächlich nicht allzu selten Shakespeare- und Beckett-Verfilmungen und Tschechow und Jean-Paul Sartre und Stoffe von Simenon und Joseph Roth und Stefan Zweig sowieso. Das waren keine von C-Kabarettisten zusammengeschusterten Sitcoms und keine ausgedünnten Low-Budget-Krimis mit Amateurschauspielern und Siegerinnen von Miss-Vöslau-Wahlen als Protagonisten, sondern monatelang subtilst vorbereitete Großproduktionen mit richtigen Dramaturgen und Drehbüchern von mit dem internationalen Geschehen auf hohem Niveau vertrauten Autoren. Erika spielte fürs Fernsehen die Hauptrollen in Dumas' „Kameliendame" und Schnitzlers „Traumnovelle" und Remarques „Nacht von Lissabon" und Torbergs „Hier bin ich, mein Vater" und Maupassants „Bel Ami" und Feydeaus „Monsieur Chasse" und Ustinovs „Endspurt" und George Saikos „Mann im Schilf" und Straßenfeger-Thriller wie „Richter in Weiß" oder „Gaslicht" und Stoffe von Marguerite Duras und und und –

all dies wie gesagt im Fernsehen mit Regisseuren wie Helmut Käutner, Michael Kehlmann, Tom Toelle, Wolfgang Glück und wie sie alle hießen. Das war schon was. Und daneben erlebte man Erika Pluhar im Burgtheater, von Publikum und Presse meist umjubelt, als Kassenstar in allen großen Rollen ihres Faches von der Maria Stuart über die Königin im „Don Carlos", über die Desdemona, über Hedda Gabler und ihre geliebten Russen: Tschechows „Kirschgarten", Gorkis „Sommergäste" und Turgenjews „Ein Monat auf dem Lande" und in zahlreichen Uraufführungen von Pinter und Tom Stoppard und Botho Strauß und jene unvergeßliche, gelungene Welturaufführung von Musils „Schwärmern". All dies unter prägenden Regisseuren dieser Zeit wie Fritz Kortner, Peter Hall, Leopold Lindtberg, Peter Wood, Erwin Axer oder Jüngeren wie ihrem Lieblingsdirektor Achim Benning oder Provokateuren vom Schlage Neuenfels.

Eines Nachmittags, 1971, saß bei uns zu Hause in der Huschkagasse ein junger, äußerst langhaariger Mann und wollte Erika für eine Hauptrolle in seinem ersten 35-mm-Farbfilm „Die Angst des Tormanns beim Elfmeter" gewinnen. Und sie hat Wim Wenders diesen Wunsch erfüllt. Damit, sagen die Filmtheoretiker, war sie nicht nur mit „Moos auf den Steinen" eine Geburtshelferin des neuen österreichischen Films, sondern, mit dem frühen Meisterwerk von Wenders und Handke, auch in den Anfängen des neuen deutschen Films tätig.

Wenn man diese sehr unvollständige Aufzählung über Erikas künstlerische Taten in der Zeit zwischen etwa 1967 und, sagen wir, 1980 Revue passieren läßt, ist, wie Sie mir sicherlich zustimmen werden, der Ausdruck „erstaunliche Karriere" ziemlich tief gegriffen. Dabei habe ich noch nicht erwähnt, daß sie, von mir angestiftet, 1972 begonnen hatte zu singen und innerhalb kürzester Zeit zu einem hitparadenpräsenten Schallplattenstar aufgestiegen war.

Was aber war die Ursache dieses singulären Erfolges? Friedrich Torberg schrieb damals in einer Kritik: „Die Pluhar vermittelt in ihrer Darstellung eine Tiefe des Empfindens und eine Höhe des weiblichen Zaubers ohnegleichen." Wäre da nicht auch, frage ich, eine sogenannte Weltkarriere möglich gewesen?

Wir sind einmal 1971 nach Amerika geflogen, haben Henry Miller besucht, von dem es einen Brief über die Wirkung gibt, die diese damals blonde vermeintliche Femme fatale auf den genialen dirty old man ausübte. In Hollywood trafen wir dann den zu der Zeit mächtigsten Schauspieler-Agenten Paul Kohner. Er sagte: „Wenn Sie hierher übersiedeln, wäre durchaus einiges zu machen." Aber für die Fremde war Erika nicht geeignet. Dazu war sie doch allzusehr das in Wien verwurzelte Kind aus Floridsdorf, das aus inneren Stabilitätsgründen seine Spaziergänge bei den Weingärten und im Wienerwald benötigte. Wir flogen wieder nach Hause, und auch in Wien war durchaus einiges zu machen: zum Beispiel miteinander unglücklich zu sein. Wir waren, würde ich heute sagen, vor allem deshalb eine Zeitlang ein Ehepaar, damit wir in späteren Jahren, in den Stunden der bitteren Wahrheit, die unsere Biographie für uns noch bereithielt, einander liebevolle, verläßliche Freunde sein konnten.

Machen wir einen Sprung: Erika hatte so mit Anfang Vierzig sehr viel erreicht, aber noch nicht sich selbst. Sie stand, glaube ich, mit der Weisheit ihrer Seele und den tiefen, klugen Wünschen dieser Seele noch nicht in bestem Kontakt. Sie begann allerdings immer öfter von der Unwürdigkeit des Schauspielerberufs zu sprechen, in dem man so sehr fremdbestimmt ist, letztlich auch als Star stets angewiesen auf den Geschmack, den Einfallsreichtum und die Ernsthaftigkeit anderer: vom Direktor oder Produzenten bis zum Regisseur, vom Bühnen- oder Filmpartner bis zur Kostümbildnerin und dem Kameramann.

Relativ bald, vielleicht noch angespornt von ihrer Ablehnung des Benning-Nachfolgers Claus Peymann, den ich immer sehr mochte, ließ sie ihre Schauspielerei ausklingen. Das Liedermachen war mittlerweile ihr ganz eigenes Selbstverwirklichungsareal geworden, und den Schallplatten und Konzerten folgten rasch Bücher. Die Schriftstellerei ist in unserem Sprachraum kein überaus geachteter Beruf. Man muß ein Dichter sein, und deshalb haben wir auch so viele mediokre Dichter, die unter Umständen, wenn der Leidensdruck, den der Feuilletonkameradschaftsbund auf sie ausübt, wegfiele, gute oder wenigstens taugliche Schriftsteller wären. Erika also ist so etwas ähnliches wie eine Bestsellerautorin. Sie schreibt Geschichten, die tatsächlich gebraucht und gelesen werden und die von tiefen Erfahrungen erzählen, die sie leider nicht erfinden muß, sondern ganz und gar selbst durchlebt hat. Das Berufliche und das Private soll man in einer Lobrede vielleicht nicht so vermischen, wie ich es hier tue, aber Erika Pluhars künstlerische Äußerungen werden natürlich seit Jahren aus den privaten Quellen gespeist. Die vielen Schrecken, vom Selbstmord jenes Menschen, den sie vielleicht am intensivsten liebte, bis zum wahrhaft spektakulären Kriminalgeschehen um den Vater ihres einzigen Kindes waren da nur Präludium zu der Hölle aller Höllen: als nämlich dieses wunderbare, zu ihr so sehr mütterliche Kind, die Anna, eines Vormittags im Alter von 37 Jahren im Haus in der Huschkagasse, wie man so sagt, völlig unerwartet tot umfiel. Etwas Schrecklicheres kann sich meine Vorstellungskraft nicht ausmalen. Und wie sich Erika, vor der Entscheidung stehend, vor Schmerz verrückt zu werden oder sich in jahrelangem trostlosem Schneckentempo aus der Gemütsfinsternis wieder in lichtere Regionen hochzuarbeiten, zu letzterem zwang und dann oft genug, von Rückschlag zu Rückschlag taumelnd, irgendwann tatsächlich wieder ein unverlogenes

Lachen und ein Staunen über das Singen eines Vogels oder das Eintauchen einer Abendsonne in das Meer erreichte – das ist für mich ihre größte, schwerwiegendste Leistung und ihr Meisterinnenbrief.

Übernächstes Jahr wird sie siebzig, und sie will es niemandem verheimlichen und hat auch keinen Grund dazu und sagt mit Pablo Neruda: „Ich bekenne, ich habe gelebt." Sie weiß so viel aus erster Hand über Herzensbildung und Grobheit, über die gnädigen Frauen und die Lümmel, über Brahmssonaten und das Wimmern von Schrammelgeigen, über Stürzen und Aufstehen, über Angstrasereien und das Bannen von Dämonen und daß tatsächlich und unabänderlich und leuchtend als unser Zentralgestirn das Größte von allem die absichtslose Liebe ist.

Meine Damen und Herren, Erika Pluhar verdient jeden Preis – daher auch den Billy-Wilder-Preis.

Vollendete Trostlosigkeit (1986)

Ferdinand empfand das Bedürfnis, eines jener erotischen Kabaretts zu besuchen, die dem sogenannten Nachtleben der Wiener Innenstadt den letzten Schliff vollendeter Trostlosigkeit gaben. Er tat dies gelegentlich als Medizin gegen seine Verstörungen, denn ein Aufenthalt von wenigen Minuten dort genügte ihm schon, um sich wieder wohler zu fühlen. Er mußte lediglich seine eigene Verfassung an jener des Lokals messen und konnte sicher sein, daß der Vergleich stets zu seinen Gunsten ausfallen würde.

Er setzte sich in solchen Fällen nicht einmal nieder, erkaufte sich lediglich mit einem hohen Trinkgeld vom Oberkellner die Erlaubnis, mit einem Glas trockenen Sherrys in der Hand zwischen den Tischen herumzuspazieren und alles ausführlich betrachten zu dürfen.

Auf der kleinen, rot ausgeschlagenen Bühne produzierte sich jetzt ein spindeldürres Männchen, indem es Fratzen schnitt, quiekte, die Tonleiter hinauf und hinunterräusperte, sich mit der linken Hand an den Haaren in die Luft ziehen wollte, während die rechte und beide Beine schuhplattelten. Alle fünf Takte unterbrach es sich mit einem großartigen Erschrecken, als sei ihm ein schwerer Stein auf den Rücken gefallen, und schwankte für Augenblicke, um zur hämischen Säule zu erstarren, die ihre Auflösung in einem „soldi, soldi" brüllenden, purzelbaumschlagenden Veitstänzer fand.

All dies war als komische Nummer gedacht, aber in seiner tatsächlichen Wirkung jener traurigen Spannung vergleichbar, die sich einstellt, wenn man Gelegenheit hat, einen gefährlichen chirurgischen Eingriff an einem guten Bekannten zu beobachten. Ferdinand war es von Kindheit an unerträglich gewesen, anderer Leute Mißerfolgen beizuwohnen. Sooft ein Schauspieler den Text vergaß oder sich jemand mit hochrotem Kopf bei einer Lüge ertappt wußte, brach ihm der Schweiß aus. Ja, selbst die Ablehnung eines ihm wildfremden Tanzbewerbers durch eine ihm ebenso fremde Dame empfand er als beinahe persönliche Schmach oder zumindest als etwas, das durch unerklärliche Zusammenhänge in seine Verantwortung fiel.

Die etwa drei Meter von ihm entfernte Figur war nun dazu übergegangen, Tiere zu imitieren; die ersten beiden mochten Löwe und Lamm sein, verkamen aber alsbald zu winselnden Lemuren. Die Vorführung nahm den Charakter einer Zeremonie an, und Ferdinand dachte unwillkürlich an die Geschichte jenes Turiner Installateurgehilfen, der eine junge Nonne mißbraucht und erwürgt hatte und am darauffolgenden Tag mit falschen Papieren nach Holland geflohen war, wo er fortan, um nicht als Mörder in Betracht zu kommen, seine beiden Arme an den Körper bandagierte und unter ärmellosen Hemden und Sakkos verbarg, wobei er gleichzeitig eine Fußgeschicklichkeit sondergleichen entwickelte, die es ihm ermöglichte, als Fußmaler und Fußgeiger in erstklassigen Varietés Ruhm zu erwerben, bis eine eifersüchtige Geliebte den Schwindel aufdeckte und er sich erhängte.

Einen Menschen dieser Art wähnte Ferdinand nun in dem Artisten vor sich, einen, der eine schwere Schuld dadurch unfreiwillig zu erkennen gab, daß er besonders auffällig von ihr abzulenken versuchte.

Blechinstrumente intonierten verhalten einen Tango, Tücher schienen auf alles und jeden zu fallen, die Bewegungen der Kellner verlangsamend, die Konturen der Gäste bauschend. Ferdinand suchte in unmittelbarer Umgebung nach einem Griff, ähnlich Taumelnden in der Straßenbahn bei unvorhergesehenen Bremsungen, aber dann mußte er laut lachen, weil er bemerkte, wie er sich mit aller Kraft in sein eigenes Stürzen gelehnt hatte, als sei es aus unverrückbarem Marmor.

Punktum (Gemeinschaftsgedicht mit Helmut Qualtinger. 1970)

Die anzige Art von Anerkennung,
Die's in Wien gibt,
Is der Neid.
Die anzige Art von Zufriedenheit,
Die's in Wien gibt,
Is der Tod.

Der österreichische Äquator am Rande der Arktis. Über das Naturhistorische Museum (1993)

Im Tropensaal des Schönbrunner Palmenhauses lernte ich als Zwölfjähriger einen Riesen kennen. Auf der weißen Holzbank unter den orchideenüberhangenen Bananenpalmen saß er und blätterte im Schulatlas für Hauptschüler. An seinem Gesicht sah man, daß er etwa so alt war wie ich, aber seine Statur ähnelte jener des Herrn Gulliver, der im Zirkus Rebernigg Hufeisen mit den Zähnen bog. Neugierig fragte ich ihn nach seinem Namen: „Der Gattinger Leopold bin ich, und daß du's gleich weißt, mein Vater ist Portier bei den Ausgestopften." Ich wußte nicht, was dies bedeuten konnte, aber als Freund schien mir der Leopold sofort begehrenswert und mit Sicherheit eine Verstärkung für die Sonntagsraufereien gegen die Della-Lucia-Bande vor dem Pfarrheim. Jetzt erschien meine Erzieherin, die einige Minuten ungläubig fleischfressende Pflanzen beobachtet hatte, und schrie: „Sapperlot, keine Gespräche mit Maroden! Du wirst dich noch anstecken und ich deshalb die Stellung verlieren!" Tatsächlich versuchten immer wieder Asthmatiker, Keuchhustende und Verkühlte aller Variationen, in der feuchtheißen Luft des Prachtgewächshauses ihre Leiden zu mildern. Dies führte unter anderem zu dem heiteren Ergebnis, daß die Papageien und Beos, die in großen Käfigen zwischen den australischen Baumfarnen lebten, kein einziges Wort sprachen,

aber vom zarten Räuspern bis zum schweren Aufrotzen alle Zwischentöne der Lungenkranken vollendet imitierten. Neben Leopold saß eine blasse Frau, deren einziger Halt ihre Handtasche zu sein schien. „Tun S' mein Buam ka Unrecht", sagte sie. „Er wachst zwar wia a Giraffen, aber g'sund is er wia a Ochs." Einer Freundschaft stand also medizinischerseits nichts mehr im Wege. Ich lud ihn für übermorgen in unsere Süßwarenfabrik, wo er sehen konnte, wie man aus alten Schokoladeosterhasen neue Nikolause herstellte, indem die Löffel zu Bischofsmützen mutierten. Im Gegenzug nahm er mich auf einen nächtlichen Geheimspaziergang an den Arbeitsplatz seines Vaters mit: in das Naturhistorische Museum.

Dies also ist die ausgestopfte Welt, dachte ich. Mitten in Wien, nur wenige Schritte von Hofburg und Parlament, Oper und Volksgarten entfernt. Eine steinerne Arche Noah, voll der Nashörner und funkelnden Käfer, Mambas und Kondore, Quallen und Elche. Ein Depot der Erinnerungen an Gottes schönste Werke aus seiner manischen Phase. Gefiedertes und Gepanzertes, Glattes und Schuppiges, Flauschiges und Stacheliges. Präparierte und skelettierte Bewohner der Wüsten und Wälder, der Ebenen und Gipfel, des Wassers und der Lüfte, denen, wie ich viel später lernte, Kaiser Franz Joseph 1857 an der Ringstraße eine endgültige Heimat zugewiesen hatte. (Spiegelgleich übrigens jener für die Werke der Maler und Bildhauer, als seien Kunst und Natur eineiige Zwillinge.)

Leopold führte mich behutsam am Arm, denn die Räume waren unbeleuchtet, und nur von den Laternen um das Maria-Theresia-Denkmal sickerte durch die hohen Fenster ein wenig Helligkeit. Wir berührten Versteinerungen und Saurierknochen, hielten Andacht vor großen Kristallen aus Rosenquarz und drängten unsere Schatten in jene von Walen und Alligatoren.

Es war die erste Expedition meines Lebens. Eine Reise zum österreichischen Äquator am Rande der Arktis. Zuletzt öffnete mein Freund eine Lade, worin die Mumie einer ägyptischen Prinzessin verborgen war, und sang dazu das Lied von den Königskindern, die zueinander nicht fanden, weil eine falsche Nonne andere Pläne hatte.

Als ich gegen Mittag nach Hause kam, war die Erzieherin wegen meiner unentschuldigten Abwesenheit vor Besorgnis derart betrunken, daß sie über ihrem Bademantel den Frack meines toten Vaters mit all seinen Orden aus zwei Weltkriegen trug. „Wo warst du, Bestie?" schluchzte sie. „Überall auf Erden", antwortete ich. „Wirklich überall."

Der Sultan von Grinzing. Gedanken zu Helmut Qualtinger (1995)

Keine Nation kann die Ermordung und Vertreibung ihrer feinsinnigsten, phantasievollsten, weltoffensten und gebildetsten Bürger verkraften, ohne, neben vielem anderem Schrecklichen, entscheidend an kulturellem Gewicht zu verlieren. Aber das offizielle Österreich hat es auch noch willentlich verabsäumt, in den Jahren nach der Nazipest jene zurückzubitten, denen Glück und der Schutz der Engel das Überleben in den Konzentrationslagern oder in der Emigration ermöglichte. Die Mehrheit der Politiker und ihrer Wähler begrüßte insgeheim und gelegentlich auch lauthals die schöpferische Ausblutung des Landes als eine Art Schutzschild für die Herrschaft des Mittelmäßigen. Der bis heute dominierende Mangel an unopportunistischer Qualität in den Bereichen der Wissenschaft, des Künstlerischen, des Journalismus, aber auch des kritischen Publikums ist die wahre Kollektivstrafe für die Todsünden der Hitlerei. Eine Strafe, die freilich von allzu vielen meiner Landsleute eher als Segen empfunden wird. Denn ob Dichter oder Universitätsprofessor, ob Komponist oder Leitartikler, ob Regisseur oder Industrieller, im Österreich nach 1945 mußte man sich sehr viel weniger anstrengen, um zwischen Wien und Salzburg, Bregenz, Klagenfurt, Innsbruck und Graz als große Nummer zu gelten als in allen Österreichs davor. Wenn sich dann, mit der Seltenheit eines Lotteriehaupttreffers, trotzdem in den Gefilden des Rot-Weiß-Roten ein charismatischer weiblicher oder männlicher Charakterkopf zeigte, konnte man darauf wetten, daß er auf das Ambitionierteste in Grund und Boden geschrieben, entmutigt, behindert und, wenn sonst nichts half, verleumdet wurde, weil die herrschenden Funktionäre aller Sparten, die nach objektiven internationalen Kriterien fast geschlossen der zweiten und dritten Garnitur angehörten, Panik erfaßte wie seinerzeit Herodes, als er von der Geburt eines Königs erfuhr.

Es gab und gibt in der „Waldheimat" als Variation der Infamie allerdings auch die Vernichtung des übergroßen Gegners durch Umarmung, durch das Locken in die Verbrüderungsfalle. Dort zieht man ihn, häufig in jahrelanger Kleinarbeit und durch klettenhafte Anhänglichkeit, auf das eigene bescheidene Niveau und überläßt ihn dann Melancholien und Verdüsterungen, wie sie jedes Genie heimsuchen, das nicht sorgfältig genug und wehrhaft mit sich selbst umgeht. Das Opfer kann in diesem Zustand zuletzt nur noch zwischen Irrenhaus, Talentverlust und einer Säuferleber wählen. Helmut Qualtinger entschied sich für letzteres.

Der schlanke Mann mit dem großen Bauch war vor allem, was die Juden „a Mensch" nennen. (Nur wenige sind dieses Ehrentitels würdig, denn er bedeutet zumindest: mutig, humorvoll, mitfühlend und hilfsbereit.)

Das Nächsterstaunliche an ihm war seine Kunst der Erscheinung. Wenn er den Raum betrat, entstand eine selige Spannung, als musizierten die Philharmoniker unter Carlos Kleiber. Die Sprache war ihm mit gutem Grund hörig, denn in beinahe jedem wachen Augenblick formte er aus ihr funkelnde Stegreifgeschichten und elektrisierende Märchen wie kein zweiter. Qualtinger besaß eine aus der Mode gekommene Universalbildung, war Untiefenpsychologe, ein Held des Aberwitzes und im Einklang mit seinem beinahe vergessenen Schriftstellerkompagnon Carl Merz der Begründer der politischen Selbsthygiene der Zweiten Republik am Theater. Thomas Bernhard, Peter Turrini, Elfriede Jelinek, Gerhard Roth und Peter Handke, um nur einige zu nennen, sind bewußt oder halbbewußt Absolventen von Qualtingers Schule der genauen Wahrnehmung. Der „Herr Karl" diente den Bürgern des wiedererstandenen Österreich als jener unverzerrte Spiegel, der in der sterbenden Monarchie und in der Zwischenkriegszeit „Die letzten Tage der Menschheit" von Karl Kraus war. Aber Qualtinger ist

Kraus, als dessen bedeutendsten Interpreten man ihn bezeichnen muß, insofern überlegen, als er sich niemals so wichtig nahm, daß er keine Zeit finden konnte, es tatsächlich zu sein, und daß ihm Ironie ohne Selbstironie unmöglich erschien. Karl Kraus suchte mit der Ruhelosigkeit eines Süchtigen das Mißlungene, das Gemeine, das Bigotte, das Hohle als Lebensgrundlage seiner Empörung und als Aphrodisiakum seiner Haßerektionen. Qualtinger aber war von Berufung ein unbestechlicher Liebender und Ermutiger, und er wußte, daß uns Großmütter auch noch für Sinnvolleres gegeben sind, als sie für die erst- oder zweitbeste Pointe zu verkaufen.

Wir haben einander zwischen 1966 und 1973 Hunderte Male zu Expeditionen in den wienerischen Kontinent getroffen. Manchmal auch in der Toskana oder in Zürich und Hamburg. Als ich 1970 vier Monate lang mit einer schweren Gelbsucht im Rudolfinerspital um meine Gesundheit kämpfte, besuchte er mich beinahe jeden Nachmittag und las mir Horváth und Heinrich Mann, Feuchtwanger oder Italo Svevo vor. Er fragte auch

oft: „Von wem willst du besucht werden?" Und wenn ich etwa Oskar Werner erbat, verließ er das Krankenzimmer, klopfte Augenblicke später an die Türe und kehrte als Oskar Werner zurück. Perfekt in Stimme und Bewegung. Einmal erkundigten sich auf diese Weise innerhalb einer Stunde Salvador Dalí, Charlie Chaplin, Josefine Mutzenbacher und Bundespräsident Adolf Schärf nach meinem Befinden. Wenn sein Übermut unausgelastet war, stürmte er zum Beispiel in Schwesterntracht die im gleichen Stockwerk gelegene Rekonvaleszentensuite des Kronprinzen von Saudi-Arabien, um Seiner Hoheit ernsthaft mitzuteilen, man habe soeben in dero Harn Öl gefunden.

Ich habe von Qualtinger vieles und Merkwürdiges gelernt. Unter anderem, daß man Schnaps erst nach der sogenannten Grundübung beurteilen kann; das heißt, man schüttet einen Tropfen davon in die Grube zwischen Daumen und Zeigefinger und zählt langsam bis zwanzig. Wenn die Spirituose bis dahin kein Loch in die Haut gebrannt hat, kann man getrost von ihr trinken. Aber auch, daß der wahre Snob in Italien nur bei bewölktem Himmel Käse ißt und daß der Käse wenn möglich genau die Farbe der vorherrschenden Wolken haben sollte. Unter den ernsteren Ratschlägen war jener, stets gleich nach dem Aufwachen all seinen klugen Feinden ein langes Leben zu wünschen, weil sie uns durch ihr Lauern auf unsere Fehler schärfen und auf der Hut sein lassen vor Schlampereien und Größenwahn.

Einmal, spät in der Nacht in dem inzwischen demolierten Restaurant „Zum grünen Anker", schrie er unvermittelt auf: ,,An allem Unglück ist der Polenkönig Sobieski schuld. Wenn der Wien mit seinem Entsatzheer nicht vor den Türken gerettet hätte, wär' ich heute Sultan von Grinzing und du Sultan von Hietzing, und wir müßten nicht, um zu überleben, vor Unwürdigen für Geld auftreten wie die Tanzbären im Zirkus." Da wurde etwas von den Verzweiflungen deutlich, die ihm sein Alltag vor lachwütigem Publikum bereitete. Und immerhin war er ja auch der einzige Mensch im amtlichen Telefonbuch, bei dem schon der Familienname mit dem Wort „Qual" begann. Ob es einen Gott gibt, hatte er damals für sich noch nicht entschieden. Aber sicherheitshalber sang er ihm manchmal Wienerlieder vor.

Ab 1974 verlor sich langsam unsere Freundschaft. Ohne auffälligen Grund. Vielleicht weil ich stets das Theaterstück einmahnte, das er sich seit langem selbst versprochen hatte. Vielleicht weil ich seine erste heldenhafte Frau Leomare nicht aufhörte zu mögen, nachdem er eine andere, ebenso heldenhafte, liebte. Vielleicht weil ich die Kameraderien nicht ertragen konnte, die sich mediokre Saufkumpane ihm gegenüber anmaßten.

Wenige Wochen vor seinem Tod begegnete ich Qualtinger und dem Dichter Erich Fried zufällig bei strömendem Regen in der Wiener Krugerstraße, wo Prostituierte in Haustoren frierend auf Kunden hofften.

„Bei so einem Wetter möcht' ich keine Hur' sein", sagte ich, und Helmut antwortete: „Bei welchem Wetter möchtest du's?"

Die Hedi (1986)

Als Ferdinand erwachte, hörte er am Läuten der Glokken, daß es Sonntag war. Er überlegte, vor wie vielen Jahren er das letzte Mal eine Messe besucht hatte, und wußte lediglich, daß er die Abschaffung des lateinischen Ritus und die daraus folgende Eindeutschung aller Gebete und liturgischen Texte als unannehmbaren Geheimnisverlust empfand, der ihm den Besuch der Gottesdienste vollends verleidete.

Er beschloß, mit dem Taxi zur Pfarrkirche Maria Hietzing zu fahren, in der er vor vielen Jahren seine wesentlichsten Triumphe als Fakulant, Ministrant und Lektor gefeiert hatte. Gegen Ende seiner diesbezüglichen Laufbahn beherrschte er sogar das Kunststück, das sieben Meter lange Kommunionstuch mit einem einzigen wilden Wurf über die Kommunionsbank zu schlagen, was seine Mutter einmal in unverzeihlicher Verkennung des Ortes zu einem Applaus veranlaßt hatte. Nie würde er das Gesicht des zelebrierenden Kaplans vergessen, der sich damals mitten in einer Kniebeuge umdrehte und sagte: „Wir sind nicht im Burgtheater. Mein Jesus, Barmherzigkeit. Im Burgtheater sind wir wirklich nicht."

Nach einer zwanzigminütigen Reise trat Ferdinand in die Kühle des breiten gotischen Torbogens, der den eigentlichen Türen der Kirche vorgelagert war. Rechts in einer Nische kauerte auf Stößen von Zeitungen ein lallendes, in Dirndl und Anorak gewandetes Wesen, das an einen riesigen Briefbeschwerer erinnerte. „Das Pfärrblatt bitte kaufen! Das Pfarrblatt, vergelt's Gott, bitte kaufen!", war zu verstehen. Ferdinand, den, seit er lesen konnte, die Gestorben-Geboren-Geheiratet-Rubriken interessierten, wollte eben nach dem Preis fragen, da blickte ihm das Wesen in die Augen, stieß einen anschwellenden Schrei aus, erhob sich taumelnd und fiel ihm mit der Schwere einer Ohnmächtigen um den Hals. Dem Anorak entströmte ein Geruch aus Erdäpfeln, Keller und kaltem

Weihrauch. Diese seltene Mischung bestätigte Ferdinand, daß es sich um die „blöde Hedi“ handelte. Er streichelte ihre graue Perücke, und kein Tag und keine Stunde schienen vergangen seit damals, als sie während seiner Volksschulzeit nach der Zehn-Uhr-Messe Sonntag für Sonntag an Gläubige Heiligenbilder als Ablässe verkauften.

Die Hedi war schon damals in ihren Dreißigern gewesen und einfältig wie eine Vierjährige, und nichts schien zu gering, um sie zu erstaunen.

„Die hat einen Stein im Hirn“, sagten die Leute. Ferdinands Mutter hatte gewarnt, ihr Sohn würde selbst debil, wenn er so oft mit einer Debilen herumspaziere, denn „Deppen färben ab“.

Aber er liebte es, eine den Jahren nach Erwachsene als ergebene Freundin zu haben, die vom Sternspuckerregen im Krieg erzählen konnte und wie die Großmutter sie am Dachboden versteckt hatte, weil die Hölle auf Erden gekommen war und Wien verschlingen wollte, wie sie Juden und Zigeuner verschlang und den Vater der Berti Ramsauer, der sich geweigert hatte, die Hand zum Hitlergruß zu erheben.

Die Hedi war schwer zu verstehen, weil ihre Zunge zweimal so dick war wie gewöhnliche Zungen. Aber was sie sagte, erinnerte an Märchenstaub, und aus der Pfarre war sie nicht mehr wegzudenken. Sie befand sich dort in einer Art Schutzhaft der Nächstenliebe.

An das alles erinnerte sich Ferdinand in der langen Umklammerung des Wiedererkennens. Dann sang er leise „Maria durch ein Dornwald ging, Kyrie eleison, der hat in sieben Jahr kein Laub getragen, Kyrie eleison.“ Die Hedi begann zu schluchzen und sagte: „Über sechzig Jahr bin ich, willst mich immer noch heiraten, Ferdinand?“

„Ja“, sagte er und zog sie bei der Schulter bis zum Mittelschiff und weiter vor zur hölzernen Kommunionsbank vor dem gleißenden Hochaltar. Dort setzte er ihr die Anorakkapuze auf, streckte ihre linke Hand himmelwärts und rief: „Vater unser! Die Hedi ist jetzt meine Frau!“ Dann küßte er sie auf die Stirne und verließ mit einer Art Tanzschritt die Kirche.

Im Freien begann er zu laufen und lief wie um sein Leben. Von hinten klang Glockengeläut, und Ferdinand sah deutlich, wie eines nahen Tages die Kirche einstürzte, sah das zersplitternde Chorgebälk, die berstende Orgel, Ströme von Taufwasser und die zermalmte Hedi, die bis dahin unbeirrt dort stand, wo er sie verlassen hatte.

Im Buchtelolymp. Zum Tod von Josefine Hawelka (2005)

Die Josefine Hawelka ist tot. Da ist auch der Fünf-Schilling-Stück-große Leberfleck an ihrer rechten Schläfe gestorben und der ruhelose Blick, der seit dem Anbeginn der Nachkriegszeit jeden späten Nachmittag und jede Nacht, außer dienstags, die Dunst- und Nikotinskulptur, die ihren und ihres Leopold Familiennamen trug, nach Unwürdigen durchsuchte, um ihnen im ernstesten aller Fälle eine wienerische Todesstrafe zu verkünden: die Verbannung aus dem Buchtelolymp.

Sie war das unanfechtbare Gesetz, wie es bei Stammesköniginnen und Zauberinnen die Regel ist, die abseits demokratischer Bemühungen Territorien für besondere Fälle beherrschen. Der Stamm, dem sie vorstand, hieß „Hawelkianer“, und diese leben ab sofort in der Diaspora. Denn Josefine war nicht nur das Gesetz, sondern auch das Land selbst, und wie die Energie und das Talent einer bedeutenden Kunstpfeiferin in unserer Einbildung einen Wald voller Nachtigallen entstehen lassen, so war es der Frau Hawelka gegeben, eine Heimat für Heimatlose zu träumen, die uns Stammesmitgliedern so handfest erschien, daß wir glaubten, darin auf wirklichen Stühlen an wirklichen Tischen zu sitzen und wirklichen Kaffee zu trinken.

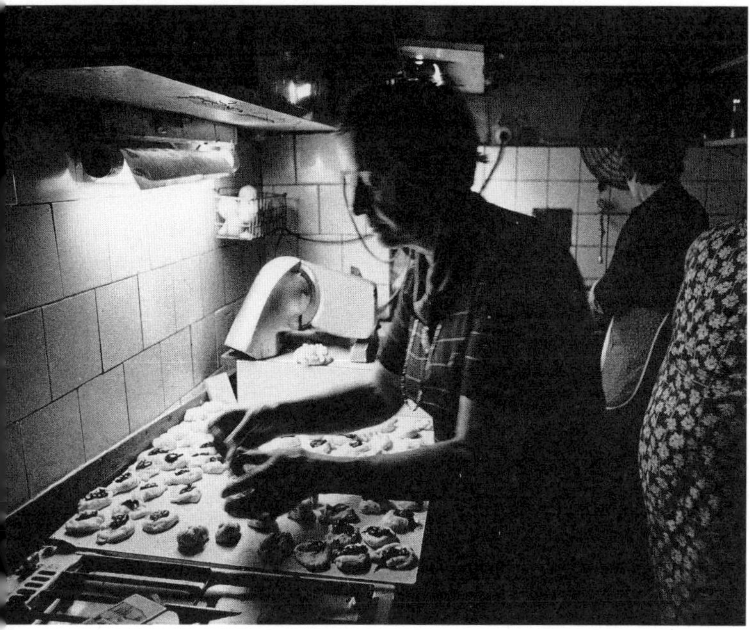

Und was da saß und trank und redete, war in den sechziger und siebziger Jahren, von denen ich spreche, eine merkwürdige Mischung aus melancholischen Seelenbankrotteuren, Gardeoffizieren der Cholerikerregimenter, zugereisten Genie-Aspiranten, Selbstmördern in residence, Hörlustigen und dazwischen, vereinzelt oder an wunderbaren Abenden in Klumpen beieinander, der Doderer, der Qualtinger, die Hilde Spiel, der Kurti Moldovan, der Konrad Bayer und der H. C., der Arnulf Rainer und der Oskar Werner, der Canetti oder der Gütersloh, der Hundertwasser und zusätzlich fast alle wesentlichen Damen und Herren meiner Generation, die dann das vor der Türe lauernde Österreich gedanken- und tatenmäßig aufzumischen versuchten.

Das Hawelka der Zauberin Josefine und ihres Leopold war schon wirklich etwas; mir unter anderem Universität und Kanzel, Sternstundenhotel und Rauschmaschine. Wer sich dort durchsetzen konnte, der war im ersten Wiener Bezirk weltberühmt. Dies galt den meisten als Chimborazo der Sinnhaftigkeit. Was hätte es denn für einen Wert gehabt, den Nobelpreis oder den Oscar zu erringen, aber nicht die Achtung der Frau Hawelka zu besitzen? Jetzt ist die Chefin zur himmlischen Kaffeemaschine übersiedelt, und sie hat ihre Maßstäbe, ihre Gesetze und ihr und unser geträumtes Land mitgenommen.

Hietzinger Friedhof (1978)

Das Gehen zwischen Gräbern an klaren Tagen im Dezember. Die Strenge der Wege, die rissige, harte Erde, Reif in den Gravuren des Marmors. Geflüsterte Grüße von Witwen, denen der Tod ihrer Männer einen späten Halt gegeben hat. In der Ferne, am äußersten Rande der Aussicht, die Kirche von Steinhof. Ihre melancholische Pracht läßt die Kälte als Bedingung empfinden.

Wer sich hier umschaut, weiß um das wirkliche Wien mit all seinen wirklichen Bewohnern, die man am gültigsten in Narren, Verstorbene und Hinterbliebene teilt (allenfalls noch in Bastarde dieser drei reinen Gattungen). Die Wiener sind von Natur aus Hypochonder der Seele. Immer auf der Flucht vor ihrer Berufung, üben sie das Flüchten als Beruf aus und können sich trotzdem nie entkommen.

Diese und dieser Stadt liegt am Ungefähren. Wo das Beweisbare aufhört, fängt sie an. Scheingläubig. Deliriensüchtig. Perpetuum mobile verzweifelter Redouten. Unvergleichlich im Spiel mit dem Feuer. Auf festen Abgrund gebaut. Herzherbst und Schluß.

Laudatio auf Claus Peymann anlässlich der Verleihung des Nestroy-Preises für sein Lebenswerk (2002)

Illustres Publikum, verehrte Preisträger, lieber Claus Peymann, der Preis, den man Ihnen für Ihr Lebenswerk verleiht, trägt den Namen Nestroy. Das ist ein unmißverständliches Programm. Nestroy heißt: dem Opportunismus, der Verlogenheit, der hemmungslosen Machtgier, die sich als Wohltäter für das Volk aufspielt, der Selbstüberschätzung, dem Bigotten, den Spiegel vorhalten. Nestroy heißt: sich mit den Mitteln der Kunst wehren. Das am Theater nackt, also schonungslos, darstellen, daß des Kaisers neue Kleider keine sind. Egon Friedell, der sich angesichts der Machtübernahme durch die Naziverbrecher 1938 in Wien zu Tode stürzte, schreibt über Nestroy: „Die Menschen vergessen nur zu gern, daß die geistige Gesundheit, die Entwicklungsfähigkeit jeder Epoche von der Menge geistigen Dynamits abhängt, die ihr zur Verfügung steht. Dazu kommt aber noch als besonderer Grund für den instinktiven Haß mancher auf Nestroy, daß er in einer Stadt wirkte, die von jeher eine unglaubliche Virtuosität darin besessen hat, sich ihrer Erzieher zu entledigen und jedermann, der ihr durch Wahrheitsliebe unbequem wurde, zum Jongleur und Bajazzo zu degradieren."

Nehmen wir an – und ich bitte Sie, mir zu glauben, daß ich hier einen Theaterstoff, ein Märchen im Sinne Nestroys entwickle –, nehmen wir an, lieber Claus Peymann, es gäbe einen Parteiobmann, der vor den Wahlen verkündet, man solle ihn wählen, um eine rechtsextreme Dilettantentruppe zu verhindern, aber wenn er bei den Wahlen Dritter würde, verspreche er, sich nicht an der Regierung zu beteiligen. Und nehmen wir an, derjenige würde dann Dritter und bräche sein Wahlkampfdoppelversprechen und würde sich durch und mit Figuren zum Kanzler erheben, die Hitlers Beschäftigungspolitik erstklassig fänden und die österreichische Nation eine Mißgeburt und die alten SS-Kameraden als die wahren Anständigen im Lande preisen und Churchill mit Stalin gleichsetzen und die in der Öffentlichkeit mit Wohlwollen des Justizministers forderten, man solle die Opposition für allzu kritische Äußerungen einsperren dürfen, bespitzelt habe man sie ohnehin schon, und Privilegienabbau müsse man mit Lichtgestalten wie Reinhart Gaugg[19] betreiben und geistige Aufforstung mit Schmißvisagen wie Mölzer[20] und Stadler[21]. Und diese Regierung, unter einem Kanzler, dessen rückgratloses Motto: „Die Wahrheit ist eine Tochter der Zeit" von seinem Kohlkopf stammt, erlitte, in unserem Märchen, nach dreißig Steuererhöhungen und der höchsten Arbeitslosigkeit und der grausamen Senkung der Unfallrenten und der restlosen Ungleichstellung Ärmerer, bei der medizinischen Versorgung und beim Studium, um nur ganz wenig von den Abscheulichkeiten aufzulisten, selbstverschuldeten, kläglichen Schiffbruch. Und dieser Kanzler, der Österreich die größte Beschädigung im internationalen Ansehen in der Geschichte der Zweiten Republik beschert hatte, würde also, in unserem Märchen, mit seiner Idee vom Regieren Konkurs oder, schlimmer noch, fahrlässige Krida machen, und nun verhielte er sich, in die Kameras lächelnd, als hätte dieses Debakel nicht er zu verantworten, sondern *er* wäre gewissermaßen die einzige Rettung vor sich selbst. Aus seinem Unsinn der Vergangenheit und Gegenwart käme der einzig achtbare Sinn für die Zukunft, und er wolle dementsprechend seinen zynischen Egotrip fortsetzen und plakatiert folgerichtig im Wahlkampf: „Schüssel: wer, wenn nicht er."

Lieber Claus Peymann, liebe Zuhörer, welch ein Stoff. Sie müßten ihn inszenieren und Franz Morak müßte den Kanzler spielen. Er hatte ja genügend Zeit, das Original unter der Lupe zu beobachten. Für Sie, lieber Peymann, war Theater nie ein Ort zur Verherrlichung des Gestern, sondern zur Erhellung des Heute. Ihre ganze Karriere ist die Auseinandersetzung mit heißen Eisen beziehungsweise die Ermöglichung dieser Auseinandersetzung. Sie waren und sind immer wieder ein eminenter Regisseur, aber ebenso ein Katalysator, der anderen Begabten die finanziellen und künstlerischen Möglichkeiten und die Ermutigung zum Handeln bot. Sie sind der klassische Störenfried und Aufreger. Für Sie war das auf der Bühne Anzustrebende auch niemals ein bloßes Hurenhaus für Zeitgeisterstunden. Manches ist Ihnen aufs schönste gelungen und manches aufs interessanteste mißlungen. Sie waren der Herold Ihres Idols und Meisters, des wesentlichsten den Finger auf die Wunden legenden Dramatikers Österreichs nach dem Krieg, des hoffentlich seligen Thomas Bernhard. Sie haben Turrini- und Handke-Uraufführungen zu Ihren persönlichen Herzensangelegenheiten erhoben, der großen Jelinek ihre Idealinterpretation durch Einar Schleef verschafft. Sie haben als erster die Wut Castorfs an Ihr Haus gebeten, Sie waren der liebevolle, neidlose Protektor der Zadekschen Hybris, die uns Himmel und Fegefeuer bescherte. Sie haben mit Hilde Spiels Verjagtendialogen „Anna und Anna" das Burgtheater geadelt. Ihnen haben wir das Glück Gert Voss zu verdanken und das Glück Kirsten Dene und das Glück Martin Schwab und das Glück Ignaz Kirchner. Man könnte die Liste noch lange fortsetzen. Tabori haben Sie die großzügigsten Bedingungen für sein faszinierendes Alterswerk zu Füßen gelegt. In

dieser Hauptstadt des Verdrängens und Vergessens sollte man sich wenigstens heute Abend diese Tatsachen bewußt machen.

Ich glaube allerdings, die Rechnung ist ausgeglichen. Sie verdanken Wien die beste Zeit Ihres Lebens. Die Leidenschaft, die Sie Ihrem Haus verschafften, das damals wirklich zum Brennpunkt österreichischer kultureller und politischer Debatten wurde, war Ihnen mit Sicherheit erfüllte Wollust. Sie haben hier Ihr Sadomasoparadies gefunden. Die einzige Weltstadt, in der die Taten von Theaterdirektoren, auch wenn es sich nicht um Mord oder Raub handelt, Stoff für die Titelseiten der Zeitungen sind. Hans Weigel meinte über Sie: „Jemand, der Schangse sagt statt Chance, sollte hier keine solche erhalten." Ich meine, lieber mit Schangse bei Ihnen als etwa mit Chancen bei staatstragenden Bewußtseinsbankrotteuren. Sogenannte echte Österreicher, die uns Unglück und Schande bringen, von denen haben wir gerade genug. Lieber ein Zugereister wie Sie, der stets auf Seite der heilsamen und erkenntnisstiftenden Qualität wirkte. Ich gratuliere Ihnen sehr herzlich zum Nestroy 2002.

Ein Anruf (1985)

Ferdinand nahm den Weg durch die Rotenturmstraße und über den Franz-Josefs-Kai zur Urania, von dort über die Aspernbrücke in die Untere Donaustraße, wo Helene im Haus Nummer siebenundzwanzig wohnte. In dieser Gegend, vornehmlich an den Ufern des Donaukanals, fanden nächtliche Rattenversammlungen statt, die ihn überaus faszinierten. Er hatte es sich zur Gewohnheit gemacht, in der Dämmerung in Form von Mäandern, Dreiecken und Spiralen Futter aufzuschütten, so daß die hungrigen Tiere in ihrer fressenden Vielzahl ebensolche Muster bildeten. Es ekelte ihn vor Ratten in dem gleichen Maße, wie er das Gefühl hatte, sie seien einer der geheimnisvollen Schlüssel seiner Symphonie. Ja, gerade daß sie ihn ekelten, schien ein Beweis für seine Vermutung, denn daß es keinen komfortablen Weg zu seinem Ziel gab, war ihm seit längerer Zeit bewußt.

Er hatte begonnen, Bücher und Dissertationen über Ratten zu lesen und wußte, daß die jungen Tiere nackt und blind geboren wurden. Ihre Ohren öffneten sich im Alter von drei Tagen, die Augen erst um den fünfzehnten Tag. Nach zwanzig Tagen, wenn die Rückenhaare aus den Follikeln hervorbrachen, bewegten sie sich bereits außerhalb ihrer Nester und dehnten diese Ausflüge wenig später auch auf die Umgebung des Baues aus.

Sie waren, wie es in der Sprache der Wissenschaft heißt, dämmerungsaktiv. Der erste Höhepunkt ihres Tuns lag kurz nach Sonnenuntergang, der zweite kurz vor Sonnenaufgang. Um Mitternacht und während des Tages hielten sie Ruhepausen. Aber er hatte beobachtet, daß sie während der warmen Jahreszeit auch noch eine Stunde nach Sonnenaufgang unterwegs waren und daß im Winter bei schlechter Witterung größere Gruppen sogar in der Tagesmitte Futter suchten. Sie bewegten sich gewöhnlich auf festen Wegen zwischen Unterschlupf, Nahrung und Wasser. Ihre Wechsel führten möglichst an senkrechten Wänden entlang, zu denen die Tiere mit ihren Vibrissen Kontakt hielten. Im Freien boten auch Grashalme Orientierungshilfen. Durch Querverbindungen konnte ein ganzes Netzwerk von Wegen entstehen, das durch Urinmarken, insbesondere an den Abzweigungen, gekennzeichnet war. Die Ratten legten Erdbauten an, in deren Innerstem sich ein Wohnkessel befand, den sie mit trockenem Gras, Blättern, Papier und ähnlichem Material aus der Umgebung ausstatteten. Sie lebten darin in einem Familienverband mit strenger sozialer Hierarchie. Die Rangordnungen wurden von Zeit zu Zeit durch Kämpfe neu festgelegt.

Ferdinand hatte Helene etliche Wochen zuvor gebeten, ihm für den Winter ein Mantelinnenfutter aus Fel-

len der Schwarzen Wanderratte zu kürschen, aber sie hatte es entrüstet abgelehnt und ihm einen langen, erstaunlich fundierten Vortrag über die Rolle der Tiere als Krankheitsüberträger gehalten. Jetzt, wenige Meter vor ihrem Haus, entschloß er sich in einer Art verspätetem Groll über die Verweigerung des Innenfutters, den Besuch bei ihr abzusagen und für heute allein zu bleiben.

Aus einer nahen Telefonzelle versuchte er, Helene Bescheid zu geben. Als er die Schillingmünze einwerfen wollte, entdeckte er den auf den Deckel des vor ihm liegenden Branchenverzeichnisses geschmierten Satz: „Die Gaskammern waren zu klein, wir bauen größere später, da kommt ihr alle hinein."

Tränen der Wut schossen ihm in die Augen. In aller Deutlichkeit sah er Großvater Alt vor sich, der stolz der Wiener „Glücksluft" entgegengezogen war. Der es vom Ghettojuden zum Maschinenkönig gebracht hatte. Der sechs Söhne im Ersten Weltkrieg verlor, zur Bewahrung einer Ordnung, die Gottes unerforschlicher Ratschluß längst für ungültig erklärt hatte. Er sah, wie sich der beinahe Hundertjährige Ende 1937 weigerte, mit seinem letzten lebenden Kind zu emigrieren, weil er in Ruhe in Wien sterben wollte. Und wie ihn wenige Monate später eine Bande junger Nationalsozialisten vom ersten Stock seiner Hietzinger Villa aus Jux in den Garten warf, und wie er versuchte, sich mit zerschmetterten Gliedern unter seinen Lieblingsbaum, eine Rotbuche, zu schleppen, um wenigstens wie ein Tier im Schatten verenden zu dürfen. Er sah, wie sich die lachenden Burschen Großvater in den letzten irdischen Weg stellten und ihn bespuckten. Er hörte die Stimme von Großvaters ehemaliger Haushälterin, wie sie all dies Vater und ihm Anfang der fünfziger Jahre beinahe tonlos erzählte. Und hörte sie sagen: „Dann hat er sich plötzlich aufgebäumt, wissen Sie, wie ein großer Sack Papier, in den ein Windstoß fährt, und hat den Namen seiner toten Frau gerufen und war im Himmel."

Und Ferdinand, der immer noch den Schilling in der Hand hielt, begann wie in Trance zu singen, was sein Vater manchmal gesungen hatte: „Zehn Brider senen mir gewesen, haben mir gehandelt mit Lein. Einer is fun uns gestorben, senen mir geblieben neun." Alle zehn Strophen sang er, bis zu der Stelle „ein Bruder bin ich mir geblieben, hab' ich gehandelt mit Licht, sterben muß ich jeden Tag, denn zu leben hab' ich nicht." Und die Tränen rannen ihm in den Mund und über den Hals in das Hemd und auf die Brust, und er weinte mittlerweile nicht mehr aus Wut, sondern aus Trauer um Großvater, Vater und sich selbst und dieses ganze unverständliche Dasein.

Damals (1998)

Das Prater-Etablissement hieß „Feigls Weltschau" und war nicht mehr als eine mittelgroße Bretterbude mit einem Fassadengemälde, das den Wundersüchtigen üppige Nahrung versprach. Einäugige Riesen und boxende Känguruhs, Sioux-Indianer und siamesische Zwillinge waren affichiert. Meine schöne Großmutter sagte: „Je mehr sie versprechen, desto weniger halten sie.“ Aber ich bestand mit all der Beharrlichkeit eines neugierigen Siebenjährigen auf dem Besuch, und Minuten später saßen wir auf groben Holzbänken in der Dämmerung eines staubigen Zuschauerraumes. Ein tirolerisch kostümierter Liliputaner spielte auf der Trompete den Donauwalzer. Dieser Vorgang verströmte Traurigkeit, so daß Großmutter sich an das Begräbnis des hochwürdigen Herrn Prior erinnert fühlte. „Am Weg zum Grab herrschte ein solches Donnerwetter, daß ich Angst hatte, ein Blitz könnte den von den Trägern hochgestemmten Sarg treffen, und der Prior wäre doppelt tot.“ – „Sei still, Großmutter“, flüsterte ich ihr zu, „ich will nichts versäumen.“ – „Man versäumt nie etwas, das wirst du schon noch merken“, flüsterte sie zurück. Jetzt verbeugte sich der winzige Tiroler, und dabei tropfte aus seinem Instrument ein wenig Spucke. Als nächstes wurde ein Duo angekündigt, das lebende Zierfische schlucken konnte und nach einer Minute ebenso lebend wieder ausspeien. Großmutter sagte sehr laut: „Tier- und Menschenquälerei.“ Ein betrunkener Mann zwei Reihen hinter uns sang „O sole mio, wos macht denn die do!“ und lachte ausführlich über seinen eigenen Scherz. Die beiden Künstler betraten die Bühne. „Es sind Chinesen“, flüsterte ich. „Ja, aus Ottakring“, war Großmutters Einschätzung. „Sie haben Schlitzaugen“, flüsterte ich. „Sie sind Schlitzohren“, flüsterte sie. Das Duo bestand aus einem korpulenten Glatzkopf und einem zopftragenden Geschöpf, dessen Geschlecht ich nicht klar erkennen konnte. Großmutter, die häufig in meinen Gedanken las, flüsterte: „Es ist das Fräulein von der Kassa. Vor zehn Minuten hat sie noch kurze blonde Haare gehabt.“

Der Glatzkopf entnahm einer Milchkanne drei Fische in der Größe von Teelöffeln. Ihre Schwänze zuckten, während er an die Rampe trat, um das Publikum von der Lebendigkeit seiner Requisiten zu überzeugen. Jetzt riß er den Mund auf und verschlang unter Anfeuerungen seiner Partnerin eins nach dem anderen die Tiere. Der Betrunkene rief „Da, Jonas schluckt den Walfisch! Des is amol was anders! Hearst, Jonas, tua ma an G'falln, schluck nur für mi die schiache chinesische Krot neben dir, daß ich's nimmer siech, des Raskachl." Die Beschimpfte ließ alles China China sein und tobte: „Halt die Pappn, du Bsuff, du Kunstbanause." –„Ausgschamte Schaasrodel!", konterte der Betrunkene. Inmitten des Tumults versuchte der Artist, die Fische wieder aus dem Magen heraufzuwürgen, aber auf Grund der mangelnden Konzentration verlief die Vorführung nicht ordnungsgemäß. Er begann zu röcheln, stocherte sich panisch mit den Fingern im Mund herum, hüpfte mehrere Male, röchelte noch stärker und wurde schließlich blau im Gesicht. „Marantjosef, Fritzi, derstick mir net!", schrie die Assistentin. „Hau eahm am Buckl", schrie der Betrunkene. Großmutter sagte: „Avanti, wir gehen auf der Stelle." Dann zerrte sie mich am Arm aus der Schaubude. Ich sah gerade noch, wie der Chinese zu Boden stürzte, und hörte die Worte des Betrunkenen: „Des is amol ausnahmsweise sei Eintrittsgeld wert!" Auf der Straße streichelte mir Großmutter über den Hinterkopf und meinte beschwörend: „Das war alles nur ein lächerlicher Traum." Von diesem Tag an interessierte ich mich für das Varieté.

Rede auf Gerhard Roth anlässlich der Verleihung des „Goldenen Ehrenzeichens für Verdienste um das Land Wien" (2003)

Österreich ist nicht gerade das Epizentrum der Zivilcourage. In der Monarchie gab es den 1757 gestifteten Maria-Theresien-Orden für besondere Tapferkeit, unter anderem für das Zuwiderhandeln gegen einen militärischen Befehl, wenn dieses Zuwiderhandeln Folgen hatte, die sinnvoller, segensreicher, richtiger waren als der Befehl. Gäbe es eine ähnliche Auszeichnung in der Zweiten Republik und nicht für unsere epochalen militärischen Belange, sondern für Zuwiderhandlungen gegen jenen dröhnenden österreichischen Generalbefehl, der eine bittere Melange aus Nur net auffall'n, opportunistischem Kleinmut, Waldheimschem Pflichtgefühl, Schüssel-Kholschem Sozialbegriff, Haiderscher Anständigkeitsbeschwörung, Monika Lindners[22] Kulturvisionen und dem ethischen Kodex der Dichandschen Kronenzeitung darstellt, gäbe es also eine Auszeichnung für das, was man Rettungsversuch des Mindestniveaus nennen könnte, wäre der Goldschmied, dem man die Anfertigung dieser Medaille anvertraut hätte, wenn dies in den letzten Jahrzehnten seine einzige Einnahmequelle gewesen wäre, mit Sicherheit verhungert. Insofern ist es angebracht, diejenigen mit Fahnenschmuck, Salutschüssen und Platzkonzert zu ehren, die noch Aborigines einer uralten Geistesmenschenkultur und Tradition der wachen Wehrhaftigkeit sind, einer Kultur und Tradition, die unter den herrschenden Verhältnissen der Verspottung preisgegeben ist, der Unterhöhlung durch häufig aggressivste Verleumdungen und Existenzbedrohungen.

Man muß – und ich weiß leider genau, wovon ich rede – hierzulande als aktiveres und berühmteres Mitglied der Zivilgesellschaft damit rechnen, daß man bespitzelt wird, daß man beinahe ununterbrochen von der Steuer karniefelt und mit Kriminalisierungsversuchen belästigt wird. Jede noch so unbestreitbare Wahrheit, die man öffentlich ausspricht, bekommt das Etikett Anmaßung oder Randal, jedes Sich-aus-Selbstachtung-nicht-Fügen die Bezeichnung Wehleidigkeit. Jede Tat, die Solidarität mit Schwächeren bedeutet, muß sich Naivität und Weltfremdheit schimpfen lassen. Letzteres stimmt insofern, als Menschen wie unserem Freund Gerhard Roth jene Welt, in der die zynische Qualitätsverachtung ihre Halbmaskenredoute feiert, tatsächlich zutiefst fremd ist. Roth hat jene Art von Herzensbildung, die gar nicht anders kann als Anteil zu nehmen an der körperlichen und geistigen Not anderer, ob sie sich nun im Schicksal von Mindestrentnern, Flüchtlingen und anderen aus der Gnade Gefallenen manifestiert oder in den bizarren Gedanken- und Tatenverrenkungen von Politikern, Wirtschaftsgranden und Kirchenvätern. Wer die Mechanismen der Ohnmacht begreifen und lockern will, muß ja deren Verursacher, Begünstiger und Zuhälter unter dem Mikroskop betrachten.

Gerhard Roth ist ein sehr bedeutender Geschichtenerfinder und Sprachkünstler, aber deren kann sich dieses Land im Laufe der Jahrhunderte, den Göttern sei Dank, einiger rühmen. Zur Ausnahmegröße läßt ihn seine unbestechliche Gedankenklarheit und Genauigkeitsmanie werden. Er läßt mit sich nicht handeln über die Lehre, die wir unserer Geschichte schulden, er gibt es niemals billiger, als der Preis war, der von den Opfern bezahlt wurde. Er ist ein Eichmeister österreichischer Wirklichkeit, ein Eichmeister ohne falsche Gewichte. Ihm zu sich zu gratulieren zögere ich. Ich weiß zu sehr,

wie brennesselbandagiert und bleiern er es häufig mit sich hat. Wir haben es auch nicht leicht mit ihm, dazu allerdings ist uns vorbehaltlos zu gratulieren. Tun wir so, als wäre die heute verliehene Auszeichnung an Gerhard Roth die modifizierte Form des Maria-Theresien-Ordens, so bekommt eine Routineehrung im Roten Salon des Wiener Rathauses einen schönen Sinn.

Vermutungen (Gemeinschaftsgedicht mit Helmut Qualtinger. 1971)

Wanns Casablanca
In Wean gfülmt hättn,
Hätt stattn Humphrey Bogart
Da Moser gspült
Und statt da Bergman
Die Annie Rosar.
A net schlecht.
Vielleicht sogar no besser.

Über Liebesgedichte von Frauen (Für Elke Heidenreich. 2008)

Eine meiner Großmütter, die schöne Karoline Scholdan, fand nach katastrophalen Herzensschiffbrüchen mit drei mondänen und allürenreichen Ehemännern ein endgültiges Glück mit dem Landarzt Dr. Pogazhnik im melancholischen niederösterreichischen Markt Gutenstein. (Dieser Obermedizinalrat ähnelte optisch und im Aufopferungsgebaren Albert Schweitzer, zugunsten dessen afrikanischen Urwaldspitals in Lambaréné ich als Kind persönlich Kekse ausstach und nach ihrer Fertigstellung beim Missionswohltätigkeitsbazar der Pfarre Maria Hietzing verkaufte.) In Gutenstein gab und gibt es den steil gelegenen Waldfriedhof mit dem Grab des Biedermeierdichters Ferdinand Raimund, der eine Art Shakespeare dividiert durch Palmkätzchen war. Auf den Stufen dieses Grabmals saß ich Anfang der fünfziger

Jahre an heißen Sommernachmittagen mit meiner Großmutter, und sie las mir aus den Theaterstücken des Selbstmörders Raimund vor, die so unvergeßliche Titel wie „Moisasurs Zauberfluch" oder „Der Alpenkönig und der Menschenfeind" trugen. Manchmal mischte sie Märchen von Oscar Wilde darunter oder Passagen aus dem „Blauen Vogel" von Maurice Maeterlinck. Ab meinem achten Geburtstag machte sie mich auch mit Gedichten bekannt. Ich dachte damals, daß sich die Bezeichnung Gedicht von dem Umstand ableitete, daß Großmutter, wenn wir auf den Almen der Umgebung wanderten, bei gefährlichen Wegabschnitten und Wurzelsteigen immer riet: „Geh dicht bei mir. Dann kann ich dich besser beschützen." Gedichte, so glaubte ich, sind eine Art Sprache gewordene Schutzengel.

Es wurde mir bald zur Gewohnheit, ein kleines Ledertäschchen an einer Silberkette um den Hals zu tragen, das eine Abschrift meines gerade aktuellen Lieblingsgedichtes beinhaltete. Anfänglich waren dies romantische Verse wie Eichendorffs „Es war, als hätt' der Himmel die Erde still geküßt" oder die mein Kindergemüt aufwühlenden Zeilen von Matthias Claudius: „'s ist Krieg! s' ist Krieg! O Gottes Engel wehre und rede du darein! 's ist leider Krieg – und ich begehre, nicht schuld daran zu sein!" Bald aber schon die kleinen Wunderwerke Christian Morgensterns und die großen Rainer Maria Rilkes. Erst an meinem dreizehnten Geburtstag legte ich das Amulett ab und umgab mich von da an, an allen Wänden meines Zimmers, mit Stellagen voll Büchern, so daß mein Onkel Georg einmal zu mir sagte: „Du Buchstaben-Aida bist ja regelrecht in Literatur eingemauert."

Nichts war mir in meiner Ablehnung der groben Welt, in die ich verbannt schien, trostreicher als die Fluchtmöglichkeiten in die gedruckten Phantasien der Dichterinnen und Dichter. Im Grunde ist es bis heute so geblieben, nur daß die Musik im Zielfoto der Seelentröstungen häufig um einen Millimeter weiter vorne zu liegen kommt.

Vor einigen Jahren erzählte mir ein marokkanischer Freund, daß die Tuareg, jenes blaugewandete, ganz auf sich selbst geworfene Salzkarawanenvolk, dessen Adresse die Sahara ist, im akuten Fall von Liebe einige tief empfundene Verse mit Farbe auf eine Holztafel schreiben. Anschließend wird das Gedicht mit Hilfe von Pfefferminztee wieder sorgfältig abgewaschen, die Flüssigkeit in einer Schale gesammelt und vom Mann getrunken. So durchdringen ihn die Worte auf magische Weise und erhöhen die Wirkung seines Werbens um die Begehrte. Ich empfehle dies selbstverständlich zur Nachahmung.

Das Buch in Ihren Händen versammelt Liebesgedichte hochbegabter Frauen, ausgewählt von einer bedeutenden Schriftstellerin und Kunstenthusiastin, der gescheiten, viel wissenden, überaus sensiblen, mutigen und anmutigen Elke Heidenreich, die Zeit ihres wachen Lebens für sinnliche Qualitäten aller Art auf die Barrikaden stieg und steigt. Sie schuf mit dieser Anthologie eine Art Nuancenkatalog des Himmelhoch-jauchzend-zu-Tode-Betrübten, das Menschenkinder erfaßt, wenn sie in die lehrreichen Fänge der Liebe geraten. Mich hat in meinem Leben wenig mehr interessiert als die innersten Gedanken und Bilder besonderer Frauen, und wenn es die Möglichkeit gäbe, den Beruf des Gedanken- und Bilderfängers auszuüben, hätte ich diesen wahrscheinlich für einige Jahre ergriffen. Hier bieten sich nun Einblicke in Anrufungen, Lobpreisungen, Glückseuphorien, Selbsterniedrigungen, Trauerhymnen, Wutbeschwörungen und anderes Flüstern und Schreien, das zu lesen eine wunderbare Bereicherung ist.

Gedächtnispassagiere 3 (1979)

Unsere Milchfrau hieß Begovich und trug einen weißen Haarschopf, als hätte sie sich in einem unachtsamen Augenblick eine Portion Schlagobers auf den Kopf gepatzt. Ich durfte bei ihr aufschreiben lassen. Alle meine Freunde holten sich täglich ein bis zwei Topfengolatschen oder Schnittlauchbrote, und einmal im Monat bezahlte Mutter die sogenannte „G'fraster-Rechnung". Die Schwester der Milchfrau litt an Elefantiasis und konnte auf ihrer rechten Hand dreiundzwanzig Nußkipfel servieren. Sie wirkte nie unappetitlich, eher wie eine lebende Auslage, und hatte ein sehr hübsches Gesicht. (Der erste erotische Traum, an den ich mich erinnern kann, handelte zwischen ihr und mir, und die gewaltige Hand spendete dabei Schatten wie ein Kondor, der regungslos über seinem Opfer schwebt.) „Du bist a tramhaperter Bua", spottete die Begovich, „du wirst no amoi a mit'n Voglkäfig um d' Mili gehen."

Das Verkaufslokal glich im Grundriß einem gleichschenkeligen Dreieck und befand sich Ecke Windhagergasse/Leitnerstraße. Die Wände waren mit Tiermustern tapeziert. Eigentlich war der Raum ein Kinderzimmer bzw. ein wirklichkeitsgetreuer Kaufmannsladen in einem Kinderzimmer. Die meisten Kunden kannten einander seit langem und legten Wert auf die Schokoladenmünze, welche jedem Einkauf gratis beigelegt wurde. „Das ist die einzige stabile Währung in Europa", hieß es. Aber die Schwestern Begovich träumten von anderen Kontinenten. Sie sparten für eine Reise zum Kilimandscharo und lernten bei einem greisen ehemaligen Missionar mit bewunderungswürdigem Fleiß Kisuaheli, „damit die Wüden uns net für Wüde halten, und damits merken, daß a Weaner a a Hirn hat". Sonntags spazierten die beiden in Spitzenkleidern wie brüchige Engel durch die Alleen und fütterten Tauben mit Semmelbröseln. Wenn der Sommer kam, meinten sie: „Jetzt wird's Afrika!" Und man sah sie mit dem Missionar im Hügelpark Vokabeln lernen oder Bauernschnapsen, wobei die Elefantiasiskranke mitunter „zuadraht is" schrie und mit der Rechten den Talon verdeckte.

Auch das ist Wien. Eine Momentaufnahme (2011)

Eine der schönsten Barockgassen Wiens heißt Kurrent. Sie verbindet die Steindlgasse mit dem Judenplatz. In ihr befinden sich zwei Restaurants: etwa in der Mitte, auf Nummer 8, das mit sogenannter bodenständiger, gutbürgerlicher Küche aufwartende *Ofenloch* (in dessen Gästebuch dereinst Friedrich Torberg schrieb, daß ihm das Ofenloch, von allen ihm bekannten Wiener Löchern, das mit Abstand sympathischste sei) und, kurz vor der kleinen Galerie, die hinter dem Rücken des Lessing-Denkmals am Judenplatz das erschütternde, alptraumhafte, die Schrecken des Konzentrationslagers Auschwitz-Birkenau reflektierende malerische Werk des Holocaust-Überlebenden Adolf Frankl zeigt, das mediterraner Küche hingegebene *Pastell*.

Im September 2009 speiste ich dort eines Abends mit einer Freundin, die von Beruf Staatsanwältin ist, als eine lärmende Gruppe von testosterongesteuerten Herren arabischer Bauart den Raum flutete. Sie bildete einen Pulk, dessen Mitte ein brillentragender, im Vergleich zu seiner Entourage beinahe zarter Mittdreißiger mit einer Halbglatze war. Er schien das Alphatier zu sein. Mit etwas Abstand stöckelten zwei erotikversiegelte weibliche Sumpfblüten Erster Klasse, die russisch sprachen. Sie alle nahmen in der uns gegenüberliegenden Wandnische des Lokals Platz und bestellten Fisch. Das Alphatier tätschelte mit der linken Hand zerstreut eine der Liebesdienerinnen, mit der rechten hielt er sich das Handy ans Ohr und bellte nach Befehlen klingende Sätze. Meine Freundin, die Staatsanwältin, sagte: „Das ist Saif Gaddafi, der Spielkamerad vom Jörg Haider, mit dem er auch am Opernball war. Er hat in Wien studiert; ich glaube Architektur." Ich sagte: „Dann sind die anderen Männer wahrscheinlich seine Leibwächter." Sie sagte: „Wovor muß der sich in Wien schützen?" Ich sagte: „Vielleicht vor der Zudringlichkeit der Leute, die mit ihm ins Geschäft kommen wollen."

Unterschiedliche Sorten Wein wurden gleichzeitig bestellt, dann überbrachte ein aufgeregter Bote ein kleines Paket, das Herr Gaddafi nicht öffnete. Ein maghrebinischer Rosenverkäufer bedrängte, nachdem ich ihn bereits abgewiesen hatte, die Gruppe und wurde mit dem arabischen Äquivalent zum wienerischen Ausdruck *Schleich dich* abgefertigt (wobei *Schleich dich* bekanntlich das Gegenteil dessen meint, was es bedeutet, nämlich, daß man sich unverzüglich und raschest entfernen möge).

Die vermeintlichen Leibwächter schienen nun doch eher Gaddafis Kumpane zu sein. Sie gerieten untereinander in Streit. Eine der Damen ergriff entnervt und den Tränen nahe die Flucht. Daraufhin wurde ihr die andere sehr ungnädig nachgeschickt. Es gab einen Augenblick, da stocherten vier der fünf Männer mit ihrem rechten Zeigefinger nach Essensresten im Mund herum, und Saif Gaddafi starrte währenddessen über eine halbe Minute stumm auf seine Armbanduhr, als fasse er es nicht, daß die Zeit fortzuschreiten wagte, ohne sich bei ihm eine Erlaubnis geholt zu haben. Dann erzählte der Sprößling des Diktators eine kurze Geschichte – vielleicht einen Witz –, über den alle ausdauernd lachten, und als dies verebbt war, beschloß der Kräftigste, Langhaarigste aus der Runde, dem ersten Lachen noch ein zweites hinterherzuschicken, das in einem imposanten Rülpser endete.

Wir waren satt, zahlten und gingen.

„Made a lightenin' trip to Vienna, eating choc'late cake in a bag." Die Ballade von John&Yoko (2010)

Hand in Hand, beide in weißes Leinen gekleidet, kamen sie über die Gangway der KLM-Maschine auf die Journalisten zu und sangen den Donauwalzer. Es war der 31. März 1969, und sie galten als das berühmteste frisch getraute Ehepaar der Welt. Noch am Vortag waren die Bilder ihrer Bed-In genannten Happening-Pressekonferenz aus der Schlafstadt im Amsterdamer Hilton Hotel von TV-Stationen auf allen Kontinenten verbreitet worden. Dann entschieden sie, Wien zu besuchen, um bei der Premiere des Films „Rape“ anwesend zu sein, den die beiden auf Einladung des ORF erdacht und inszeniert hatten. (Eine cineastische Erzählung, in der sie ihr eigenes, pausenlos von den Medien Gejagtwerden auf eine willkürlich ausgesuchte junge Frau übertrugen, die sie so lange von Kameras verfolgen ließen, bis das Opfer tatsächlich einen massiven Nervenzusammenbruch erlitt.) Im Hotel Sacher bezogen sie die Suite mit der Nummer 101 und kündigten für Punkt siebzehn Uhr eine Pressekonferenz im roten Salon des ehrwürdigen Hauses an. Die Defregger-Gemälde des Raumes wurden sicherheitshalber demontiert und üppig durch Kartontafeln mit handgeschriebenen Worten, wie „Bagism“, „Peace now!“ oder „Grow your hair!“ ersetzt. Internationale Fernsehteams, Fotografen und Radioabgesandte drängten sich in Vorfreude auf irgend etwas, zumindest in Wien noch nie Dagewesenes, hoffentlich Skandalöses. Ich war, wie schon am Schwechater Flughafen, als Reporter der Ö3-Musicbox vor Ort.

Jetzt huschte ein waberndes Gespenst in den Raum, ein ständig die Form wechselndes, stoffumhülltes Gebilde, das sich vor den Kameras und Mikrophonen niederließ. Das Rätsel entschlüsselte sich nach etwa einer Minute durch die Verlautbarung: „Ladies and Gentlemen, Mr. and Mrs. John Lennon in a bag“, aber „the bag“ war gar kein Sack, sondern ein profanes Sacher-Leintuch, durch das hindurch die beiden Herrschaften, da ich glücklicherweise direkt neben ihren verdeckten Köpfen postiert war, vor allem meine Fragen beantworteten. Die turbulente und bizarre Szene kann man sich übrigens in der Dokumentation „Imagine“, die nach Johns Ermordung in die Kinos kam, ausführlich zu Gemüte führen. Über Ruhm, Liebe, Geld sprachen wir, und zum Thema Queen fiel eine Bemerkung, die in den nächsten

Tagen vor allem in Großbritannien und dem Commonwealth für Schlagzeilen sorgte: „Wir denken fast nie an Elisabeth mit ihrer Krone. Wir haben bereits jetzt mehr Positives für den Frieden getan, als sie jemals zu tun imstande sein wird."

Der Spuk fand nach etwa zwanzig Minuten sein Ende, ohne daß irgend jemand die Objekte der Begierde zu Gesicht bekommen hätte, denn sie krabbelten auch nach Abschluß der Audienz im Vollkörperschutz des Leintuchs wieder aus dem Salon, um mit dem Lift auf ihr Stockwerk zu entschweben. Das Ganze war, wie in Österreichs Hauptstadt gesagt wird, eine Mordstrumm Pflanzerei, und einige von weither angereiste Berichterstatter äußerten schreiend ihren Unmut. Ich stand noch einige Zeit Zigarillo rauchend sinnend im Raum, als ein Herr auf mich zutrat, sich als Manager von John Lennon zu erkennen gab und mich mit der Mitteilung überraschte, daß John und Yoko mich am folgenden Vormittag gerne auf ihrer Suite zu einem ausführlichen Gespräch empfangen würden. „You will have breakfast together. Bring your recording equipment. They want to have a serious conversation."

„Why me?", fragte ich.

„They liked your questions."

Das Datum des folgenden Tages war der erste April. Dies machte meinen Freund Alfred Treiber, der das „recording equipment" handhaben sollte, bezüglich der Seriosität der spektakulären Einladung etwas unsicher. Wie verabredet, klopften wir gegen 9 Uhr 30 an die Zimmertüre der Suite 101, und als auch nach ins gröbere Pumpern übergegangenem Lärm kein „Herein" zu hören war, wagten wir es, die Klinke herabzudrücken. Man hatte wundersamerweise nicht abgesperrt. Beim Eintreten riefen wir „Good Morning!" und „Hello!", aber nichts und niemand rührte sich. Mittlerweile befanden wir uns im Salon der Suite. Die Tür zum Schlafzimmer stand sperrangelweit offen. Wir traten näher. In einem gold-grünen Rokoko-Bett sahen wir Mr. und Mrs. Lennon in tiefem Schlaf. Das schöne Gesicht von Yoko war von schwarzleuchtenden Haaren umrahmt, und ihre rechte Hand wirkte mit zwei ausgestreckten Fingern, als ob sie gerade im Traum einen Schwur leistete. Er, halb abgedeckt, trug einen blau-weiß gestreiften Pyjama, wie ein Häftling. Auf dem Nachtkästchen lag ein Buch des Dichters Allen Ginsberg und drauf die randlose Nickelbrille mit den runden Gläsern. Ich flüsterte zu Alfred Treiber: „Wecken wir sie mit der Bundeshymne." Er nickte und schon intonierten wir „Land der Berge, Land am Strome". Bei dem Reimwort Dome fuhren die beiden mit Vehemenz in die Höhe. Sie stieß einen schrillen Schrei im japanischen Heimatidiom aus, und er, so banal es uns stets nach unsterblichen Aussprüchen legendärer Figuren Dürstende heute vielleicht auch anmuten mag, sagte mit belegter Morgenstimme nichts als: „Oh my God!" Ich erklärte rasch, daß wir die vom Manager zum Frühstück Gebetenen seien. Dann verließen wir mit einigen Bücklingen, diskret die Schlafzimmertür hinter uns schließend, die Intimsphäre des Paares.

Eine Viertelstunde später brachten zwei Etagenkellner, vorsichtig geschätzt, etwa ein Viertel aller auf der Roomservice-Karte angebotenen Speisen und drapierten diese auf diversen Tischen und Servierwagen. Nach weiteren zehn Minuten erschien das „divine couple". Nun aßen wir Ham and Eggs, Suppen, Sachertorte, Schnitzel und Porridge, gemischten Aufschnitt, Spaghetti und Obst in anarchischer Reihenfolge. Yoko öffnete bald die Fenster, um den Raum wegen des penetranten Essensgeruchs zu durchlüften. Zunächst ergab sich ein Gespräch über die vom Frühstückstisch gut sichtbare Staatsoper und über die Bedeutung der ebenfalls nahen Graphiksammlung Albertina. Yoko wollte daraufhin wissen, wie es um die zeitgenössische Avantgarde der bildenden Kunst in Österreich stehe, John, ob es in Wien eine ähnliche Rotlicht-Meile wie in Hamburg gebe. Dann baute Alfred Treiber sein Mikrophon und das Uher-Magnetophon auf, und das legendäre, fast eineinhalbstündige Streitgespräch begann. Legendär ist es für Treiber und mich deshalb, weil es niemals gesendet wurde, und um die diesbezügliche Schande des ORF ins Chimborazohafte zu steigern, gingen auch im Laufe der Jahre die Tonbänder verloren oder irgendein Nebochant hat sie gelöscht. Aber dies ist eine andere Geschichte.

Soweit ich mich an Details erinnere, ereiferte John sich über Rüstungswahn, den Vietnamkrieg, Gier und die Ausbeutung der Dritten Welt. Er forderte auch mehr Rechte für die Frauen, und ohne Vorwarnung schrie Yoko zwischendurch immer und immer wieder, solange ihr trainierter Atem reichte: „Peeeeaaaaace!" Ich empfand das Geschehen als weitaus weniger ungewöhnlich als etwa die Materialaktionen, die Otto Muehl und Günter Brus, einmal sogar im Keller meines Hietzinger Elternhauses, schon Jahre zuvor durchgeführt hatten, aber als John mir eine Fotografie seines Wohnzimmers zeigte, in dem es vom Stuhl bis zur Uhr und vom Klavier bis zum Wandbild ausschließlich sorgfältig halbierte Gegenstände gab, war ich doch beeindruckt. Anschließend halfen Alfred Treiber und ich dem Paar noch beim Kofferpacken, denn für den Nachmittag war ihr Abflug nach London gebucht.

Ich weiß nicht mehr, wie es kam, daß die beiden Liebenden getrennte Limousinen benutzten und John mich einlud, bei ihm einzusteigen, während sein Manager schützend Yoko begleitete. Nun geschah das für mich Unvergeßliche: Wir fuhren über die Simmeringer Hauptstraße in Richtung Flughafen. Als wir uns dem Zentralfriedhof näherten, erklärte ich, daß hier Franz Schubert, der wohl bedeutendste Liederkomponist vor Lennon – McCartney, liege. „Ich will ihn besuchen", sagte John. Wir hielten am Tor 2 und liefen, weil die Zeit drängte, durch die Hauptallee bis zu jener Stelle auf der linken Seite, die den Blick auf ein Rondeau mit Ehrengräbern freigibt. Ich deutete auf Schuberts letzte Adresse. John bewegte stumm die Lippen, als würde er zu sich selbst sprechen oder beten. Dann tänzelte er beinahe verlegen über den Kies und suchte mit den Augen die Umgebung ab. Plötzlich gab er mir einen sanften Boxhieb auf die Brust und wiederholte ungläubig die Namen, die im Umkreis von etwa zwanzig Metern an unterschiedlichen Grüften in

Marmor gemeißelt waren: „Mozart, Beethoven, Hugo Wolf, Johann Strauß Sohn und Vater, Johannes Brahms, Christoph Willibald Gluck.“ Ich ergänzte: „Ein Stück weiter ist noch die Ruhestätte von Arnold Schönberg.“

„Was für eine aberwitzige Versammlung“, sagte er.

„Ja“, antwortete ich, „in musikalischer Hinsicht ist hier am Tag der Auferstehung der Nabel der Welt.“

Dann bückte John sich, zog den Schnürsenkel aus seinem rechten Schuh und legte ihn mit der Bemerkung „statt Blumen“ auf Schuberts Grab. Eine dreiviertel Stunde später enteilte die Maschine mit der Fluxuskünstlerin und dem Beatle über das Rollfeld in den eisgrauen Himmel. Es war John Lennons erster und letzter Besuch in Wien.

Wean (1971)

Wean kannst net dasingen
Wean kannst net daschreiben
Wean kannst da nur jeden Tag frisch
Unter d' Nasen reiben.

Anmerkungen

1 Alfred Gusenbauer, 2000–2008 Bundesparteivorsitzender der SPÖ, 2007–2008 österreichischer Bundeskanzler

2 Werner Faymann, seit 2008 Bundesparteivorsitzender der SPÖ, ab 2008 österreichischer Bundeskanzler

3 Stefan Ruzowitzky, österreichischer Regisseur, sein Film „Die Fälscher" wurde 2008 mit dem Oscar für den besten fremdsprachigen Film ausgezeichnet.

4 Viktor Matejka, 1901–1993, Kulturpolitiker (unter anderem Wiener Kulturstadtrat) und Schriftsteller, Linkskatholik und zeitweilig Mitglied und Politiker der Kommunistischen Partei Österreichs.

5 Rudolf Eisenmenger, 1902–1994, österreichischer Maler, war in der NS-Zeit an zahlreichen Ausstellungen beteiligt; Adolf Hitler war ein Bewunderer seiner Monumentalgemälde. E.'s Karriere setzte sich nach 1945 ungebrochen fort.

6 Emil Zuckerkandl, 1849–1910, österreichischer Anatom und Anthropologe, Ehemann der Schriftstellerin und Journalistin Berta Zuckerkandl.

7 Annemarie Schwarzenbach, 1908–1942, Schweizer Schriftstellerin und Journalistin; verfaßte unter anderem auch Reiseberichte.

8 Nicolas Bouvier, 1929–1998, Schweizer Schriftsteller, Fotograf und Journalist

9 Ernst Herbeck, „Himmel Elleno" ist eine Wortschöpfung des Dichters und Patienten in der Nervenheilanstalt Gugging.

10 Hans Flesch-Brunningen, 1895–1981, österreichischer Schriftsteller und Übersetzer, zweiter Ehemann von Hilde Spiel.

11 Robert Jungk, 1913–1994, Publizist, Journalist, Zukunftsforscher.

12 Fred Hughes, 1943–2001, engster Mitarbeiter und Freund von Andy Warhol, nach dessen Tod sein Nachlaßverwalter.

13 Kurt Moldovan, 1918–1977, österreichischer Maler und Graphiker.

14 Paola Loew, 1934–1999, Theater- und Filmschauspielerin, erste Frau des Pianisten Friedrich Gulda.

15 Jörg Haider, 1950–2008, von 1986–2000 Vorsitzender der FPÖ, danach Gründung des BZÖ (Bündnis Zukunft Österreich), Landeshauptmann von Kärnten.

16 Egon Krenz, *1937, letzter SED-Generalsekretär und Staatsratsvorsitzender der DDR im Herbst 1989.

17 John Ivan Simon, *1925, amerikanischer Autor, Literatur-, Theater- und Filmkritiker.

18 Stefan Petzner, *1981, österreichischer Politiker des BZÖ.

19 Reinhard Gaugg, *1953, FPÖ-Politiker, legte, nachdem er in alkoholisiertem Zustand Auto gefahren war, sein Nationalratsmandat nieder und ließ sich dafür von seiner Partei mit einer sechsstelligen Summe abfinden.

20 Andreas Mölzer, *1952, FPÖ-Politiker, wird dem deutschnationalen Flügel der FPÖ zugerechnet. Mölzer gilt als führender Ideologe der FPÖ, und bezeichnet sich selbst als „nationalliberalen Kulturdeutschen". Er war Spitzenkandidat seiner Partei bei der Europawahl in Österreich 2009.

21 Ewald Stadler, *1961, war bis 2007 Mitglied der FPÖ, wurde zwar zum sogenannten „deutschnationalen" Flügel der FPÖ gerechnet, galt aber auch als Proponent für zuvor eher seltene konservativ-katholische Ansichten in seiner Partei. Bei der Europawahl in Österreich 2009 war er Spitzenkandidat des BZÖ.

22 Monika Lindner, *1944, ÖVP-nahe Generaldirektorin des ORF 2000–2006, galt als parteiisch und wurde deshalb während der Zeit der schwarz-blauen (beziehungsweise schwarz-orangen) Koalition häufig kritisiert.

Bildquellen

APA PictureDesk, Wien: Seite 23, 95 [Der Hofburgbrand am 27. November 1992], 231; Gabriela Brandenstein, Wien: Seite 63 [A. H. in Mauthausen], 67, 149, 150, 151, 159 [Hubert Aratym und A. H.], 177, 208 [A. H. und Erika Pluhar in der k.k. Hofzuckerbäckerei Demel], 221 [A. H. und Helmut Qualtinger. 1979], 247; Heribert Corn, Wien: Seite 28, 199; Fotolia, Berlin: Seite 73 [Denkmal für Erzherzog Ferdinand Maximilian am Hietzinger Platz]; Christine de Grancy, Wien: Seite 19, 109, 123 [A. H.s Skulptur „Versinkende Riesin" im Schlosspark Schönbrunn. 1992], 145 [A. H. und Peter Pongratz], 165, 213, 239; Privatstiftung Künstler aus Gugging: Seite 117; IMAGNO / Austrian Archives: Seite 36 [Spruchband auf dem Loos-Haus: „Gleiches Blut gehört in ein gemeinsames Reich". April 1938], 47 [Automatenphoto: Christian Brandstätter und A. H. Um 1967], 83 [Stefan Zweig und Joseph Roth], 111, 154; IMAGNO / Sigmund Freud Privatstiftung: S. 32 [Sigmund Freud auf dem Weg in die Emigration]; IMAGNO / Franz Hubmann: Seite 1, 10, 12 (2 [li: A. H., Josefine Hawelka, Walter Navratil]), 13 (2 [li: Ober Ali), 21 [Gertrud Kückelmann, Oskar Werner], 52, 106, 115, 134 [Café Hawelka], 139, 171 [Louis Armstrong in Wien. 1959], 173 [Paola Loew und Hans Weigel], 191, 227, 253, 256; IMAGNO / Lois Lammerhuber: Seite 217; IMAGNO / Dagmar Landova: Seite 121 [Palmenhaus in Schönbrunn]; IMAGNO / Lebrecht Photo Library: Seite 87; IMAGNO / ÖNB Bildarchiv: Seite 189 [„Die Vier im Jeep": Besatzungszeit in Wien]; IMAGNO / Barbara Pflaum: Seite 6, 56, 57, 196 [Ausflug eines Firmlings in den Prater], 234; IMAGNO / Nora Schuster: Seite 127, 205 [Kurt Waldheim]; IMAGNO / Gerhard Trumler: Seite 43; IMAGNO / ÖNB / Harry Weber: Seite 17, 77; profil, Wien: Seite 181; Gerhard Roth: Seite 179; Sabina Sarnitz, Wien: Seite 202 [Keith Haring bei Arbeiten zur Ausstattung einer Szene von „Body & Soul" in New York. 1988]; Petra Spiola, Wien: Seite 103 [v.li.n.re.: Ryszard Kapuściński, André Heller]; Alfred Treiber, Wien: Seite 249; Pressebildagentur Votava, Wien: Seite 93; Wienbibliothek im Rathaus: Seite 222

Textquellen

Constantin von Barloewen: Clowns. Versuch über das Stolpern. Diederichs Verlag: München 2010: Seite 55; Hermann Beil, Jutta Ferbers, Claus Peymann, Rita Thiele (Hg.): Weltkomödie Österreich. 13 Jahre Burgtheater 1986–1999. Zsolnay Verlag: Wien 1999: Seite 76; Philippe Bréson: Die Präparierte Welt. Das Naturhistorische Museum in Wien. Christian Brandstätter Verlag: Wien 1994: Seite 216; Ulrike Dembski: Oskar Werner. Christian Brandstätter Verlag: Wien 2002: Seite 20; Ulrike Dembski: Verkleiden – Verwandeln – Verführen. Christian Brandstätter Verlag: Wien 2010: Seite 201; FAZ, Frankfurt am Main, 3. September 1994: Seite 82; Gerbert Frodl (Hg.): Peter Pongratz. Sweet Home Vienna. Neue Arbeiten 1998–2006. Springer Verlag: Wien – New York 2006: Seite 144; Gugging. Katalog der Galerie Curtze, 14. April 1999: Seite 116; Gusil. Österreichs eigentliches Qualitätsmagazin. Punkt. Nr. 1, 50. Jg., 24. Juni 2010: Seite 27; Elke Heidenreich (Hg.): Liebesgedichte von Frauen. Insel Verlag: Frankfurt am Main 2009: Seite 240; Elke Heidenreich (Hg.): Ein Traum von Musik. 46 Liebeserklärungen. C. Bertelsmann Verlag: München 2010: Seite 193; André Heller: Sie nennen mich den Messerwerfer. Lieder, Worte, Bilder. Fischer Taschenbuch Verlag: Frankfurt am Main 1974: Seite 11, 50, 81, 116, 196; André Heller: Die Ernte der Schlaflosigkeit in Wien. Herausgegeben und gestaltet von Christian Brandstätter. Molden Edition: Wien – München – Zürich 1975: Seite 43, 51, 162, 251; André Heller: Auf und davon. Erzähltes. Hoffmann und Campe Verlag: Hamburg 1979: Seite 129, 155, 195, 228, 242; André Heller: Die Sprache der Salamander. Lieder 1971–1981. Hoffmann und Campe Verlag: Hamburg 1981: Seite 71, 97, 140, 152, 161; André Heller: Schattentaucher. 61 Erzählungen aus dem Leben des Ferdinand Alt. S. Fischer Verlag: Frankfurt am Main 1987: Seite 14, 72, 105, 113, 165, 214, 224, 232; André Heller: Schlamassel. Erzählungen. S. Fischer Verlag: Frankfurt am Main 1993: Seite 22, 59, 131, 203; André Heller und Helmut Qualtinger: Sitzt ana / Und glaubt / Er is zwa. Verlorengeglaubte Gelegenheitsgedichte. Christian Brandstätter Verlag: Wien 1996: Seite 27, 107, 185, 216, 219, 240; André Heller: Die Zaubergärten des André Heller. Christian Brandstätter Verlag: Wien 1998: Seite 118; André Heller: Als ich ein Hund war. Liebesgeschichten und weitere rätselhafte Vorfälle. Berlin Verlag: Berlin 2001: Seite 43, 91, 141, 186, 235; André Heller und Gabriela Brandenstein: Vienna Warhol Vienna. Photo-Essay. Edition Selene: Wien 2005: Seite 146; Theodor Herzl. Ein echter Wiener. Edition Wien: Wien 1986: Seite 153; Franz Hubmann: Das Café Hawelka. Ein Wiener Mythos. Literaten, Künstler und Lebenskünstler im Kaffeehaus. Christian Brandstätter Verlag: Wien 1982: Seite 11; Franz Hubmann. Das photographische Werk. Christian Brandstätter Verlag: Wien 1999: Seite 110; Die Presse, Wien, 14. März 2010: Seite 245; profil, Wien, 5. November 2001: Seite 136; profil, Wien, 25. März 2005: Seite 226; Alexandra Rainer (Hg.): Die Michaelergruft – Retten, was zu retten ist. Wien 2005: Seite 108; Reden: Seite 30 (2008), 45 (2003), 62 (2003), 98 (2004), 124 (2007), 157 (2000), 172 (1999), 181 (1997), 197 (2011), 206 (2007), 228 (2002), 237 (2003); Robert Schindel. Gedichte. Insel Verlag: Frankurt am Main 2003: Seite 25; Hans-Dieter Schütt (Hg.): Gert Voss. „Ich würd' gern wissen, wie man ein Geheimnis spielt". Schwarzkopf & Schwarzkopf: Berlin 1997: Seite 163; Texte: Seite 16 (2007), 163 (2002), 175 (1981), 178 (2011), 190 (1993), 244 (2011).

ZU DEN 3 HACKEN